MAURICE CLOUARD

DOCUMENTS INÉDITS

sur

ALFRED DE MUSSET

PARIS

LIBRAIRIE A. ROUQUETTE

69-73, Passage de Choiseul, 69-73

—

1900

DOCUMENTS INÉDITS

SUR

ALFRED DE MUSSET

OUVRAGES DU MÊME AUTEUR

Bibliographie des Œuvres d'Alfred de Musset et des ouvrages, vignettes et gravures qui s'y rapportent. Lettre de Ch. de Lovenjoul et portrait d'Alfred de Musset d'après la statue de Granet. Paris, Rouquette, 1883. 1 vol. in-8º.

L'Œuvre de Champfleury, dressé d'après ses propres notes et complété par M. Clouard. Paris, L. Sapin, 1891. Brochure gr. in-8º.

Notes sur les dessins de Victor Hugo, accompagnées de lettres inédites et d'un dessin. Paris, A. Colin et Cⁱᵉ, 1898. Brochure in-8º.

EN PRÉPARATION

Histoire des Œuvres d'Alfred de Musset, ornée de portraits et de fac-similés en noir et en couleur.

Suite de huit vignettes et portraits gravés à l'eau-forte par L. Charbonnel d'après Célestin Nanteuil, Théophile Gautier, Nadar et Granet pour illustrer la Bibliographie des Œuvres d'Alfred de Musset. Paris, 1883.

Épreuves in-folio sur Japon, noir et sanguine ; in-4º, sur Chine, en noir ; in-4º, sur vergé, en noir.

MAURICE CLOUARD

DOCUMENTS INÉDITS

sur

ALFRED DE MUSSET

PARIS

LIBRAIRIE A. ROUQUETTE

69-73, Passage de Choiseul, 69-73

1900

TIRAGE

A TROIS CENT CINQUANTE EXEMPLAIRES NUMÉROTÉS A LA PRESSE,

Savoir :

310 sur papier vergé, de   1 à 310.
40 sur papier de Hollande, de   I à XL.

N° 50

LES PORTRAITS

DE

ALFRED DE MUSSET

LES PORTRAITS

Il est une petite pièce de vers, écrite en 1854, qu'on chercherait en vain dans les dix volumes de ses *Œuvres complètes* et que nous citons page 205 de ce livre, dans laquelle Alfred de Musset fait lui-même la critique des portraits qui le représentent. Plusieurs sont omis, des meilleurs. Cependant, elles ne sont pas aussi nombreuses qu'on pourrait le croire, les reproductions des traits de l'auteur des *Nuits*. Je ne parle ni des caricatures ni des charges, non plus que de ses portraits quand il était enfant, figures qui n'ont d'autre mérite que celui de la curiosité ou de la rareté. Tous les portraits d'Alfred de Musset se rapportent à quatre types, dessinés, peints ou sculptés du vivant du poète par David d'Angers, Eugène Lami, Charles Landelle et Gavarni ; lesquels, après 1857, ont servi de modèles à ceux, peintres ou sculpteurs, qui ont voulu le représenter. Je ferai remarquer que ce sont les portraits les plus ressemblants qui sont les moins connus.

VAN BRÉE
1814.

Portrait à l'huile, dont l'original est au musée Carna-valet. La sœur du poète, Mme Lardin de Musset, en possède une copie exacte, cadre et toile.

Alfred de Musset a trois ans ; c'est un bébé tout rose, avec de jolis cheveux blonds qui tombent en boucles sur ses épaules. Dans la clairière d'un bois, il est assis sur une grosse pierre, au bord d'un ruisseau, les pieds dans l'eau, retenant avec ses mains, le long de sa poitrine, sa petite chemise qui glisse et le laisse presque nu. A ses côtés est une grande épée « pour se défendre contre les grenouilles » qui le regardent curieusement.

Gravé à l'eau-forte par Lalauze, en 1891, et joint à l'édition du conte d'Alfred de Musset *La Mouche*, publiée à la librairie Ferroud. (1 vol. in-8°.)

DUFAUT
1815.

Portraits d'Alfred et de Paul de Musset, formant groupe ; peinture à l'huile représentant les deux frères à mi-corps ; Alfred a une petite robe rouge ; ses cheveux blonds bouclés, tombent sur ses épaules. Il appuie la tête contre la poitrine de son frère Paul, qui met la main sur l'épaule d'Alfred, plus petit que lui.

L'original est, comme celui du portrait précédent, au Musée Carnavalet. Mme Lardin de Musset en a également fait exécuter une copie exacte : « Je ne crois pas, « dit M. Jules Cousin, dans l'*Intermédiaire des Chercheurs* « *et Curieux* du 28 février 1898, qu'il ait été publié de « reproduction gravée de ce double portrait ; nous la « réservons pour le grand album des pièces les plus « curieuses du Musée. Mais j'en ai fait prendre un beau

« cliché photographique, dont tout intéressé obtiendrait
« sans difficulté l'autorisation de faire tirer à ses frais
« une épreuve. » Je ne connais pas non plus de reproduction gravée ; mais, comme M. Cousin, je suis posses-
seur d'un cliché photographique dont quelques épreuves
ont été données *meis et amicis.*

ROEHN

1828.

Le beau Grec, portrait-charge d'Alfred de Musset au
fusain et crayon de couleur avec lavis. La tête seule du
patient, émergeant d'un faux-col et coiffée d'un fez rouge
qui est posé sur des cheveux en broussaille, est représentée de profil à gauche.

En 1890, j'ai fait fac-similer cette caricature, par
l'imprimerie Lemercier, à Paris ; il a été tiré trente
épreuves in-4º sur Hollande, puis la pierre a été effacée.

DEVÉRIA

Vers 1830.

Alfred de Musset en costume de page, portrait en pied
lithographié, exécuté probablement pour l'une des soirées
travesties données par Achille Devéria.

I. PLANCHE REFUSÉE, in-4º. — Il n'existe, à ma connaissance, qu'une seule épreuve de cette planche, appartenant à M. Gabriel Devéria. Dans la campagne, dont
des rochers forment le fond, le jeune page, la main
gauche appuyée sur la hanche, soutient de la main
droite le bouffant de sa manche. Il a les yeux baissés et
regarde de côté ; un poignard pend à sa ceinture.

Reproduit en phototypie dans le volume de Mme Arvède Barine sur Alfred de Musset. (Hachette, 1893, in-12).

II. PLANCHE PUBLIÉE, grand in-4º. — Lithographie de

Fonrouge. Même costume que ci-dessus, mais sans le poignard. Le décor est changé : dans une salle, la main droite appuyée sur le dossier d'une chaise, la main gauche sur la hanche, le page tourne légèrement la tête à gauche, bien que le regard soit dirigé de face.

C'est le portrait le plus ressemblant d'Alfred de Musset jeune. La lithographie originale n'a pas, que je sache, été reproduite.

DAVID D'ANGERS

1831.

Médaillon rond de 0m17 de diamètre, représentant Alfred de Musset à l'âge de 23 ans : col nu, cheveux longs ramenés en avant ; la figure, vue de trois quarts, ne porte ni barbe ni moustache, mais seulement de légers favoris ; les yeux sont tournés à droite ; sur le côté droit du médaillon, est gravé le nom du poète ; à gauche, on lit : « David, 1831. »

L'original, en plâtre, appartient à Mme Lardin de Musset. Des reproductions en bronze ont été et sont faites par la maison Thiébault frères, à Paris.

Alfred de Musset venait poser à l'atelier de David, comme le témoigne cette lettre (1) :

« Paris, samedi soir.   1831.

« Monsieur,

« Je suis de service demain, pour presque toute la journée ; c'est ce qui me privera du plaisir de vous recevoir à mon atelier. Lundi, le jury qui doit juger le concours pour la monnaie du Roy, aura certainement terminé son opération vers midi ; je me rendrai de suite rue de Fleurus, et si vous

(1) Publiée en 1893 dans la *Revue de l'Art français*, page 204. Il s'agit de son service comme garde national.

pouvez disposer de quelques instants, je vous y attendrai. Vous obligerez votre bien dévoué serviteur.

« DAVID. »

Le poète et le sculpteur restèrent en relations amicales. M. Henry Jouin, dans son livre *David d'Angers et ses relations littéraires* (Plon, 1890. In-8°, p. 67), publie le billet suivant, écrit probablement en 1832 :

« Mon cher David, je suis allé chez Micheli pour avoir de vos médailles. Il demande une autorisation de vous pour cela. Soyez assez bon pour m'envoyer deux mots de votre main, pour Micheli et pour votre *Petit Cardillac des Enfants Rouges ;* vous obligerez votre dévoué de cœur. »

« ALF^d DE MUSSET. »

Que signifie ce *Petit Cardillac des Enfants Rouges?* Je n'ai pu trouver le sens de ce surnom et l'expliquer mieux que M. H. Jouin. En janvier 1828, David d'Angers fut victime d'une tentative d'assassinat, à trois pas de l'Abbaye, derrière Saint-Germain-des-Prés. La rue des Enfants-Rouges allait de la rue Porte-Foin à celle des Quatre-Fils; c'est aujourd'hui la rue des Archives. Quel rapport peut-il y avoir entre Cardillac, l'orfèvre assassin des *Contes* d'Hoffmann, et l'assassin de David? la rue de l'Abbaye, où s'est passé le drame de 1828, et cette rue du Quartier du Temple?

Le médaillon de David a été reproduit par la gravure :

1° En 1876, eau-forte in-32 par Waltner, pour l'édition des *Œuvres* d'Alfred de Musset dans la collection dite Petite Bibliothèque Charpentier. (Salon de 1876, n° 4004).

2° En 1877, eau-forte in-18 par Martinez, pour l'édition des *Œuvres* à la librairie Lemerre. (Salon de 1877, n° 4165).

3° En 1889, eau-forte in-8° par F. Courboin, publiée dans l'*Artiste* du 1er janvier 1890.

4° En 1896, gravure in-8° sur bois par Florian, publiée

comme frontispice de *Les Nuits,* par Alfred de Musset. (Paris, Pelletan, 1896. 1 vol. in-8°).

5° En 1898, pointe-sèche in-4°, gravée par Bracquemond d'après le médaillon (la figure est renversée) et tirée à dix épreuves, numérotées et signées par le graveur; après ce tirage restreint, le cuivre a été verni et encadré.

Voir l'ouvrage intitulé : *David d'Angers, sa vie, son œuvre, par H. Jouin.* (Paris, Plon, 1877, 2 vol. in-4°) et un article de Théophile Gautier dans le *Moniteur Universel* du 4 mai 1868.

CARICATURES PAR LUI-MÊME
1833-1834.

Pendant les quelques mois que dura l'entente cordiale de George Sand et d'Alfred de Musset, à Paris comme à Venise, le poète fit plusieurs fois sa propre charge. Ces caricatures, dessinées à la mine de plomb, existent sur deux albums : celui de George Sand, qui appartient aujourd'hui à M. le vicomte de Spoelberch de Lovenjoul, et celui d'Alfred de Musset, qui est entre les mains de sa sœur, Mme Lardin de Musset.

1° Le poète chevelu, 1833 (Album de G. Sand). De face, à mi-jambe, les deux mains dans ses poches ; taille de guêpe serrée dans une redingote boutonnée; tête piriforme, de chaque côté de laquelle se relèvent les boucles enroulées d'une luxuriante chevelure. Il a été fait une reproduction lithographique in-8°, tirée à 25 exemplaires qui ont été joints au tirage à part de notre article intitulé : « Quelques œuvres inédites ou peu connues d'Alfred de Musset », publié dans la *Revue d'Histoire littéraire de la France* du 15 janvier 1898.

2° Alfred de Musset et George Sand, décembre 1833 (Album d'A. de Musset). En buste, de face, coiffures et costumes plus ou moins vénitiens. Non reproduit.

3º « Ballade », 1834. (Album de G. Sand). En pied, vu
de dos, canne à la main droite. Au fond, à droite, église
et son clocher, que surmonte la lune, « comme un point
sur un i ». Imite le dessin d'un enfant. Dessiné sur
papier jaune, non reproduit.

4º « Don Juan allant emprunter dix sous, pour payer
son idéale et enfoncer Byron ». 1834. (Album de G. Sand).
En buste, de profil à droite, fumant un énorme cigare.
Long nez et cheveux lissés, légers favoris. Non reproduit.

THÉOPHILE GAUTIER

1835.

Portrait-charge en pied d'Alfred de Musset et d'Honoré
de Balzac, gravé sur bois par Géniole, d'après un dessin
de Théophile Gautier, publié dans le *Mercure de France*
du 15 juillet 1835.

Les deux écrivains sont l'un près de l'autre. A gauche,
Alfred de Musset, vu de dos, les jambes écartées, la
taille serrée dans sa redingote, et coiffé d'un chapeau
haut de forme, lance en l'air la fumée de sa cigarette.
A droite, Balzac, vu de profil, au ventre proéminent,
tient de ses deux mains, derrière son dos, sa fameuse
canne et son chapeau.

Une réduction de ces deux portraits a été publiée
dans *La Vie Moderne* des 26 juillet et 9 août 1879.

En 1883, la vignette du *Mercure de France* a été fac-
similée à l'eau-forte par Louis Charbonnel. Il a été fait
un tirage ordinaire sur Hollande in-4º et un tirage de
luxe à 26 épreuves en noir et 15 épreuves en sanguine
sur Japon 1/2 colombier. (Imprimerie Lemercier.)

Le livre de M. Adolphe Jullien, *Le Romantisme et
l'Éditeur Eugène Renduel* (Paris, Charpentier et Fas-
quelle, 1897. 1 vol. in-12) donne page 55 un nouveau fac-

similé agrandi de cette vignette, et le *Mois Littéraire* de juin 1899, en publie page 697 une réduction.

En 1883, j'ai retrouvé un fragment du dessin original de Théophile Gautier, dessin qui semble avoir été coupé en quatre morceaux. Sur celui que je possède, il reste Alfred de Musset, vu depuis le milieu environ de la basque de son habit ; c'est un dessin à la sépia et au lavis. Louis Charbonnel l'a fac-similé à l'eau-forte et il en a été tiré par l'imprimerie Lemercier 41 épreuves en bistre sur Japon 1/2 colombier.

ROGER DE BEAUVOIR
Vers 1835.

Portrait-charge dessiné à la plume : Alfred de Musset en pied, vu de dos, brandit d'une main sa canne et de l'autre sa cigarette. Reproduit ci-contre.

CARICATURE PAR LUI-MÊME
Vers 1838.

Portrait-charge à mi-jambe, dessiné sur l'album de Mme Caroline Jaubert. Le poète s'est représenté de profil à droite, tête énorme, presque toute en nez; jabot de dentelle.

L'album où se trouvait ce dessin fut perdu à Paris, dans une voiture, par une personne à laquelle Mme Jaubert l'avait confié. Mais il existait de cette charge une épreuve photographique *unique*, tirée par un ami de la Marraine, qui l'avait joint à l'exemplaire des *Œuvres* de son filleul ; c'est l'original actuel, dont il m'a été permis de prendre un cliché photographique.

Pour assurer la conservation de ce dessin, j'en ai fait faire un fac-similé sur zinc, dont il n'a été tiré que quelques épreuves, données à des amis.

EUGÈNE LAMI
1841.

Portrait en pied, dessiné au trait, en sanguine, et dont la tête seule est ombrée. Signé : « E. L. 1841. » Le poète est représenté de profil à gauche, la tête nue ; de la main droite, il tient son chapeau appuyé sur sa cuisse ; le bras gauche est replié derrière le dos, et dans la main gauche sont des gants. Il est vêtu d'un frac déboutonné, à collet de velours ; pantalon rayé, cravate montante, toute la barbe. La tête seule est terminée.

Le dessin original appartient à la Comédie-Française, à laquelle M. Alexandre Dumas fils en a fait don. H. : 0.180 — L. : 0.065.

La pose, trop affectée, n'est pas celle d'Alfred de Musset, m'ont dit plusieurs personnes qui ont connu le poète.

Ce dessin a été reproduit : 1° En fac-similé à l'eau-forte, par Legenisel : A. En 1874, de la grandeur de l'original. (Salon de 1874, n° 3502). — B. En 1876, format in-32, pour être joint à un volume des *Œuvres* d'Alfred de Musset dans la Petite Bibliothèque Charpentier. — C. En 1878, format in-12, tiré à très petit nombre et non mis dans le commerce.

2° Gravé sur bois, in-8°, en noir, dans l'*Univers Illustré* du 4 mars 1882.

3° Par des procédés divers, in-12 et in-32, dans la *Revue Encyclopédique* du 14 novembre 1896, le *Magasin littéraire* du 1er décembre 1896, les *Annales politiques et littéraires* du 6 décembre 1896.

CARICATURE PAR LUI-MÊME
1842.

Tête de profil, au nez démesuré, dessinée à la mine de plomb par Alfred de Musset, sur son album, à Lorey.

Les cheveux longs tombent à plat autour de la tête ; front aplati, menton rentrant, moustache tombante, col montant.

En 1876, il a été fait une reproduction à l'eau-forte, réduite de moitié environ, par les soins de l'éditeur Charpentier ; cette charge devait être jointe à l'un des volumes des *Œuvres* dans la Petite Bibliothèque Charpentier; mais il fut décidé que l'édition ne donnerait que des portraits *sérieux,* et le cuivre, après avoir été tiré à 75 exemplaires sur papier vergé in-18, fut effacé. Aucun exemplaire n'a été mis dans le commerce.

BIARD
(Sans date).

Quel est ce portrait et où se trouve-t-il ? C'est ce qu'il m'a été impossible de savoir. La fille du peintre, Mme la baronne Double, n'a pu, malgré son bon vouloir, me fournir aucun renseignement.

Toutefois, Mme veuve Martelet, qui s'appelait Adèle Colin lorsqu'elle était gouvernante d'Alfred de Musset, m'a fait voir une petite photographie, format carte de visite, faite chez Pexme, 20, Chaussée-d'Antin, à Paris, photographie toute jaunie et déjà un peu effacée, que son maître lui avait donnée certain soir, vers 1844 ou 1845, en lui disant que c'était la reproduction d'un portrait qu'un peintre venait de faire de lui. Alfred de Musset est représenté en pied, de trois quarts à droite, la main gauche enfoncée dans la poche de son pantalon, le bras droit appuyé sur le fût d'une colonne ; redingote dont le seul bouton du haut est boutonné, pantalon uni. Le poète n'a pas le ruban de la Légion d'honneur, ce qui prouve que ce portrait est antérieur au 30 avril 1845. — Serait-ce une photographie du portrait de Biard? Alfred de Musset n'a pas prononcé le nom du peintre en remettant la photographie à Mlle Colin, qui ne connaît pas le portrait de Biard.

En 1877, la librairie Charpentier joignait à l'un des volumes de l'édition in-32 des *Œuvres* d'Alfred de Musset, un portrait gravé à l'eau-forte par Monziès « d'après une photographie prise d'après nature ». Suivant les renseignements qui m'ont été fournis par la famille de Musset, Alfred de Musset n'a jamais été directement photographié. La tête du portrait de Monziès ressemble à celle de la photographie de Pexme. Une reproduction en phototypie de la photographie de Pexme, est publiée dans *Dix Ans chez Alfred de Musset,* par Mme Martelet, née Adèle Colin. (Paris, Chamuel, 1899. 1 vol. in-12).

RIFFAUT
1845.

Portrait à mi-corps, dessiné et gravé à la manière noire par A. Riffaut, publié dans l'*Artiste* du 18 janvier 1846. C'est un médaillon ovale, placé dans un encadrement rectangulaire, représentant Alfred de Musset presque de face, jusqu'à la hauteur des genoux. La tête, de trois quarts à droite, est découverte ; cheveux longs, toute la barbe ; le bras gauche est replié et le pouce gauche enfoncé dans la poche du gilet ; le bras droit pend le long du corps, et de la main droite le poète tient une canne. Pantalon uni, décoration.

La pose est raide et ni la figure ni le regard n'ont d'expression.

MADEMOISELLE MARIE MOULIN
1848.

Miniature peinte par Mlle Marie Moulin, cousine d'Alfred de Musset et figurant au Salon de 1848 (n° 3411. Trois miniatures : Alfred de Musset, Paul de Musset et Mme M***.) C'est un portrait de face, à mi-corps, barbe légèrement taillée, frac déboutonné, gilet à fleurs très ouvert, tête découverte, cravate montante. L'original appartient à Mme Lardin de Musset.

Reproductions : 1° Photographie 18×24 exécutée par la maison Bingham, 50, rue de La Rochefoucauld, à Paris, pour la famille de Musset, et non mise dans le commerce.

2° Gravure à l'eau-forte par Burney, faite en 1887 pour l'édition des *Nouvelles* d'Alfred de Musset publiées en 1 vol. in-8° à la librairie Conquet. (Imp. Chardon.)

EUGÈNE GIRAUD

(Sans date).

Portrait-charge, dessiné et peint à l'aquarelle, représentant Alfred de Musset en pied, avec une très grosse tête sur un tout petit corps. L'original faisait partie de la collection de M. de Nieuwerkerke, et on a pu le voir quai Malaquais, à l'Exposition des Maîtres Français de la Caricature, qui fut faite à l'École des Beaux-Arts au mois d'avril 1888 (n° 440 du catalogue). Actuellement, cette collection est en Italie : M. de Nieuwerkerke est mort, ses héritiers habitent près de Lucques, en Toscane, et il est à craindre que toute cette réunion des charges de nos meilleurs écrivains, ne soit perdue pour la France.

Ce portrait d'Alfred de Musset n'a pas été reproduit. L'*Illustration* du 5 mai 1888 donne ceux d'A. Houssaye et d'A. Dumas.

TRICHON ET C. F.

1853.

Portraits d'Alfred de Musset et de Berryer, « les deux derniers Académiciens », gravés sur bois par Trichon,

d'après C. F. (Faxardo ?) et publiés à mi-page dans le
Musée des Familles de novembre 1853, tome XXI,
page 61.

Alfred de Musset, de trois quarts, est à gauche ; Berryer
est de face, à droite. Le poète est représenté jusqu'au
dessous de la ceinture, le bras droit tombant, le gauche
légèrement replié ; il est vêtu d'une redingote ouverte,
cravate montante, cheveux longs, toute la barbe. La
note suivante accompagne les portraits :

« L'image de M. de Musset, nommé en même temps que
M. Berryer et reçu l'année dernière, on se souvient avec
quel succès, était digne d'accompagner sur la même page
celle du grand orateur auprès duquel il va s'asseoir. Ces
deux derniers Académiciens seront certainement deux des
premiers sur les bancs des Quarante. »

PROSPER MÉRIMÉE
Vers 1853.

Tête de profil, dessinée à la plume par P. Mérimée,
pendant une séance de l'Académie Française et donnant
un Alfred de Musset plus vieilli que nature... ou en-
dormi.

L'original de ce portrait appartient à M. le Vicomte
de Spoelberch de Lovenjoul, qui, en 1891, a bien voulu
m'autoriser à le faire fac-similer sur pierre et tirer à
quelques épreuves sur vergé in-4° (Imprimerie Lemercier), dont aucune n'a été mise dans le commerce.

LANDELLE
1854.

Portrait dessiné au pastel, en 1854, par Charles Landelle et exposé au Salon de 1855 (n° 5480).

Alfred de Musset est de profil, en buste, tête nue, les
yeux tournés à droite ; il porte toute sa barbe, les cheveux

rejetés en arrière sur le col ; cravate montante, faisant plusieurs tours. Il est vêtu d'une redingote boutonnée, ornée du ruban de la Légion d'honneur.

C'est le portrait le plus connu et le plus répandu. Mme Lardin de Musset, à laquelle je m'étais adressé pour savoir quel était le véritable original, m'écrivit le 17 octobre 1882 : « L'original du portrait de Landelle est « le beau pastel qui est chez Madame Lardin de Musset. « L'aquarelle de la Comédie-Française en est la copie « faite par Pollet (1). Le portrait à l'huile du Musée de « Versailles est une copie du pastel, faite par Landelle « lui-même, mais moins bonne que le pastel. » Alfred de Musset avait cependant posé pour cette reproduction :

Monsieur Alfred de Musset,

Rue du Monthabor, 6.

« Mardi 10 octobre 1854.

« Mon cher monsieur de Musset,

« Je viens réclamer de votre obligeance une séance pour terminer le portrait *peint* que je dois donner au Théâtre-Français.

« Si vous voulez bien me fixer *d'avance* le jour dont vous pourrez disposer la semaine prochaine, je m'arrangerai pour n'avoir pas modèle.

« Veuillez de nouveau croire à mes témoignages de sympathie et d'affection.

« C. LANDELLE. »

« Vous seriez bien gentil de venir déjeuner dimanche matin à 11 h. à l'atelier et de m'amener Arago, si vous le trouvez sur votre chemin.

« Réponse S. V. P. »

Nombreuses en sont les reproductions, mais toutes ne sont pas heureuses ni *ressemblantes,* par suite d'un défaut au nez, défaut causé par une ombre sur le pastel,

(1) Exposée au Salon de 1859, n° 2491.

qui est généralement traduite par une bosse dans les reproductions.

1° Photographie remontée sur bristol in-4°, exécutée par la maison Bertsch et Arnaud, en 1854, d'après le pastel original.

2° Photographie format carte de visite, tirée, en 1854, par la maison Bingham, sur le pastel original, pour la famille de Musset, et non mise dans le commerce.

3° Gravure in-32 sur acier par Gervais, (Imprimerie Chardon), faite d'après le portrait de Landelle, figure renversée, publiée dans la *Biographie d'A. de Musset par E. de Mirecourt.* (Paris, Roret, 1854, 1 vol. in-32).

4° Gravure in-4° sur bois par A. Greppi, publiée dans le *Triboulet et Diogène* du 13 mai 1857. Très mauvaise exécution ; on y remarque ce changement que le bas du buste est drapé dans un manteau.

5° Gravure in-4 sur acier par Pollet ; médaillon ovale de H. : 0.150, L. : 0.105, publié dans l'*Artiste* du 3 janvier 1858, exposé au Salon de 1859 (n° 3638). (Imprimerie Drouart). Bonne reproduction, à laquelle M. Taxile Delord consacre une étude dans le *Magasin de Librairie* du 10 mai 1859.

6° Gravure in-8° sur acier par Daguin, avec encadrement rectangulaire, faite en 1865 et exposée au Salon de 1866 (n° 3119). H. : 0.178. L. : 0.112.

7° Gravure in-4° sur acier par Léopold Flameng : médaillon ovale, entouré d'un cartouche rectangulaire et de branches de laurier. Publiée primitivement à la librairie Charpentier, dans l'édition in-4° des *Œuvres* d'Alfred de Musset, dite de souscription ; puis jointe à toutes les éditions in-4° et in-8° des *Œuvres,* comportant les figures de Bida. — Il existe des épreuves d'artiste, avant la lettre, ne donnant que le médaillon, sans aucun encadrement. — Exposée au Salon de 1867 (n° 2610).

8° Gravure in-8° sur acier par Adrien Nargeot, publiée

dans la *Revue du XIXe siècle* du 1er mai 1866. Médaillon ovale, porté par un socle, avec encadrement rectangulaire, sur fond haché. H. : 0.128. L. : 0.088.

9° Photographie in-32, faite par Colin en 1867, pour l'édition des *Œuvres* d'Alfred de Musset en 10 vol. in-32, ornée de la reproduction photographique des dessins de Bida.

10° Gravure sur acier, exécutée en 1867 par Goutière : médaillon ovale, fermé par un cordon de perles, dans un encadrement rectangulaire quadrillé, avec ornements. H. : 0.088. L. : 0.065. Sans nom d'imprimeur ni d'éditeur. Tirage in-folio sur Chine monté avant lettre, in-4° sur blanc avant lettre, et in-8° sur vélin avec lettre (Salon de 1867, n° 2621).

C'EST, D'APRÈS LA DÉCLARATION MÊME DE Mme LARDIN DE MUSSET, LE PORTRAIT LE PLUS RESSEMBLANT DE SON FRÈRE ALFRED. L'artiste a su reconnaître que, sur le pastel original, la tache qui se voit au nez est une ombre portée de l'arcade sourcillière et non pas l'effet d'une protubérance. Tout le travail de gravure est d'une très grande finesse.

11° Gravure in-32 sur acier par Goutière, avec fac-similé de la signature d'Alfred de Musset. Publié en tête du tome I des *Poésies* d'Alfred de Musset. (Charpentier, 1867, 2 vol. in-32).

Une contrefaçon de ce portrait a été publiée à Bruxelles, avec fac-similé de la signature au bas du médaillon ; on y a joint le fac-similé de la première strophe autographe de la *Ballade à la Lune*. Épreuves en noir et en sanguine, très mauvaise exécution.

12° Gravure à l'eau-forte par Mongin, faite en 1876 pour l'édition des *Œuvres* d'Alfred de Musset à la librairie Lemerre. (10 vol. in-18).

13° Gravure à l'eau-forte par Le Rat, d'après le portrait de Landelle, avec des modifications dans le costume, publiée en 1876 dans l'édition des *Œuvres* à la librairie Lemerre.

14° Gravure in-32 à l'eau-forte par Flameng, publiée en 1876 dans les *Œuvres,* collection de la Petite Bibliothèque Charpentier.

15° Gravure à l'eau-forte par Hanriot, figure renversée. Tirage sur Hollande in-4° et in-8°, sans nom d'imprimeur ni d'éditeur.

16° Gravure à l'eau-forte et pointe-sèche par Lessore, figure renversée. Éditée en 1878, à la librairie Rouquette. Imp. de Vve Cadart. Épreuves sur Hollande in-4° et in-8°.

17° En 1879, M. Mazerolle, dans son plafond de la salle de la Comédie-Française, a représenté Alfred de Musset dans un de ses groupes ; la tête est faite d'après le portrait de Landelle ; le poète, drapé dans son manteau, est placé aux côtés d'Alexandre Dumas.

L'*Illustration* du 2 août 1879 donne une gravure de ce plafond.

En 1882, M. Raphaël Breynat a gravé sur bois une reproduction de ce plafond pour le livre *Paris* (Librairie Rothschild). (Salon de 1882, n° 5211).

18° *Programme de la représentation extraordinaire, donnée au Palais du Trocadéro, le dimanche 9 mai 1880.* (Imp. Motteroz, 4 pages in-4°). Parmi les ornements lithographiés du titre, se trouve une reproduction du médaillon de Landelle.

19° Gravure in-32 sur bois, sans signature et d'une très mauvaise exécution, publiée dans *Alfred de Musset et Edgar Quinet enfants, par V. Tinayre.* (Paris, Keva, 1881, 1 vol. in-32).

20° Gravure in-8° sur acier, sans encadrement, par Adrien Nargeot, publiée dans *Souvenirs poétiques de l'École Romantique, par Ed. Fournier.* (Paris, Laplace, 1880, 1 vol. in-8).

21° Gravure in-8 sur bois par Thiriat, publiée dans la *Lecture Rétrospective* du 5 juillet 1890.

22° Gravure sur cuivre, à la pointe-sèche, par Adrien

Nargeot, exécutée en octobre 1891 et destinée primitivement à orner l'édition du conte *La Mouche,* par Alfred
de Musset, publiée à la librairie Ferroud. M. Lalauze
ayant gravé toutes les vignettes du volume, fit une nouvelle planche du portrait qui fut donnée dans le livre à
la place de celle de M. Nargeot. — Finement gravé.

23° Gravure à l'eau-forte par Lalauze, publiée dans
La Mouche, par Alfred de Musset. (Paris, Ferroud,
1891, 1 vol. in-8°. Imp. Wittmann).

24° Dans le médaillon rond, renfermant le double
portrait de George Sand et d'Alfred de Musset, gravé à
l'eau-forte par Abot, qui orne le titre de l'édition de *La
Confession d'un enfant du siècle,* publiée en 1891 chez
Quantin, 1 vol. in-8° ; le buste du poète est la reproduction
à peu près exacte du portrait de Landelle, ce qui est un
anachronisme, *la Confession* étant de 1835 et le portrait,
de 1854.

25° Je possède une épreuve in-4° sur Japon, sans date
et sans nom d'imprimeur ni d'éditeur, d'un portrait
d'Alfred de Musset, gravé à la pointe-sèche par Loys Del-
teil. Musset est représenté à mi-corps, presque de face,
le bras droit replié et la main passée dans l'ouverture
de sa redingote ; le bras gauche pend le long du corps.
La tète est inspirée par le portrait de Landelle.

26° Le *Programme de la soirée du 7 Octobre 1896,*
donnée à la Comédie-Française en l'honneur de LL.
MM. le Czar et la Czarine (Stern, graveur, 1 f. in-4°),
présente parmi son ornementation une reproduction
du médaillon de Landelle.

27° Enfin, dans le commerce, on trouve des reproductions photographiques de ce portrait, trop noires en
général, format carte-album et carte de visite, éditées
par la maison Charles Jacotin.

Il existe encore d'autres reproductions du pastel de
Landelle, dans des revues et des journaux illustrés, un

entre autres, in-8º, gravée sur bois par Collette, dont il
m'a été impossible de retrouver la provenance ; j'en ai
rencontré jusque sur des titres de morceaux de musique.
Tous ces portraits pèchent en général par leur exécution
et ne sont, pour le plus grand nombre, que des *cli-*
chages n'offrant aucun intérêt artistique.

GAVARNI
1854.

Portrait en pied, in-4º, lithographié par Gavarni, et
publié dans la série des *Contemporains illustres*. (Imp.
Lemercier).

Musset est presque de face, les yeux tournés à droite,
cheveux longs, toute la barbe. De la main droite, il tient
une canne, le bout en avant; le bras gauche, appuyé sur
la hanche, est recouvert par un vaste manteau qui,
enveloppant les épaules et le buste, descend jusqu'aux
genoux. Paysage au fond. — H : 0.345 ; L : 0.222. Trait
rectangulaire, cintré dans la marge supérieure ; sous le
portrait, fac-similé de la signature.

Le reproche qu'on peut adresser à ce portrait, est de
représenter un Alfred de Musset plus vieilli qu'il n'était
en réalité.

1º Reproduction partielle du buste seul, figure renversée, sans le manteau, gravée sur bois et publiée dans
le *Monde illustré* du 9 mai 1857 et dans l'*Almanach des
célébrités contemporaines*. (1 vol. in-8º, p. 26).

2º Fac-similé de la lithographie originale gravé sur
bois par Pistho, publiée dans l'*Illustration* du 16 mai 1857.

3º Gravure sur bois in-12, non signée, représentant
Alfred de Musset à mi-corps, publiée comme frontispice
de l'*Almanach de la littérature, du théâtre et des beaux-
arts* pour 1858, par J. Janin. (Paris, Pagnerre. 1 vol.
in-12 carré).

4º Lithographie in-4º, semblable à l'original et probablement tirée sur la même pierre, publiée dans le *Panthéon des Illustrations françaises au XIXᵉ siècle, par Victor Frond.* (Paris, Abel Pilon, 1865-1873. 17 vol. in-folio.)

5º Gravure à l'eau-forte par Boilvin, ne donnant que le haut du buste, exécutée en 1876, pour l'édition des *Œuvres* à la librairie Lemerre.

6º Réduction in-32, gravée à l'eau-forte par A. Leroy, en 1876, pour l'édition des *Œuvres* dans la Petite Bibliothèque Charpentier.

7º Reproduction du buste seul, gravé sur bois, dans *El Liberal* (Madrid) du 11 novembre 1898 pour accompagner une Notice sur A. de Musset, par Tello Tellez.

Voir : *Gavarni, l'homme et l'œuvre, par E. et J. de Goncourt.* (Paris, Plon, 1873. 1 vol. in-8º, pages 153 et 401.) — *L'Œuvre de Gavarni, par Armelhaut et Bocher* (Paris, Librairie des Bibliophiles, 1873. 1 vol. in-8º, p. 13).

NADAR

1857.

Portrait - charge in-32, gravé sur bois par Diolot, d'après un dessin de Nadar, publié dans la 1ʳᵉ livraison des *Binettes Contemporaines, par Joseph Citrouillard,* (Commerson). (Paris, Havard, 1857. 2 vol. in-32).

Musset, orné d'une énorme tête sur un tout petit corps, et vu de profil, se promène, en costume d'académicien, devant les lions de l'Institut. Une main dans sa poche, tenant de l'autre son chapeau derrière son dos, il roule de gros yeux et semble désespéré d'avoir un nez aussi phénoménal que celui dont on l'a doté.

La tête de ce portrait se trouve lithographiée sous le nº 13 du *Panthéon Nadar.* (Prime du Figaro. 1 feuille in-plano grand aigle).

En 1883, M. Louis Charbonnel a gravé en fac-similé à

l'eau-forte le bois de Nadar; les quelques épreuves tirées à l'imprimerie Lemercier n'ont pas été mises dans le commerce.

BARRE

Le tombeau d'Alfred de Musset.

1859.

Buste en marbre blanc, sculpté par Auguste Barre et placé sur le tombeau d'Alfred de Musset, au cimetière du Père-Lachaise, à Paris.

Des reproductions de ce buste, également en marbre, se trouvent chez Mme Lardin de Musset et à l'Académie Française.

On trouve dans le commerce des photographies 18×24 du Tombeau et par conséquent du buste. En outre, buste et tombeau ont été gravés :

1° Sur bois, dans l'*Illustration* du 4 mai 1861.

2° A l'eau-forte, par Abot, en 1877, format in-32, pour l'édition des *Œuvres* dans la Petite Bibliothèque Charpentier.

Auguste Barre était un ami d'Alfred de Musset, qui s'était plusieurs fois essayé chez lui en l'art du statuaire. Certain jour que le poète devait l'aller voir, un événement inattendu l'en ayant empêché, il lui envoya ce billet :

« Mon cher ami,

« Je vous écris de chez Mlle Rachel, qui me garde à dîner. Ainsi, ne m'attendez donc pas ce soir. A bientôt.

« A vous,

« ALF^D M^T. »

« J'ai ébauché une belle petite chatte. J'ai employé d'abord un couperet de cuisine, puis mes mains, puis vos petits bâtons. J'ai tout lieu de croire que ce sera admirable, mais dans ce moment-ci, mon idéal a encore un torticolis et une fluxion. Venez donc voir ça. »

C'est sans doute à cause de cette intimité que Paul de Musset s'adressa à M. Barre pour le buste qui devait orner le tombeau de son frère. Ce tombeau, qui se trouve au cimetière du Père-Lachaise, à Paris, est construit sur les plans donnés par l'architecte Anatole Jal, dans la grande avenue qui mène à la chapelle centrale ; il est élevé sur un emplacement concédé par l'État, aux frais de la famille de Musset et de l'éditeur Charpentier :

« *A Monsieur le Préfet de la Seine.*

« Paris, 8 juin 1857.

« Monsieur le Préfet,

« Alfred de Musset, dont la mort prématurée cause en ce moment une émotion si profonde, est né à Paris. Comme la plupart des grands poètes, il ne laisse point de fortune. Dans une élégie touchante, que tout le monde connaît, il a exprimé le vœu suivant :

Mes chers amis, quand je mourrai,
Plantez un saule au cimetière ;
J'aime son feuillage éploré,
La pâleur m'en est douce et chère,
Et son ombre sera légère
A la terre où je dormirai.

« Afin de pouvoir répondre au désir formulé dans ces vers, je prends la liberté de m'adresser à vous, Monsieur le Préfet, pour obtenir la concession gratuite au Cimetière de l'Est, d'un terrain de cinq ou six mètres carrés, espace rigoureusement nécessaire à l'érection d'un tombeau modeste, orné d'un buste en marbre, offert par le statuaire Barre, et accompagné d'un saule pleureur.

« Le poète si justement regretté n'est pas seulement une des gloires de la France ; il est aussi un enfant de Paris, et j'ose espérer que sa ville natale voudra bien accorder à l'un des esprits les plus aimables et les plus aimés qu'elle ait produit, une dernière demeure digne de lui.

« Veuillez agréer, Monsieur le Préfet, l'assurance de ma haute considération.

« Paul de Musset. »

« Je recommande à la bienveillance de Monsieur le Préfet de la Seine la demande de M. Paul de Musset ; que le vœu exprimé d'une manière si poétique et si touchante, par son frère, soit rempli. La Ville de Paris doit un tombeau à un poète né dans ses murs et dont la mémoire ne finira jamais.

« P. MÉRIMÉE. »

« Je me joins bien cordialement à mon confrère M. Mérimée.

« EMPIS. »

« Le saule que demande ce jeune et charmant poète, aura des pèlerins ; à présent, ceux qui l'ont aimé, et toujours, ceux qui sauront aimer et lire la poésie impérissable. — Puisse la Ville de Paris planter et renouveler perpétuellement cet arbre mélancolique sur sa tombe.

« ALFRED DE VIGNY. »

« Je me joins à mes confrères dans le vœu qu'ils expriment en faveur d'un des rares poètes dont le nom survivra.

« SAINTE-BEUVE,
« de l'Académie Française. »

Mais M. le baron Haussmann, préfet de la Seine, n'était pas partisan de ce projet et trouva mille prétextes pour en ajourner l'examen. Paul de Musset, dans le but d'obtenir la concession nécessaire au tombeau, fit agir d'autres influences :

« *A Monsieur Alfred Arago.*

« Mon cher Alfred,

« On me fait observer que M. Delmas ayant promis à Jal que la pétition déjà lancée serait classée parmi celles que l'Empereur doit lire et non parmi celles dont on lui rend compte, il serait convenable, avant de tenter une autre démarche, d'attendre le résultat de celle-là. Il n'y a pas de raison pour que ce résultat ne soit pas favorable. Je ne demande qu'un appui dans l'accomplissement d'un devoir pieux, et je me sens très fort sur ce terrain. Le Conseil Municipal a été pressenti : tous les membres à qui on en a parlé, ont été d'avis que le rapport fût présenté. M. Husson a fait ce rapport et l'a porté à la signature : M. le Préfet a refusé de le signer. Il n'y a pas d'autre obstacle.

« Pendant ce temps-là, Charpentier me proposait d'ouvrir une souscription pour l'achat du terrain, disant que les frais en seraient couverts en quelques jours. Je ne l'ai pas voulu, pour l'honneur de la Ville de Paris, car il ne faut pas se dissimuler que tout cela est de l'histoire, et qu'on lira le récit de ces détails dans cinq cents ans.

« Dites toujours au Prince Impérial (1) combien je suis touché de l'intérêt qu'il prend à cette affaire et des paroles chaleureuses qu'il vous a fait entendre. Malgré la démarche dont je dois, par convenance, attendre le résultat, un mot de lui au Préfet ne peut pas nuire.

« A bientôt, mon cher Alfred, et tout à vous.

« PAUL DE MUSSET.

« Vendredi, 27 novembre 1857. »

La parcelle de terrain fut enfin obtenue... par achat et le tombeau aussitôt érigé.

L'exhumation eut lieu le 23 mars 1858.

« *A Monsieur le Sénateur, Préfet de la Seine.*

« Paris, le 12 mai 1858.

« Monsieur le Préfet,

« J'ai l'honneur de vous prier de vouloir bien autoriser le remboursement de la somme qui doit me revenir sur le prix d'un terrain de deux mètres au cimetière de l'Est, acquis conditionnellement le 3 mai 1857, pour la sépulture de Louis-Charles-Alfred de Musset, mon frère, décédé le 2 du même mois ; ce terrain étant devenu libre par suite de l'exhumation faite le 23 mars 1858 et de la réinhumation dans un terrain de trois mètres 38 c., acquis le 29 décembre 1857, sous le numéro 936. Ci-joint le certificat de M. le Conservateur du cimetière de l'Est.

« Veuillez agréer, Monsieur le Préfet, l'assurance de ma haute considération.

« PAUL DE MUSSET.

« Rue des Pyramides, 8. »

(1) A cette époque, le Prince Impérial était encore Joseph Napoléon, nommé par décret du 18 décembre 1852, confirmé le 23 par un sénatus-consulte.

M. Paget, dans l'*Illustration* du 4 mai 1861, décrit ainsi le tombeau :

« Le monument dont nous donnons ici la figure, a 2ᵐ de large sur 2ᵐ20 de haut. La partie supérieure, forme médaillon placé dans le fronton, porte la tête de Minerve, symbole de l'Institut. Au-dessous du piédouche qui supporte le buste en marbre d'Alfred de Musset, tel qu'il était peu de temps avant sa mort, on a sculpté la lyre, la plume, avec une palme et une branche de laurier, attributs du poète illustre. Dans un cartel placé sous ces attributs, sont gravés six vers, extraits d'une élégie touchante que tout le monde connaît ; elle est intitulée *Lucie :*

> Mes chers amis, quand je mourrai,
> Plantez un saule au cimetière ;
> J'aime son feuillage éploré,
> La pâleur m'en est douce et chère,
> Et son ombre sera légère
> A la terre où je dormirai.

« ...Enfin, sur les deux cippes parallèles, sont gravés : d'un côté, quatre titres d'œuvres en vers : *Namouna, Rolla, Mardoche, Les Nuits ;* de l'autre, trois titres d'ouvrages en prose : *Un Caprice, Lorenzaccio, Frédéric et Bernerette.* »

Un saule pleureur est placé près du tombeau qu'il recouvre de ses branches; mais le pauvre arbre a bien peu de terre et il faut le remplacer souvent, ce à quoi veilla d'abord le frère et veille aujourd'hui la sœur du poète. Fréquemment, des mains amies vont y déposer des fleurs et tous les ans, le 2 mai, une manifestation a lieu, organisée par des jeunes gens enthousiastes et des admirateurs de l'auteur des *Nuits.*

Le 9 mai 1880, une représentation extraordinaire fut donnée au Palais du Trocadéro, organisée par MM. Grippa de Winter, Buchelbry, Raymond Bonnial, le comité des fêtes du Quartier-Latin, l'école de M. Talbot et les délégations des Facultés de Bruxelles, Lille, Liège, etc..., sous la présidence d'honneur de M. Paul de

Musset. Une quête fut faite par Mmes Sarah Bernhardt, Leslino, Hess, Schriwanech, etc..., dont le produit devait être affecté à l'embellissement de la tombe d'Alfred de Musset, quête contre laquelle protesta Paul de Musset par cette lettre adressée au *Figaro* :

« *A Monsieur le Rédacteur du* Figaro.

« Le 10 mai 1880.

« Monsieur le Rédacteur,

« L'état de ma santé ne m'a pas permis d'assister hier, 9 mai, à la représentation extraordinaire qui a eu lieu dans la salle du Trocadéro, en l'honneur d'Alfred de Musset. Mais je viens d'apprendre qu'une quête, organisée par des dames, a été faite, malgré ma défense, dont le produit est destiné à l'embellissement de la tombe d'Alfred de Musset.

« Je proteste contre cette étrange prétention d'*embellir* la tombe de mon frère. Cette tombe est connue de toute la terre par la photographie ; elle n'a besoin d'aucun embellissement, et je ne permettrai à personne d'y porter les mains.

« Si le saule pleureur a été gelé, le jardinier du cimetière le remplacera ; il est payé pour cela. Que ces dames portent des couronnes et des fleurs tant qu'elles voudront, elles ne seront pas les seules. Mais l'entretien du tombeau n'appartient qu'à la famille du poète.

« Je vous serai très obligé, monsieur le Rédacteur, si vous voulez bien prêter à ma protestation le secours de votre grande publicité.

« Recevez, Monsieur, l'assurance de ma considération la plus distinguée.

« PAUL DE MUSSET. »

A l'occasion de cette fête, on moula le buste d'A. de Musset, dû au ciseau de Barre, et ce buste fut couronné au cours de la représentation ; moule et buste sont depuis lors chez Mme Lardin de Musset. Un programme, orné d'une vignette lithographiée par H. Dillon, fut imprimé.

Le *Petit Journal* du 2 novembre 1891 donne une petite

vignette du tombeau, qu'accompagne un article des-
criptif.

A propos de la manifestation du 3 mai 1892, M. Paul
Ferrier composa une pièce de vers « Sur la tombe
d'Alfred de Musset » :

> Portez des fleurs au cimetière,
> Les fleurs du printemps que j'aimai
> Les lilas à la grappe altière
> Et les pâles roses de mai ;
> Venez avec une prière
> Sur la tombe où je dormirai.
>
> . . . .

que publièrent le *Gaulois* du 8 mai 1892 et la *Semaine
Politique et Littéraire* du 6 novembre de la même
année.

MEZZARA
1865.

Buste en marbre, sculpté par Mezzara en 1865 et dont
la physionomie semble inspirée principalement par le
portrait de Landelle. Alfred de Musset est représenté de
trois quarts à gauche, le col découvert, la cravate retom-
bant au milieu de la poitrine, les épaules drapées dans
un manteau. Sur le socle, on lit : « Alfred de Musset, né
à Paris le 11 décembre 1810, mort le 2 mai 1857. »

> « *A Monsieur Alfred Arago.*
>
> « 20 avril 1865.
>
> « Mon cher Alfred,
>
> « Le buste de Mezzara est terminé. Je le trouve vraiement
> très ressemblant. On a dit à l'auteur qu'on lui enverrait
> l'Inspecteur des Beaux-Arts. Tâchez donc que ce soit vous,
> car un autre n'ayant pas connu mon frère ne pourrait point
> juger de la ressemblance, qui est une chose très importante.
> « Je voudrais bien que ce buste fût mis dans le foyer de
> la Comédie-Française. Il y serait bien à sa place. M. Mezzara

m'a l'air d'un homme très modeste, sans protections, comme beaucoup de gens de talent. Il ne semble pas que ce soit une raison de l'abandonner. Tâchez de faire quelque chose pour lui.

« Tout à vous,

« PAUL DE MUSSET. »

« *A Monsieur Alfred Arago.*

« 10 février 1868.

« Mon cher Alfred,

« J'ai revu pour la dernière fois le buste de mon frère dans l'atelier de M. Mezzara et je l'ai trouvé parfait. Ma sœur et moi, nous avons presqu'été scandalisés de ne plus trouver une seule observation à faire à l'auteur sur la ressemblance. M. Mezzara a réellement beaucoup de talent. Il pense avec raison que le foyer de la Comédie Française sera pour lui la meilleure des expositions. Je suis aussi pressé que lui de voir ce beau buste dans les rangs des Corneille et des Molière. Faites écrire à l'artiste de vous l'envoyer. Édouard Thierry l'attend.

« Je vous serre la main bien cordialement et suis tout à vous.

« PAUL DE MUSSET. »

Le buste est placé dans la galerie du Foyer public au théâtre de la Comédie-Française : « Musset, le poète « aimé qui revit dans l'œuvre de Mezzara, dit M. René « Delorme, reçoit chaque jour de pieuses visites. Sou- « vent, des groupes s'arrêtent pour le contempler ; au- « cune physionomie ne reste indifférente alors : les unes « s'assombrissent, les autres s'éclairent, double hom- « mage de regret et d'admiration (1). »

Quatre reproductions : 1° Gravure à l'eau-forte in-32 par A. Lamotte, faite en 1876 pour l'édition des *Œuvres* dans la Petite Bibliothèque Charpentier.

(1) *Le Musée de la Comédie-Française.* Paris, Ollendorff, 1878. 1 vol. in-8, p 46.

2º Gravure à l'eau-forte par Monziès, en 1877, pour l'édition in-18 des *Œuvres* à la librairie Lemerre.

3º Peinture sur émail faite en 1881 par Mme Rosine Mezzara.

4º Glyptographie in-4º, publiée en tête du tome I de l'édition populaire illustrée des *Œuvres* à la librairie Charpentier, 1889. (5 vol. in-4º).

EUGÈNE LAMI

1879.

Dans le portrait d'Alfred de Musset peint en 1879 par M. Eugène Lami, le poète est représenté à mi-corps, de trois quarts, la figure à droite. Il est appuyé sur la tablette d'une cheminée et de la main gauche tient un livre à demi fermé.

Gravé à l'eau-forte par Waltner, pour l'édition in-32 des *Œuvres* dans la Petite Bibliothèque Charpentier.

PIERRE GRANET

1882.

Statue en pied, exécutée en 1882 par Pierre Granet, et figurant au Salon de la même année. Alfred de Musset est représenté de face ; de la main gauche, il tient son chapeau appuyé sur la cuisse ; son bras droit est replié, et, dans la main droite, il tient un stick et des gants ; un long manteau, tombant de l'épaule droite, lui couvre une partie du dos.

Cette statue a été inspirée pour la pose et l'attitude par les portraits en pied d'Eugène Lami et de Gavarni ; pour la figure, beaucoup par celui de Mlle Marie Moulin et un peu par celui de Landelle. Elle était primitivement destinée au concours ouvert par la Ville de Paris pour l'ornementation des façades de l'Hôtel de Ville ; mais, par

suite de circonstances indépendantes de sa volonté,
M. Granet n'ayant pu prendre part à ce concours, il
présenta son œuvre à Mme Lardin de Musset qui l'accepta
et, à son tour, proposa à la Société des Gens de lettres
de dresser cette statue sur l'une des places publiques de
Paris ; mais, comme on le verra plus loin, ce projet
échoua. Aujourd'hui, cette statue est au Louvre.

Une reproduction a été gravée à l'eau-forte à la fin de
l'année 1882 par Louis Charbonnel, pour servir de frontispice à ma *Bibliographie des Œuvres d'Alfred de Musset*
(Rouquette, 1883, gr. in-8°). Voir dans le *Salon de 1882*
édité chez Baschet, (1 vol. in-4°, p. 253), le jugement porté
par M. Philippe Burty sur cette statue. Une contrefaçon
en phototypie, un peu réduite, de l'eau-forte de Charbonnel, est publiée dans *A Selection from the Poetry and
comedies of Alf. de Musset,* edited by Oscar Kuhns.
(Boston, 1895, in-8°).

IDRAC

1883.

Statue en pied, exécutée en 1883 par M. J.-M.-A. Idrac
et placée dans l'une des niches de la façade de l'Hôtel de
Ville de Paris, côté du quai, pavillon de droite,
1er étage.

Alfred de Musset est de face : la main gauche, glissée
dans la poche de son pantalon, soulève le pan de sa
redingote ; la main droite émerge en avant, sortant des
plis du manteau, qui, tombant de l'épaule, recouvre le
bras droit qui le soutient.

Une reproduction par M. D. Cauconnier se trouve
page 145 de l'ouvrage intitulé : *Les Statues de l'Hôtel de
Ville, par Georges Veyrat.* (Paris, ancienne librairie
Quantin, 1892, 1 vol. gr. in-8°.) — *L'Art* du 1er octobre
1892 donne également le dessin de cette statue.

FALGUIÈRE ET MERCIÉ

Monument d'Alfred de Musset.

Il y a vingt-deux ans que l'on parle, si je ne me trompe, d'élever une statue à Alfred de Musset, et je crois que ce fut M. Félix Platel qui, le premier, en eut l'idée ; il écrivait dans le *Figaro* du 27 juin 1877 :

« .... Un autre poète français, Ponsard, que j'ai beaucoup connu, a déjà sa statue. Musset ne l'a pas, quoique bien plus grand. C'est que Musset est parisien, et seule, la province élève des statues à ses compatriotes.... Pour le poète immortel, coupez dans la carrière une belle tranche de marbre. Musset ! C'est toi et moi, ô lecteur ! C'est l'homme fait d'âme et de chair, que vous aimez, avez aimé ou aimerez, ô lectrice ! C'est notre jeunesse ! — IGNOTUS ».

Trois ans plus tard, le 9 décembre 1880, dans le même journal, Émile Zola revient sur cette idée, alors qu'il était question d'ériger une statue à Balzac :

« .... O Paris ingrat ! s'il te faut des gloires littéraires, où est la statue de Musset, ce grand poète du siècle, le plus humain et le plus vivant ? où est celle de Théophile Gautier, cet artiste parfait... ? »

Mais ce n'étaient encore que propos d'atelier ou de salon et c'est seulement en 1887 qu'on tenta réellement de mettre ce projet à exécution. M. Marquet de Vasselot, auteur de la statue de Lamartine qui se dresse à Passy, offrit de sculpter gratuitement une statue à Alfred de Musset. Un comité se forma, présidé par Arsène Houssaye (1). — D'autre part, Mme Lardin de Musset s'entendait avec la Société des Gens de Lettres et lui soumettait une maquette par Pierre Granet, exécutée depuis 1882. Mais la Société, occupée de la statue de La Fontaine,

(1) Voir : Le *Figaro*, 12 mars 1887, Suppl. Art. par George Herbert. — Le *Gil Blas*, 19 avril 1887, art. par F. Xau.

n'eut pas le temps ou ne voulut pas s'occuper de celle d'Alfred de Musset (1).

En 1888, cette même Société des Gens de Lettres, sur la proposition de M. Philibert Audebrant, décidait qu'un Congrès littéraire international serait ouvert à Paris en 1889, qui devait coïncider avec le centenaire de 1789 et l'Exposition Universelle, et que trois statues seraient érigées à Balzac, A. de Musset et V. Hugo, mais cette décision resta toujours à l'état de vœu.

Pendant que ces divers projets s'élaboraient sans aboutir, un riche Américain, M. Osiris, agissait : il mettait à la disposition du Conseil municipal de Paris la somme nécessaire à l'érection d'un monument ; MM. Falguière et Mercié, de l'Institut, seraient chargés de son exécution : M. Mercié, de la statue elle-même, M. Falguière, du piédestal et des allégories qui l'orneront. *La Cocarde*, du 27 février 1889, le décrit ainsi :

« .... Ce monument se compose d'un piédestal sur lequel est placée la statue du poète ; une figure allégorique, représentant la Jeunesse, dépose des fleurs à ses pieds. MM. Falguière, Mercié et Osiris ont demandé, pour y édifier leur œuvre, le terre-plein situé devant la Comédie-Française. »

Le Conseil Municipal préférait voir la statue de Musset s'élever sur le square situé devant l'église Saint-Augustin.

La même année 1889 voit se former un nouveau comité ayant pour but d'ériger par souscription une statue à Alfred de Musset (2). Cette affiche fut placardée un peu partout :

(1) Voir : *L'Écho de Paris*, 13 avril 1887. — La *Petite Presse*, 17 avril 1887, etc.
(2) Voir : Le *Gaulois*, 24 avril 1889. — *Paris*, 11 juillet. — Le *Public*, Le *Voltaire*, 18 juillet. — Le *Parisien*, 25 septembre, etc.

SOUSCRIPTION

ouverte par la Jeunesse de France
pour élever une statue à

ALFRED DE MUSSET

Camarades,

On parle depuis longtemps d'élever une statue à Alfred de Musset. L'heure nous semble venue de passer de la parole à l'action. C'est à nous, les jeunes, qu'il appartient de prendre l'initiative d'un monument à celui qui est et restera le poète des jeunes.

Camarades,

Vous entendrez notre appel, et bientôt, grâce à vous, Paris verra se dresser sur l'une de ses places, l'image impérissable d'Alfred de Musset.

LE COMITÉ.

Une longue liste de noms suivait. Le comité se subdivisait : 1° En comité d'initiative : MM. Frédéric Giraud et Auguste Renucci, secrétaires. — 2° En comité d'honneur : M. Émile Augier, président. MM. J. Claretie, F. Coppée, A. Dumas, L. Halévy, Ed. Pailleron, Ch. Buloz, H. Fouquier, A. Houssaye, J. Richepin, F. Sarcey, E. Zola, Delaunay, Got, G. Charpentier, etc. Les souscriptions étaient reçues à la librairie Lemerre. — Mais 912 francs seulement furent recueillis, qui suffirent à peine à solder les frais de publicité.

Il ne restait plus que le monument Falguière-Mercié. Plusieurs maquettes furent successivement modelées.

1891. Le *Gaulois*, 13 avril. — « .... Musset est représenté assis, les yeux fixés sur un livre. Devant lui, passe une figure allégorique, la Muse de la Poésie, effeuillant des fleurs dans l'espace. L'ensemble est imposant et d'une grâce empreinte de mélancolie. Le monument aura environ 7ᵐ 50 de hauteur. Les deux grands sculpteurs espèrent que leur œuvre sera achevée vers le mois de juillet. »

1892. Le *Temps*, 26 février. — « .... On verra dans la partie inférieure, une Muse, foulant d'un pied léger le soubassement, se tourner au passage vers le poète ; du bras droit, elle tiendra une lyre appuyée contre sa poitrine ; elle déposera de la main gauche une palme aux pieds du chantre des *Nuits*, que M. Mercié représentera assis, les jambes croisées, sur une roche, et le bras appuyé sur son genou, le menton dans sa main, méditant. »

Dans une lettre que publie l'*Évènement* du 18 août 1892, M. Osiris déclare que le monument est presque terminé, et cependant les mois et les années se passent sans qu'Alfred de Musset ait sa statue. La cause de ce retard ? La raison donnée est que MM. Mercié et Falguière attendent que le Conseil municipal leur désigne l'emplacement, pour savoir quelles proportions ils doivent donner à leur monument. De son côté, le Conseil municipal déclare attendre que MM. Falguière et Mercié aient terminé leur œuvre avec ses dimensions pour désigner l'emplacement. Le *Gaulois* du 29 octobre 1896 s'étonne à bon droit d'un pareil retard, alors que depuis plus de deux ans la maquette est acceptée par le Conseil municipal, et, sans résultat du reste, demande des explications. Le plus ennuyé est M. Osiris, qui, sur la somme de quarante mille francs à laquelle la Commission des Beaux-Arts a évalué le prix du Monument, en a versé dix mille et voudrait remettre le surplus aux mains du Conseil municipal.

A la fin de l'année 1897, M. Falguière se retire de l'association :

« .... Il a considéré, d'accord avec son ami Mercié, que ce serait trop de deux auteurs pour une œuvre qui ne saurait être de dimensions très grandes. Et comme M. Mercié était chargé de la figure principale, il a été convenu que le même artiste s'occuperait également des motifs accessoires.... »

Telle est l'explication que donne le *Figaro* du 10 octobre 1897. Je crois que l'ennui causé par tous ces retards est la véritable raison de la retraite de M. Falguière. Et, à mon humble avis, il se passera bien du temps encore, avant que nous ne voyions la statue d'Alfred de Musset se dresser à Paris, sur une place publique ; cependant, l'Exposition universelle de 1900 présente une excellente occasion d'inaugurer ce monument.

M. Antonin Mercié reste donc seul chargé de l'exécution. Le *Figaro* du 17 janvier 1898 donne la description de la maquette du dernier projet :

« .... Mercié nous a montré une cire représentant Alfred de Musset assis sur un banc, un livre à la main, un manteau tombant de ses épaules, le regard perdu dans un rêve. Ingres n'eût pas mieux dessiné l'élégant poète dandy, que Mercié nous a rendu vivant : « C'est tout. Peut-être encore « sur le piédestal, un bas-relief donnant quelques scènes des « proverbes. Cela dépendra de l'ampleur du monument, « c'est-à-dire de la place que va me désigner le Conseil. »

L'emplacement désigné sera probablement le petit terre-plein de la place du Théâtre-Français, qui fait face à la rue Saint-Honoré, et sur lequel donne l'entrée des artistes de la Comédie Française ; on le débarrassera des édicules qui l'encombrent. Il avait également été question d'ériger la statue d'Alfred de Musset, place de la Sorbonne, au milieu de la jeunesse des Écoles ; ce projet semble abandonné.

Quant à la *physionomie* elle-même de la statue, M. Mercié l'a composée d'après les portraits exécutés du vivant d'Alfred de Musset et les données que lui fournirent diverses personnes, parents et amis, ayant connu le poète. Mme Lardin de Musset a remis au sculpteur des vêtements portés par l'auteur de *Un Caprice* et est même venue poser pour les yeux et le haut de la figure qu'elle a semblables à ceux de son frère.

6

PORTRAITS DIVERS

I. — Portrait-charge dessiné par Alfred de Musset sur l'album de son ami Alfred Tattet. Mme Tattet avait bien voulu me faire voir ce portrait ; mais aujourd'hui cette dame est morte et j'ignore lequel de ses héritiers le possède actuellement.

II. — Un matin de l'année 1882, le graveur Louis Charbonnel m'apporta un portrait peint à l'huile sur une toile collée sur carton fort ; il prétendait que c'était Alfred de Musset par Eugène Delacroix : le poète était représenté en buste, de face et vêtu d'une chemise de femme. Je ne pouvais discuter avec lui l'authenticité du Delacroix, car il avait sous ce rapport beaucoup plus de connaissances que moi ; mais, ce que je pus lui affirmer, c'est que son tableau me semblait une affreuse croûte et que ce n'était sûrement pas Alfred de Musset. Charbonnel n'en voulut pas moins graver à l'eau-forte ce portrait, le réduisant à peu près au quart, et me donna le cuivre. Cet ami est mort en 1884 et je ne sais ce qu'est devenu l'original ; quant au cuivre j'en ai, cette même année 1884, fait tirer 25 épreuves à l'imprimerie Lemercier et l'ai mis au fond d'un de mes tiroirs où il est encore.

III. — Une vignette de Bertall, gravée sur bois par Le Blanc : « Panthéon du Diable à Paris : la poésie, la philosophie, la littérature », publiée dans le *Diable à Paris*, (Hetzel, 1845, 2 vol. in-4°, tome II, page 336), renferme un petit portrait-charge d'Alfred de Musset.

IV. — On prétend qu'Alfred de Musset aurait, sans le savoir, été pris comme modèle pour cette gravure de modes : « L'Homme du Monde, par Humann, 83, rue Neuve-des-Petits-Champs », lithographie in-4° par Gavarni, publiée dans : *Le Voyageur,* journal de l'office

universel, place de la Bourse, 27. 1847 ; — *La Mode,*
15 décembre 1847. Puis isolément avec cette légende :
« L'Homme du Monde au foyer de l'Opéra, par
Humann. » (Imp. Lemercier.) — Je ne connais aucune
preuve à l'appui de ce dire.

V. — Vignette sur bois non signée, publiée dans le
Livre des 400 auteurs. (Paris, Bureau du Magasin des
Familles, 1850, 1 vol. in-4°, page 8) : « Pourquoi Alfred de
« Musset résiste-t-il avec tant de froideur à la Muse, que
« pour lui échapper il lui laisse aux mains son manteau
« de poète. » La vignette représente la scène de Joseph et
la femme de Putiphar.

VI. — Dans l'*Album des portraits comiques,* contenant
plus de 100 sujets variés, (Paris, Bureau du Magasin des
Familles, s. d., in-8° oblong), on trouve page 11, un
portrait-charge d'Alfred de Musset en berger, qui n'est
autre que le portrait d'Arsène Houssaye.

VII. — La Comédie des comédiennes, n° 2. « C'est une
« belle chose que l'Amour, n'est-ce pas, poète ? C'est
« Dieu qui a fait l'Amour ! — Oui, mais c'est le diable
« qui a fait la femme ». Lithographie in-4° par Cisneros
d'après Talin, (Imp. Bertauts), publiée dans l'*Artiste* du
16 décembre 1855. Ce sont, dit-on, Alfred de Musset et
Rachel.

VIII. — Portrait d'Alfred de Musset, tableau par
M. Eugène Carrière. Salon de 1878 (n° 412).

IX. — En 1881, le libraire et marchand d'estampes
Fabré vendait un portrait in-8°, gravé au vernis mou,
signé : « Ch. Senties » et portant à côté de ce nom le
fac-similé de la signature d'Alfred de Musset. J'ignore
quel personnage M. Ch. Senties a voulu représenter ;
mais, quel qu'il soit, ce n'est pas un portrait d'Alfred de
Musset.

X. — Buste en plâtre, par Zacharie Rimbez. Salon
de 1885 (n° 4139).

XI. — « Trinité Poétique : Alfred de Musset, Victor Hugo, Lamartine. » Tableau par Guillaume Dubuffe. Salon de 1888 (n° 887).

XII. — « Collection Prunaire, n° 43. Alfred de Musset ». Portrait in-8° colorié, gravé sur bois par A. Prunaire, d'après le dessin de E. Loevy, (Picard et Kaan, éditeurs à Paris. Imp. de Ch. Unsinger), avec, au verso, une notice par H. Mossier. Image donnée en récompense dans les écoles.

XIII. — Caricature in-32, gravée au trait par Malatesta, à propos de *Lorenzaccio* :

> Publiez mes secrets, défigurez mon drame,
> Mais épargnez du moins l'interview à mon âme.

publiée dans l'*Illustration* du 30 janvier 1897.

ALFRED DE MUSSET

ET

GEORGE SAND

Cette étude a paru primitivement dans la *Revue de Paris* du 15 août 1896. Depuis lors, les lettres de George Sand à Alfred de Musset et à Sainte-Beuve ont été publiées. Des fragments assez étendus, mais toutefois peu corrects quant au texte, des lettres d'Alfred de Musset à George Sand, ainsi que beaucoup d'autres documents, ont également été mis au jour. Cela a nécessité quelques remaniements dans cet article.

Je réponds en même temps à des objections qui m'ont été faites et rectifie certaines erreurs de ma relation. Enfin, la façon peu courtoise dont une personne qui avait eu momentanément entre les mains le dossier réuni par moi, n'a pas hésité à le communiquer, à mon insu, à d'autres personnes, me permet de parler aujourd'hui de choses que j'avais cru devoir taire jusque-là.

Une dame russe, Mme Wladimir Karenine, vient de publier un ouvrage d'érudition intitulé : *George Sand, sa vie et ses œuvres* (Paris, Ollendorff, 1899 ; 2 vol. in-8°) dans lequel on trouve l'analyse de tout ce qui a été écrit sur les « amants de Venise », ainsi que quantité de documents inédits. Je ne puis en donner le détail, mais j'engage le lecteur à consulter cette étude qui est la plus complète et « la plus près de la vérité » de celles qui ont été écrites sur la question Sand-Musset. Je n'ai pas l'honneur de connaître Mme Karenine, mais je la prie de vouloir bien recevoir ici tous mes remerciements pour la bonne opinion qu'elle veut bien avoir de moi.

M. C.

Juillet 1899.

ALFRED DE MUSSET ET GEORGE SAND

La *Véritable histoire de « Elle et Lui »* récemment publiée par M. le vicomte de Spoelberch de Lovenjoul (1), a rouvert de la façon la plus curieuse, entre Alfred de Musset et George Sand, un débat qui ne sera pas décidément clos, ni l'équitable jugement prononcé, avant la mise en plein jour des lettres échangées par ces amants illustres (2). La réputation du célèbre *Chercheur* n'est plus à faire et nous nous garderons de dire le bien que nous en pensons. Nous ne voulons, à notre tour, que joindre au dossier commun quelques pièces authentiques. La « véritable histoire » de cette liaison, apparemment, ce n'est pas *Elle et Lui*, ce n'est pas davantage *Lui et Elle* — et nous ne disons rien de *Lui*, qui fut l'œuvre d'une personne étrangère au débat, et l'exercice

(1) *Comospolis*, revue internationale des 1ᵉʳ mai et 1ᵉʳ juin 1896. L'ouvrage a reparu, très augmenté, à la librairie Calmann-Lévy. 1897. 1 vol. in-12.
(2) Les *Lettres de George Sand à Alfred de Musset et à Sainte-Beuve* ont été publiées à la librairie Calmann-Lévy. 1897. 1 vol. in-12.

de rancunes particulières : — on ne saurait préparer avec trop de soin le difficile triomphe de la vérité.

Mais, d'abord, adressons l'hommage de notre plus respectueuse gratitude à Mme Lardin de Musset, la sœur de « Lui » ; à Mme Lina Sand, la veuve du fils d'« Elle », qui ont mis généreusement à notre disposition tous les documents qu'elles possèdent. Il nous faut remercier aussi M. Alexandre Tattet, qui nous a communiqué les lettres adressées à son frère.

*
* *

Alfred de Musset et George Sand se virent pour la première fois au mois d'avril ou de mai 1833. Écrivant l'un et l'autre à la *Revue des Deux-Mondes,* ils avaient naturellement l'occasion de se rencontrer ; des amis communs, Sainte-Beuve surtout, firent le reste. Relations de courtoisie littéraire, d'abord : Alfred de Musset envoyait des vers à George Sand, *Après la lecture d'Indiana,* datés du 24 juin 1833 (1), puis des fragments de son poème *Rolla* qu'il écrivait en ce moment. Peu à peu leur intimité devint plus grande et George Sand adresse à Musset un exemplaire de *Lelia* portant ces dédicaces :

Tome I : « A Monsieur mon gamin d'Alfred, George. »

Tome II : « A Monsieur le vicomte Alfred de Musset, « hommage respectueux de son dévoué serviteur, George « Sand. »

Envoi auquel Musset répond : « Éprouver de la joie à « la lecture d'une belle chose, faite par un autre, est le « privilège d'une ancienne amitié. Je n'ai pas ces droits « auprès de vous, madame ; il faut cependant que je vous « dise que c'est là ce qui m'est arrivé en lisant *Lélia...* »

---

(1) Cette poésie ne se trouve pas dans les Œuvres d'Alfred de Musset, mais Paul de Musset l'a publiée dans la *Revue des Deux-Mondes* du 1er novembre 1878.

Dans des stances burlesques fort connues, le *Songe du Reviewer ou Buloz consterné*, Musset chante les rédacteurs de la *Revue des Deux-Mondes* :

> George Sand est abbesse
> Dans un pays lointain ;
> Fontaney sert la messe
> A Saint Thomas d'Aquin ;
> Fournier, aux inodores,
> Présente le papier,
> Et quatre métaphores
> Ont étouffé Barbier.
>
> Cette nuit, Lacordaire
> A tué de Vigny ;
> Lherminier veut se faire
> Grotesque à Franconi ;
> Planche est gendarme en Chine ;
> Magnin vend de l'onguent ;
> Le monde est en ruine :
> Bonnaire est sans argent !!! (1)

Dans une autre pièce de vers, demeurée inédite, Alfred décrit familièrement les soirées de son amie :

> George est dans sa chambrette,
> Entre deux pots de fleurs,
> Fumant sa cigarette,
> Les yeux baignés de pleurs.
>
> Buloz, assis par terre,
> Lui fait de doux serments ;
> Solange, par derrière,
> Gribouille ses romans.
>
> Planté comme une borne,
> Boucoiran (2) tout crotté
> Contemple d'un œil morne
> Musset tout débraillé.

(1) Je cite ces deux dernières strophes, dont le texte publié jusqu'à ce jour, est fort incorrect.
(2) Précepteur de Maurice Sand.

Dans le plus grand silence
Paul se versant du thé
Écoute l'éloquence
De Menard tout crotté.

Planche, saoul de la veille,
Est assis dans un coin
Et se cure l'oreille
Avec le plus grand soin.

La mère Lacouture (1)
Accroupie au foyer
Renverse une friture
Et casse un saladier.

De colère pieuse,
Gueroult tout palpitant
Se plaint d'une dent creuse
Et des vices du temps.

Pâle et mélancolique
D'un air mystérieux
Papet (2) pris de colique
Demande où sont les lieux.

Débraillé ou non, Musset dessine sur un album la charge des habitués de la maison, Rollinat, Gueroult, Mérimée, Dumas « charpentant un viol », Sainte-Beuve, qu'il appelle le « bedeau du temple de Gnide », Buloz, et, après beaucoup d'autres, lui-même, en « ballade à la lune », en « Don Juan allant emprunter dix sous », en « poète chevelu » (3), et, pour se faire pardonner ses caricatures, essaye un portrait plus sérieux de Lelia :

(1) Femme de ménage de George Sand.
(2) Gustave Papet, ami de George Sand.
(3) Cet album de dessins d'Alfred de Musset, renferme huit portraits de George Sand. M. A. Brisson a donné dans le *Temps* du 4 novembre 1896 la description détaillée de plusieurs de ces pages, qui sont en bonnes mains. — Maurice Sand a également caricaturé les amis de sa mère ; ses charges de A. Gueroult, Buloz, Ch. Didier, etc., ont beaucoup de rapport avec celles qu'en avait fait Alfred de Musset. George Sand a fait aussi plusieurs caricatures de ses habitués. — A la même époque, le poète s'est encore rendu coupable de certaine *Revue Romantique*, absolument inconnue, « généralement attribuée à M. de Chateaubriand », et que George Sand a consignée pages 79 et 80 de son journal intime, *Sketches and Hints*.

« Mon cher George,

« Vos beaux yeux noirs que j'ai outragés hier m'ont trotté dans la tête ce matin. Je vous envoye cette ébauche, toute laide qu'elle est, par curiosité, pour voir si vos amis la reconnaîtront et si vous la reconnaîtrez vous-même.

« Good night. — I am gloomy to-day.

« ALF^D DE MUSSET. »

A la fin du mois d'août, ils sont amants (1). Leur vie, durant cette période, est semblable à celle des peuples heureux et n'a pas d'histoire. Il suffit, à la rigueur, de lire ce qui est publié de la correspondance de George Sand et de Sainte-Beuve, dans le tome I des *Portraits contemporains,* édition de 1888, et ce que Paul de Musset raconte dans la *Biographie* de son frère. On devine le reste. On nous permettra de ne pas les suivre avant leur voyage en Italie.

I

VOYAGE EN ITALIE

Le 12 décembre 1833, dans la soirée, Paul de Musset conduisit les deux voyageurs jusqu'à la malle-poste. Ils s'arrêtèrent à Lyon, où ils rencontrèrent Stendhal ; à Avignon, Marseille (2), Gênes, et le 28 se trouvaient à Florence. Ce fut probablement pendant le court séjour qu'ils y firent qu'Alfred de Musset entreprit des re-

(1) Voir un fragment de lettre de George Sand à Sainte-Beuve, publié par celui-ci dans les *Portraits contemporains,* nouvelle édition. Paris, 1869, in-12, tome I, page 516.
(2) Dans la *Correspondance* de George Sand, tome I, pages 256 et 258, deux lettres d'elle sont publiées, écrites de cette ville et datées, l'une du 18, l'autre du 20 décembre.

cherches sur quelques-uns de ses ancêtres (1) et trouva
ce fragment du livre XV des *Chroniques Florentines* qui
lui fournit le sujet de *Lorenzaccio*.

De cette ville, les dates précises nous sont fournies par
le passeport d'Alfred de Musset :

*Firenze, 28 Dic. 1833. Visto alla Legazione d'Austria per
Venezia.*
Firenze, 28 Dic. 1833. Visto buono per Bologna et Venezia.
— G. Molinari.
Visto, buono per Bologna — Dellaca, 29 dicembre 1833.
*Bologna, 29 Dic. 1833. Per la continuazione del suo viaggio
via di Ferrara.*
Francolino. 30 Dic. 1833. Visto sortire.
Rovigo, 30 Dic. 1833. Buono per Padova.
*Vu au Consulat de France à Venise. Bon pour séjour. Venise,
le 19 janvier 1834. — Le consul de France : Silvestre de Sacy.*

Les divers incidents du voyage, qui, du reste, n'ont
rien de particulier, sont racontés par George Sand dans
son *Histoire de ma vie,* et par Paul de Musset dans la
Biographie de son frère. Alfred de Musset en a même
consigné quelques épisodes sur un petit carnet de voyage,
dessins faits à la hâte, mais qui représentent bien ce
qu'ils veulent peindre : ce sont d'abord un vieux monsieur et une vieille dame, types de provinciaux probablement aperçus à travers les vitres d'une portière de
diligence. Plus loin, un marchand de bibelots offre sa
pacotille à nos deux voyageurs dont un troisième dessin nous donne les portraits. Ce sont ensuite la douane
de Gênes, et, sur le bateau, la rencontre d'un voyageur
trop bavard. Puis vient Stendhal, à Pont-Saint-Esprit :
« Il fut là d'une gaieté folle, dit George Sand, se grisa

(1) Guillaume de Musset, seigneur de la Rousselière, du Prai, du Lude,
d'Ozouer-le-Breuil et de la Courtoisie, avait épousé le 9 novembre 1580,
demoiselle Cassandre d'Epeigney, fille de Jean d'Epeigney et de Cassandre
de Salviati, dont l'aïeul, Bernard de Salviati avait quitté Florence, appelé
en France par Catherine de Médicis, sa parente.

« raisonnablement, et dansant autour de la table avec
« ses grosses bottes fourrées » (1) fit l'admiration de la
servante d'auberge. Voici maintenant George Sand se.
masquant le bas de la figure avec son éventail ; un autre
portrait de Stendhal ; une tête de vieillard avec cette
légende : « Il dottor Rebizzo » ; et enfin, la dernière
scène de la traversée : l'auteur, affalé sur le bord du
bateau, paye son tribut à la mer, tandis que sa compagne fume gaillardement une cigarette : « Homo sum
« et nihil humani a me alienum puto » (2). A cela vient
se joindre un autre dessin, sur une feuille séparée, représentant « Il signor Mocenigo. »

A Gênes, George Sand avait senti les premières
atteintes des fièvres du pays ; son état ne fit que s'aggraver
dans la suite du voyage, elle arriva malade à Venise.

Les deux amants s'installèrent sur le quai des Escla-
vons, à l'hôtel Danieli, que tenait il signor Mocenigo.
Jadis, lord Byron avait habité un palais sur le Grand
Canal : « Aveva tutto il palazzo, lord Byron », leur dit
leur hôte. Ce souvenir du poète anglais est demeuré si
vivace chez Alfred de Musset, que huit ans plus tard, on
le retrouve dans son Histoire d'un merle blanc (3) :
« J'irai à Venise et je louerai sur les bords du Grand
« Canal, au milieu de cette cité féerique, le beau palais
« Mocenigo, qui coûte quatre livres dix sous par jour :
« là, je m'inspirerai de tous les souvenirs que l'auteur
« de Lara doit y avoir laissés ».

Les premiers temps de leur séjour furent calmes ;
malgré son état maladif, George Sand accompagnait
Musset, qui, tout en visitant la ville, prenait des notes

(1) Histoire de ma vie, 5e partie, chapitre 3.
(2) Mme Arvède Barine, dans son livre sur Alfred de Musset, avait déjà
mentionné cet album, qu'il ne faut pas confondre avec celui ayant appar-
tenu à George Sand.
(3) Scènes de la vie privée et publique des Animaux. Paris, Hetzel, 1842. T. II,
p. 302.

sur les usages, sur les dénominations des lieux : nous
avons de lui plusieurs pages d'adresses, de recettes culi-
naires, mots du dialecte vénitien, courtes notices sur des
familles ou des noms célèbres à Venise, inscriptions
copiées sur les monuments, tout cela pêle-mêle, au hasard
des rencontres. Nous voyons là qu'ensemble ils visitèrent
Chioggia, déjeunèrent au restaurant du Sauvage, à
Venise, et se promenèrent dans les jardins de Saint Blaise,
à la Zuecca :

> A Saint Blaise, à la Zuecca,
> Vous étiez, vous étiez bien aise,
> A Saint Blaise ;
> A Saint Blaise, à la Zuecca,
> Nous étions bien là !.... (1)

C'est probablement pendant l'une de ces promenades
qu'Alfred de Musset recueillit cette chanson italienne,
retrouvée dans ses papiers, que l'on peut rapprocher de
la *Serenata* du Dr Pagello, dont George Sand cite une
version non signée dans sa *Deuxième lettre d'un voyageur*
et que M. le vicomte de Spoelberch a publiée en entier (2) :

> Le Fou
>
> Lascia, lascia, il cimitero
> Siedi tosto a me d'accanto.
> Tra la la ! Quel loco e nero !
> Vieni, vieni, io t'amo tanto !
> Amor mio, vieni con me !
> Povero me !
>
> Oh ! perche quel caro viso
> Mi nascondi entro una fossa.
> Tra la la ! Voglio il tuo riso,
> E mi mostri 'sol quel ossa ?
> Amor mio, vieni con me !
> Povero me !

(1) Publié dans les *Nouvelles Poésies*, avec la date de : Venise, 3 février 1834.
(2) *Véritable Histoire de Elle et Lui*. Paris, C. Lévy, 1897, 1 vol. in-12, p. 36.
— Cette Serenata avait déjà été imprimée dans le *Corriere della Serra* (Milan)
du 29-30 janvier 1881 ; dans *Racconti, Scene, Bozzetti*, etc... di Luigia Codemo,
Trevise, Zopelli, 1882. 2 vol. in-12. Tome I, p. 153 ; etc.

Ecco l'sole e dormi ognora !
Sorgi su ! senti l'amante !
Tra la la ! Che si t'adora,
Che si strugge a te davante !
Amor mio, vieni con me
 Povero me !

Eri bella, ora sei brutta,
Fredda resti ai bacci miei !
Tra la la ! Se mia sei tutta !
Che mi fa che morta sei !
Amor mio, vieni con me !
 Povero me !

Traduction :

Quitte, quitte le cimetière — Assieds-toi vite auprès de moi — Tra la la ! Ce lieu est noir — Viens, viens, je t'aime tant ! — Mon amour, viens avec moi ! — Pauvre moi !

Oh ! pourquoi ce cher visage — Se cache-t-il dans une tombe ? — Tra la la ! je voudrais ton sourire ! — Pourquoi ne me montrer que tes os ? — Mon amour, viens avec moi ! — Pauvre moi !

Voici le soleil, et tu dors toujours ! — Allons, lève-toi, entends le bien aimé ! — Tra la la ! qui tellement t'adore — Qui fait tant d'efforts pour aller au-devant de toi — Mon amour, viens avec moi ! — Pauvre moi !

Tu étais belle ! A présent tu es laide ! — Tu restes froide à mes baisers ! — Tra la la ! Puisque tu es toute à moi — Que m'importe que tu sois morte ? — Mon amour, viens avec moi ! — Pauvre moi !

Mais bientôt George Sand dut garder la chambre et son ami continua seul ses excursions.

Alfred de Musset avait écrit plusieurs fois à sa mère depuis son départ : de Marseille, de Gênes, de Florence, puis de Venise. Les premières lettres parvinrent à leur adresse (1); mais vers la fin de janvier, les nouvelles cessèrent brusquement. Mme de Musset s'en plaignit à son fils :

« Paris, ce jeudi, 13 février 1834.

« Il m'est impossible, mon cher enfant, de me rendre compte des motifs que tu peux avoir pour me laisser si longtemps sans nouvelles, après la promesse que tu m'avais faite de m'éviter au moins ce chagrin là. Tu connais ma facilité malheureuse à m'inquiéter ; si tu lui laisses un libre cours, je ne puis pas prévoir où elle me conduira. Ces jours derniers, Hermine (2) était malade, elle a pris un rhume en sortant d'un bal chez Mme Hennequin, qui nous avait invitées. Je veillais près d'elle et passais de longues nuits, que l'incertitude de ta position, de ta santé, rendaient bien tristes. Le matin, j'avais une fièvre nerveuse, la tête me tournait, il me semblait que j'allais devenir folle ; je pleurais, je marchais à grands pas dans ma chambre, cherchais quel moyen je pourrais imaginer pour me procurer de tes nouvelles. Enfin, j'ai supplié Paul (3), après plusieurs jours de cet état intolérable, d'aller voir Buloz et de savoir de lui si quelqu'un des amis de Mme Sand avait eu de ses nouvelles. Heureusement Buloz avait reçu une lettre de toi, datée du 27 janvier; Paul m'a calmé le sang en me rapportant cette nouvelle. Je ne suis plus malade, mais je suis bien triste ; car il faut que tu aies des raisons pour me laisser dans une pareille inquiétude, si tu n'es pas malade, ce que cette lettre à Buloz ne prouve nullement, puisque je ne l'ai pas lue ; au moins, tu es ennuyé, lui-même l'a dit à Paul; tu ne te plais plus à Venise, peut-être en es-tu parti ; je t'écris à tout hasard; ma lettre ne te parviendra probablement pas, mais c'est le moindre de mes soucis. Je me soulage en t'écrivant; il me semble au moins, pendant que je promène ma plume sur ce papier, que tu m'entends et que tu vas te hâter de soulager mon ennui en m'écrivant bien vite. Fais-le, mon bon fils, si cette lettre arrive jusqu'à toi et surmonte la paresse ou le malaise

(1) Ces lettres, qui étaient entre les mains de Paul de Musset, ont disparu, et ne se sont pas retrouvées parmi les papiers laissés par Mme Paul de Musset.

(2) La sœur d'Alfred de Musset.

(3) Le frère aîné d'Alfred.

qui t'en a empêché depuis six semaines, car il y a réellement
tout ce temps que je n'ai reçu un mot de toi. La dernière
[lettre], qui m'a fait tant de plaisir, est datée du 6 janvier ;
je l'ai relue bien des fois, mais maintenant je ne puis plus la
relire, elle me fait mal, car cette phrase par laquelle tu la
termines : « Ne crains pas, ma chère mère, il t'en coûtera des
ports de lettres... » etc.; n'y a-t-il pas dans cette assurance
de quoi faire naître les plus vives inquiétudes ? Car, qui
peut te détourner d'une si bonne et si chère résolution, que
des accidents graves ou un état d'abattement causé par la
maladie ? Je sens, mon cher enfant, que si rien de tout cela
n'existe, je vais t'ennuyer par mes doléances ; mais figure
toi un peu ce que c'est que d'être à trois cents lieues de son
fils chéri, et de ne savoir à quels saints se vouer pour savoir
s'il existe ou s'il est mort, assassiné, noyé, que sais-je ? Il y
a de quoi en perdre l'esprit et c'est ce que je fais.

« Nous avons passé un triste carnaval.... (Détails sur les
bals où elle était invitée avec sa fille.)

« Je ne sais pas si tu as reçu les deux lettres que je t'ai
adressées à Venise ? La première était adressée poste restante, à Venise ; la seconde, quai des Esclavons ou bureau
restant. Mais j'avais mis sur l'adresse *Monsieur de Musset*
sans le prénom d'*Alfred ;* je crains que si tu l'as été chercher
on ne te l'ait pas donnée. Enfin je me persuade que tu n'as
pas reçu mes lettres, puisque tu n'as répondu à aucune.
Celle-ci sera-t-elle plus heureuse ? Cela est fort douteux.
Fais réclamer les autres si on ne te les a pas encore données.
Il faudrait y aller toi-même, car on ne les donne pas à d'autres
qu'à la personne même à laquelle elles sont adressées.

« Mais cela est du bavardage, tu le sais aussi bien que moi.

« Je te quitte en t'embrassant bien tendrement; ton frère
et ta sœur en font autant, mais personne au monde ne t'aime
comme

« Ta mère. »

Ce n'était ni la paresse ni la maladie qui empêchaient
Alfred de Musset de donner de ses nouvelles ; il écrivait
régulièrement et confiait ses lettres à un gondolier,
nommé Francesco, pour les porter à la poste avec l'argent nécessaire à leur affranchissement : mais Francesco
dépensait l'argent au cabaret et jetait la lettre à l'eau.

II

A VENISE

Il y avait un peu plus d'un mois que les deux amants
étaient à Venise, quand éclata la crise terrible dont s'est
ressentie leur vie entière : fatigué au physique et au
moral par le voyage, affaibli par le climat, ennuyé de cette
compagne toujours malade qui lui faisait si triste figure,
Alfred de Musset devint nerveux, irritable, s'emportant
à la moindre contradiction, au moindre obstacle ; George
Sand, que la fièvre rendait non moins irascible et maus-
sade, reçut mal ses observations ou ses doléances : de là
ces querelles qui firent de leur chambre d'hôtel un enfer.
Ce ne fut pas leur faute, il ne faut les accuser ni l'un ni
l'autre : le milieu seul fut coupable. Et puis, sans vouloir
en convenir avec eux-mêmes, ils commençaient malgré
eux à sentir que leur beau rêve était irréalisable et que
l'amour idéal ne se trouvait pas sur terre. C'est alors
qu'Alfred de Musset fut à son tour atteint par la
fièvre ; et dans l'état d'excitation où il vivait, le mal ne
fit pas chez lui de lents progrès comme chez George
Sand : il l'abattit d'un seul coup. George Sand éperdue,
ne sachant où donner de la tête, manda par une lettre
pressante (1) un jeune médecin, qui, peu de temps auparavant, l'avait soignée pour une migraine, le docteur
Pierre Pagello :

 « ...E mi pregava di accorrer subito, e, se lo credessi
opportuno, di condur meco un altro medico, per consultare,

(1) Cette lettre a été publiée par M. le vicomte de Spoelberch de Lovenjoul (*Cosmopolis*). Le docteur Cabanès a écrit dans la *Revue Hebdomadaire*
une très curieuse étude sur les relations de George Sand, Pagello et Alfred
de Musset ; son récit diffère quelque peu du nôtre dans les détails, mais le
fond de l'histoire est le même.

℞ Aq. ceras. nigr. ʒij
land. liquid. Sydn. gutt. xx
Aq. coob. laur. cerasf. gutt xv

Surtout renvoyer
cette ordonnance   D Rozelle

trattandosi d'un uomo di grande ingegno poetico e di un individuo che cio che di meglio amava sulla terra. Accorsi subito e mi associai al dottor Zuanon, valentissimo giovane e collega, assistente all' ospitale dei S.S. Giovanni e Paolo. Abbiamo diagnosticata la malattia per febbre tifoidea nervosa..... » (1).

« ...Elle me priait de venir aussitôt, et, si je le jugeais opportun, d'amener avec moi un autre médecin pour une consultation ; il s'agissait d'un homme d'un grand génie poëtique, d'une personne qui était ce qu'elle aimait le mieux sur la terre. J'accourus de suite et m'adjoignis le docteur Zuanon, jeune homme fort remarquable et mon collègue, assistant à l'hôpital des Saints Jean et Paul. Nous avons diagnostiqué la maladie : une fièvre typhoïde nerveuse.... ».

Pagello vint et remplaça avantageusement un vieux médecin qui, nous ne savons comment, se trouvait au chevet de Musset, dès le début de sa maladie, le docteur Rebizzo (2).

Pagello ordonna des compresses d'eau glacée et une potion calmante :

Aq. ceras nigr. . . . . ξ *ij*
Laud. liquid. Sydn. gutt . . . . *XX*
Aq. coob. laur. ceras, gutt. . . . . *XV*

Dr *PAGELLO.*

---

(1) Extrait d'une lettre du Dr Pagello, publiée dans le *Corriere della sera*, de Milan, du 29-30 janvier 1881.

(2) M. Raffaello Barbiera, dans l'*Illustrazione Italiana* du 15 novembre 1896, répond à cette allégation : « *La Revue de Paris* e altre reviste scambiano il Rebizzo con un decrepito, tremebundo chirurgo, che s'era provato invano, a Venezzia, ad aprir la vena di Alfredo de Musset malato di febbre cerebrale. Quel tremante salassatore era, invece, un provero avanzo della Republica Veneta, certo Santini, piu che ottuagenario. » Je me suis appuyé pour donner ce nom de Rebizzo sur le dessin de l'album d'Alfred de Musset représentant un vieillard, une lancette entre les lèvres, la tête recouverte d'une perruque à longs cheveux et qui prononce ces paroles: « Non v'e arteria ! ». Sous le dessin, ce nom, écrit par Paul de Musset : « Il dottor Rebizzo. »

Autrement dit :

Eau de cerises noires.............	1 once, 2 gros.
Laudanum liquide de Sydenham..	20 gouttes.
Eau distillée de laurier cerise......	15 gouttes.

Pendant plus de huit jours, le poète fut soigné avec un admirable dévouement par George Sand et Pagello qui ne quittèrent pas son chevet :

« ....Par instants les sons de leurs voix me paraissaient faibles et lointains ; par instants ils résonnaient dans ma tête avec un bruit insupportable. Je sentais des bouffées de froid monter du fond de mon lit, une vapeur glacée, comme il en sort d'une cave ou d'un tombeau, me pénétrer jusqu'à la moelle des os. Je conçus la pensée d'appeler, mais je ne l'essayai même pas, tant il y avait loin du siège de ma pensée aux organes qui auraient dû l'exprimer. A l'idée qu'on pouvait me croire mort et m'enterrer avec ce reste de vie réfugié dans mon cerveau, j'eus peur, et il me fut impossible d'en donner aucun signe. Par bonheur, une main, je ne sais laquelle, ôta de mon front une compresse d'eau froide que j'avais depuis plusieurs jours et je sentis un peu de chaleur. J'entendis mes deux gardiens se consulter sur mon état, ils n'espéraient plus me sauver........ » (1).

Le 5 février, George Sand écrivait à Boucoiran : « ...Je « viens d'annoncer à Buloz l'état d'Alfred, qui est fort « alarmant ce soir...... ». Et le 8, au même : « .....La « maladie suit son cours sans de trop mauvais symp- « tômes, mais non pas sans symptômes alarmants...... « Heureusement j'ai trouvé enfin un jeune médecin « excellent, qui ne le quitte ni jour ni nuit et qui lui « administre des remèdes d'un très bon effet...... Gardez « toujours un silence absolu sur la maladie d'Alfred « et recommandez le même silence à Buloz...... »

---

(1) Relation de ce qui s'est passé à Venise, par Paul de Musset, manuscrit inédit. — Voir un peu plus loin.

A des crises nerveuses d'une violence extrême, succédait cette léthargie qui ressemblait à la mort. Le neuvième ou le dixième jour, Musset, comme s'il sortait d'un rêve, ouvrit les yeux en poussant un léger cri, et reconnut les deux personnes présentes : « .....J'essayai « alors de tourner ma tête sur l'oreiller et elle tourna. « Pagello s'approcha de moi, me tâta le poulx et dit : « Il « va mieux ; s'il continue ainsi, il est sauvé..... » (1). Musset était hors de danger, en effet, mais il s'en fallait de beaucoup qu'il fût guéri : dans une lettre adressée à George Sand, datée du 4 avril 1834, il dit que cette crise a duré dix-huit jours.

Ici nous sommes obligé de toucher un point délicat : pendant cette période aiguë de sa maladie, Alfred de Musset a-t-il réellement vu ou s'est-il imaginé voir George Sand entre les bras de Pagello ?

Dans une relation datée de décembre 1852, écrite entièrement de sa main, Paul de Musset déclare que son frère lui a toujours dit l'avoir *vue*, pendant qu'il était étendu sur son lit de douleur, mais sans pouvoir préciser le moment : « En face de moi, je voyais une femme « assise sur les genoux d'un homme, elle avait la tête « renversée en arrière..... Je vis les deux personnes s'em- « brasser. » Et plus loin : « Le soir même ou le lende- « main, Pagello s'apprêtait à sortir, lorsque George Sand « lui dit de rester et lui offrit de prendre le thé avec « elle..... En les regardant prendre leur thé, je m'aperçus « qu'ils buvaient l'un après l'autre dans la même tasse. » Mais c'est Paul qui a écrit cela et non Alfred, et pas une ligne d'Alfred ne fait allusion à ce fait ; il reproche bien des choses à sa maîtresse, mais jamais cela.

Il ne nous paraît guère possible d'admettre que George Sand, épuisée par les veilles, malade elle-même, se soit

(1) Extrait de la même relation de Paul de Musset.

donnée à un autre homme sous les yeux de celui qu'elle soignait avec un dévouement sans bornes. Toute sa vie, elle a protesté contre cela ; elle s'est défendue, non pas d'avoir été la maîtresse de Pagello, mais de l'être devenue dans les circonstances que voilà. — Je parle du fait matériel et non de la *déclaration* adressée par elle à Pagello et signalée par le docteur Cabanès. Le meilleur moyen de détruire cette légende, ne serait-il pas de publier la correspondance des deux amants ? Mais une correspondance complète, et non des lettres tronquées comme celles qui circulent sous main.

D'autre part, madame Tattet, lorsqu'elle me fit l'honneur de me recevoir, m'a déclaré que son mari lui avait toujours dit que c'était lui, Alfred Tattet, qui s'était aperçu de l'intimité existant entre G. Sand et le docteur, ce dont il avait averti Alfred de Musset déjà convalescent. Musset, qui n'avait jamais eu la moindre *Vision* au sens où l'entend son frère, entra dans une rage folle à cette nouvelle ; il voulut se lever pour tuer G. Sand et Pagello ; Tattet parvint à le calmer, et il se contenta de provoquer Pagello en duel. C'est à cela que G. Sand fait évidemment allusion dans la lettre qu'elle adressa le 24 août 1838 à Alfred Tattet : « ...Je trouvais légitime « que vous me préférassiez votre ami ; et, après tout, « vous me rendiez un plus grand service que de me garder « le secret, car vous l'empêchiez de se battre et je n'eusse « pas voulu payer votre silence au prix de la moindre « goutte de son sang.... » Enfin, G. Sand parvint à illusionner Alfred de Musset et à lui persuader que Tattet avait mal vu. Cela ne vous semble-t-il pas plus vraisemblable que le récit alambiqué de Paul de Musset ?

Cette même relation de Paul de Musset parle aussi d'une querelle survenue pendant la convalescence d'Alfred. Une nuit, Alfred surprit George écrivant sur ses genoux ; il voulut savoir ce qu'elle disait dans cette lettre et à qui

elle l'adressait. George Sand refusa toute explication
et plutôt que de lui remettre son papier, elle le lança
par la fenêtre. Alfred de Musset fut convaincu par cela
seul qu'elle écrivait à Pagello pour lui donner un rendez-
vous. — Nous parlons toujours d'après Paul de Musset.

Dans une note jointe à une lettre d'Alfred de Musset,
datée du 30 avril 1834, George Sand affirme qu'elle
donnait simplement des nouvelles d'Alfred à Pagello et
qu'elle ne voulut pas lui faire voir le billet parce qu'elle
y parlait de folie : « Plus tard, *elle* consentit, à Paris,
« *à lui* remettre cette fameuse lettre » ; car, Alfred de
Musset parti, elle descendit aussitôt dans la rue où elle
la retrouva.

Or, il y a, dans les papiers d'Alfred de Musset, une
Canzonetta nuova supra l'Elisire d'Amore, qui répond en
tous points à la pièce décrite par George Sand dans
la note citée plus haut : c'est une sorte de placard de
quatre pages, imprimé à Venise, sur mauvais papier,
et qui se vendait quelques sous dans la rue. Au dos de
cette romance, on lit cette phrase écrite, au crayon, par
George Sand : « *Egli e stato molto male questa notte,*
« *poveretto ! credeva si vedere fantasmi intorno al suo*
« *letto, e gridava sempre : Son matto,* je deviens fou. *Temo*
« *molto per la sua ragione. Bisogna sapere dal gondoliere*
« *se non ha bevuto vino di Cipro, nella gondola, ieri. Se*
« *forse ubri.....* » C'est-à-dire : « Il s'est trouvé très mal
« cette nuit, le pauvre ! Il croyait voir des fantômes autour
« de son lit et criait sans cesse : *Je suis fou, je deviens fou.*
« Je crains beaucoup pour sa raison. Il faut savoir du gon-
« dolier s'il n'a pas bu du vin de Chypre, en gondole, hier.
« Si peut-être il était gris..... » George Sand ajoute : « La
« phrase devait probablement se terminer ainsi : *S'il*
« *n'était que gris, cela ne serait pas si inquiétant.* Il éprou-
« vait un insurmontable besoin de relever ses forces par
« des excitants, et deux ou trois fois, malgré toutes les

9

« précautions, il réussit à boire en s'échappant, sous pré-
« texte de promenade en gondole. Chaque fois, il eut des
« crises épouvantables, et il ne fallait pas en parler au
« médecin devant lui, car il s'emportait sérieusement
« contre ces révélations. »

On était alors aux premiers jours de mars ; un secours
inattendu arriva aux malheureux voyageurs. M. Alfred
Tattet visitait l'Italie, en compagnie d'une personne dont
le nom fut célèbre au théâtre (1) ; il fit un détour pour
venir voir à Venise son ami Alfred de Musset, qu'il
croyait en bonne santé. Il le trouva revenant à la vie ;
lui aussi se fit garde-malade et ils furent trois au lieu de
deux :

« ...J'ai tâché pendant mon séjour à Venise, écrivait-
« il à Sainte-Beuve, de procurer quelques distractions
« à Madame Dudevant, qui n'en pouvait plus ; la maladie
« d'Alfred l'avait beaucoup fatiguée. Je ne les ai quittés
« que lorsqu'il m'a été bien prouvé que l'un était tout à
« fait hors de danger et que l'autre était entièrement
« remise de ses longues veilles..... » (2).

Un billet de George Sand vient confirmer cette lettre :

« *A Monsieur Alfred Tattet, hôtel de l'Europe.*

« Alfred ne va pas mal ; nous irons au spectacle si vous
voulez. Mais guérissez-vous de votre rhume et soignez-vous.
« Tout à vous.

« GEORGE. »

Dès qu'il avait pu le faire, Alfred de Musset avait écrit
à sa mère pour lui dire son état et lui annoncer son

---

(1) Je n'avais pas cru devoir donner le nom de Mlle Dejazet par égard pour
Mme Tattet. M. Mariéton ayant trouvé ce nom dans *mes* notes s'est empressé
de le publier.
(2) Cette lettre, datée de Florence, 17 mars 1834, a été publiée par M. le Vicomte de Spoelberch de Lovenjoul (*Cosmopolis*).

retour : « Je vous apporterai un corps malade, une
« âme abattue, un cœur en sang, mais qui vous aime
« encore. » (1).

Voici la réponse de Mme de Musset :

« Paris, 17 mars 1834.

« Oh ! mon pauvre fils ! mon pauvre fils ! Quel fatal voyage
tu as fait là ! Et quelle affreuse maladie ! Ta lettre m'a boule-
versée ; j'en suis restée trois heures sans pouvoir parler.
D'après le traitement qu'on t'a fait subir, ton frère conclut
que tu as eu une fièvre cérébrale. Pour moi, je me perds dans
les conjectures les plus sinistres pour deviner quelle compli-
cation de maladies a pu t'assaillir, toi si sain, si fort jusque-
là, et qui n'as jamais fait sous mes yeux ce qu'on peut appeler une maladie. Je suis persuadée que le malsain climat
dans lequel vous êtes allés vous fixer a contribué à ton
malheur. Venise est inhabitable une grande partie de l'année ;
je voudrais à tout prix t'en savoir dehors. Il ne faut pas
cependant que tu te mettes en route pour la France avant
que ta pauvre santé soit consolidée ; tu n'aurais pas la force
de supporter le voyage et une rechute serait plus dangereuse encore. Mais si tu t'en sens la force, tâche d'aller passer
ta convalescence loin de Venise, elle en sera plus courte et
plus sûre. J'ai une bien grande reconnaissance pour Madame
Sand et pour tous les soins qu'elle t'a donnés. Que serais-tu
devenu sans elle ? C'est affreux à penser. J'étais, lorsque j'ai
reçu ta lettre, dans une inquiétude impossible à exprimer.
J'avais été jeudi chez Buloz, qui venait de recevoir une
lettre de Madame Sand ; il ne voulait pas me la montrer et
il feignait de l'avoir perdue. Il avait imprudemment lâché le
mot d'indisposition : Alfred a une indisposition ! Il n'en fallait
pas tant pour me faire deviner la vérité, l'horrible vérité ;
et je suis sortie de chez lui plus morte que vive.

« Je n'ai pas besoin de te dire, mon bien cher enfant, que
tout ce que tu désires de changements dans notre appar-
tement sera fait de suite...... (Description des modifications
à opérer)...... Si ce projet te convient, écris-le moi, je le ferai
exécuter avant ton retour, pour t'éviter l'ennui des ouvriers,

(1) *Biographie*, p. 129.

autrement, nous attendrons ton retour et je me bornerai
à faire ce que tu me demandes.

« Je te supplie de m'écrire lettres sur lettres, mon cher enfant ; tu comprends combien cela m'est nécessaire en ce moment. Je suis si malheureuse, si tourmentée ! Ton frère et ta
sœur sont bien inquiets aussi. J'ai appris avec plaisir que
M. Tattet est avec vous ; ce te sera une distraction agréable :
un ami est bien précieux à trois cents lieues de tous les
siens.

« Nous nous portons tous bien, à l'inquiétude près, qui
est un mal insupportable pour moi. Je t'embrasse, mon cher
fils, de toute mon âme et t'aime plus que ma vie.

          « Ta mère

                                        « EDMÉE. »

« Tu ne m'as pas donné d'adresse positive et pas dit si tu as
reçu une seule de mes lettres ; de sorte que je crains toujours
qu'elles ne te soient pas parvenues. »

Le timbre d'arrivée à Venise porte la date du 25 mars.
A cette époque, Alfred de Musset était donc suffisamment
rétabli pour sortir et aller lui-même chercher ses lettres
à la poste.

D'autre part, George Sand écrivait à Alfred Tattet, qui
lui demandait des nouvelles :

« Votre lettre me fait beaucoup plaisir, mon cher monsieur
Alfred, et je suis charmée que vous me fournissiez l'occasion
de deux choses. D'abord de vous dire qu'Alfred, sauf un peu
moins de force dans les jambes et de gaieté dans l'esprit,
est presque aussi bien portant que dans l'état naturel. Ensuite
de vous remercier de l'amitié que vous m'avez témoignée
et des moments agréables que vous m'avez fait passer en
dépit de toutes mes peines. Je vous dois les seules heures de
gaieté et d'expansion que j'aie goûtées dans le cours de ce
mois si malheureux et si accablant. Vous en retrouverez de
meilleures dans votre vie ; quant à moi, Dieu sait si j'en ren-
contrerai jamais de supportables. Je suis toujours dans l'incertitude où vous m'avez vue, et j'ignore absolument si ma
vieille barque ira échouer en Chine, ou à toute autre morgue,

questo non importa, comme dirait notre ami Pagello, et je vous engage à vous en soucier fort peu. Gardez-moi seulement un bon souvenir du peu de temps que nous avons passé à bavarder au coin de mon feu, dans les loges de la Fenice et sur les ponts de *Venezia la Bella,* comme vous dites si élégamment. Si quelqu'un vous demande ce que vous pensez de la féroce Lélia, répondez seulement qu'elle ne vit pas de l'eau des mers et du sang des hommes, en quoi elle est très inférieure à Han d'Islande ; dites qu'elle vit de poulet bouilli, qu'elle porte des pantoufles le matin et qu'elle fume des cigarettes de Maryland. Souvenez-vous tout seul de l'avoir vue souffrir et de l'avoir entendue se plaindre, comme une personne naturelle. — Vous m'avez dit que cet instant de confiance et de sincérité était l'effet du hasard et du désœuvrement. Je n'en sais rien, mais je sais que je n'ai pas eu l'idée de m'en repentir, et qu'après avoir parlé avec franchise pour répondre à vos questions, j'ai été touchée de l'intérêt avec lequel vous m'avez écoutée. Il y a certainement un point par lequel nous nous comprenons : c'est l'affection et le dévouement que nous avons pour la même personne. Qu'elle soit heureuse, c'est tout ce que je désire désormais. Vous êtes sûr de pouvoir contribuer à son bonheur, et moi, j'en doute pour ma part. C'est en quoi nous différons et c'est en quoi je vous envie. Mais je sais que les hommes de cette trempe ont un avenir et une providence. Il retrouvera en lui-même plus qu'il ne perdra en moi ; il trouvera la fortune et la gloire, moi je chercherai Dieu et la solitude.

« En attendant, nous partons pour Paris dans huit ou dix jours, et nous n'aurons pas, par conséquent, le plaisir de vous avoir pour compagnon de voyage. Alfred s'en afflige beaucoup, et moi, je le regrette réellement. Nous aurions été tranquilles et *allegri* avec vous, au lieu que nous allons être inquiets et tristes. Nous ne savons pas encore à quoi nous forcera l'état de sa santé physique et morale. Il croit désirer beaucoup que nous ne nous séparions pas et il me témoigne beaucoup d'affection. Mais il y a bien des jours où il a aussi peu de foi en son désir que moi en ma puissance, et alors, je suis près de lui entre deux écueils : celui d'être trop aimée et de lui être dangereuse sous un rapport, et celui de ne pas l'être assez, sous un autre rapport, pour suffire à son bonheur. La raison et le courage me disent donc qu'il faut que je m'en aille à Constantinople, à Calcutta ou à tous les diables. Si quelque jour il vous parle de moi et qu'il m'accuse d'avoir eu trop de force ou d'orgueil, dites-lui que le hasard vous a amené auprès de son lit dans un temps où il avait la tête encore faible, et qu'alors, n'étant séparé des secrets de notre cœur que par un paravent, vous avez entendu et compris bien des souffrances auxquelles vous avez compati. Dites-lui que vous avez vu la vieille femme répandre sur ses tisons deux ou trois larmes silencieuses, que son orgueil n'a pas pu cacher. Dites-lui qu'au milieu des rires que votre compassion ou votre bienveillance cherchait à exciter en elle, un cri de douleur s'est échappé une ou deux fois du fond de son âme pour appeler la mort.

« Mais je vous ennuie avec mes bavardages, et peut-être vous aussi, vous pensez que, par habitude, j'écris des phrases sur mon chagrin. Cette crainte là est ce qui me donne ordinairement de la force et une apparence de dédain. Je sais que je suis entachée de la désignation de *femme de lettres*, et, plutôt que d'avoir l'air de consommer ma marchandise littéraire par économie dans la vie réelle, je tâche de dépenser et de soulager mon cœur dans les fictions de mes romans ; mais il m'en reste encore trop, et je n'ai pas le droit de le montrer sans qu'on en rie. C'est pourquoi je le cache ; c'est pourquoi je me consume et mourrai seule, comme j'ai vécu. C'est pourquoi j'espère qu'il y a un Dieu qui me voit et qui me sait, car nul homme ne m'a comprise, et Dieu ne peut pas avoir mis en moi un feu si intense pour ne produire qu'un peu de cendres.

« Ensuite, il y a des gens qui prennent tout au sérieux, même la Mort, et qui vous disent : « Cela ne peut pas être vrai, « on ne peut pas plaisanter et souffrir, on ne peut pas mourir « sans frayeur, on ne peut pas déjeuner la veille de son en-« terrement. » Heureux ceux qui parlent ainsi. Ils ne meurent qu'une fois et ne perdent pas le temps de vivre à faire sur eux-mêmes l'éternel travail de renoncement, ce qui est, après tout, la plus stupide et la plus douloureuse des opérations.

« A propos d'opérations, *l'illustrissimo professore Pagello* vous adresse mille compliments et amitiés. Je lui ai traduit servilement le passage sombre et mystérieux de votre lettre où il est question de lui et de mademoiselle Antonietta, sans y ajouter le moindre point d'interrogation, sans chercher à soulever le voile qui recouvre peut-être un abîme d'iniquités. Le docteur Pagello a souri, rougi, pâli; les veines colossales de son front se sont gonflées, il a fumé trois pipes; ensuite, il a été voir jouer un opéra nouveau de Mercadante, à la Fenice; puis il est revenu, et, après avoir pris quinze tasses de thé, il a poussé un grand soupir, et il a prononcé ce mot mémorable que je vous transmets aveuglément pour que vous l'appliquiez à telle question qu'il vous plaira : *Forse!*

« Ensuite, je lui ai dit que vous pensiez beaucoup de bien de lui, et il m'a répondu qu'il en pensait au moins autant de vous, que vous lui plaisiez *immensamente* et qu'il était bien fâché que vous ne vous fussiez pas cassé une jambe à Venise, parce qu'il aurait eu le plaisir de vous la remettre et de vous voir plus longtemps. J'ai trouvé que son amitié allait trop loin, mais j'ai partagé son regret de vous avoir si tôt perdu.

« Je n'écris pas à Sainte-Beuve parce que je ne me sens pas le courage de parler davantage de mes chagrins, et qu'il m'est impossible de feindre avec lui une autre disposition que celle où je suis. Mais si vous lui écrivez, remerciez-le pour moi de l'intérêt qu'il nous porte. Sainte-Beuve est l'homme que j'estime le plus; son âme a quelque chose d'angélique et son caractère est naïf et obstiné comme celui d'un enfant. Dites-lui que je l'aime bien; je ne sais pas si je le verrai à Paris; je ne sais pas si je le reverrai jamais.

« Ni vous non plus, mon cher; mais pensez à moi quelquefois, et tâchez d'en penser un peu de bien avec ceux qui n'en penseront pas trop de mal. Je ne vous dis rien de la part d'Alfred, je crois qu'il vous écrira de son côté. Amusez-vous bien, courez, admirez et surtout ne tombez pas malade.

T. à .v

« GEORGE SAND. »

22 mars [1834].

« Écrivez-moi à Paris, quai Malaquais, 19, si vous avez quelque chose à me dire. »

III

RETOUR D'ITALIE

Le 22 mars 1834, il était donc décidé que George Sand et Alfred de Musset revenaient ensemble à Paris ; mais le 28, tout était changé : les troisième, quatrième et cinquième chapitres de la dernière partie de la *Confession d'un Enfant du siècle* donnent une idée de ce qui a dû se passer durant ces quelques jours. Musset, apparemment, crut faire acte de grandeur d'âme et de générosité en partant seul, laissant George Sand en compagnie de Pagello.

Avant de le quitter, ses « deux grands amis » remirent au voyageur un petit portefeuille portant ces deux dédicaces autographes (1). Sur la première page :

A son bon camarade, frère et ami Alfred
Sa maîtresse George

Venise 28 mars 1834.

sur la dernière :

Pietro Pagello
Raccomanda
Mr Alfred de Musset
A Pietro Pirzio
A Vincenzo Stefanelli   *Ingegnesi*
A Mr J. R. Aggiunta.

---

(1) Ce carnet a soixante-douze feuillets. Sur le premier, envoi de George Sand. Les feuillets 3 à 12 portent des notes manuscrites d'Alfred de Musset : maximes, extraits de divers auteurs : Sénèque, Pindare, Marc-Aurèle, Homère, Byron, etc...; d'autres encore, français, anglais, italiens.

Les feuillets 2, 15 à 48, 57 à 71 sont restés blancs.

Les feuillets 13, 14, 49 à 56 sont arrachés. Sur les fragments qui en restent, on distingue des traces d'écriture au crayon.

Sur le feuillet 72 et dernier, envoi de Pagello, écrit en sens inverse des autres pages. C'est de ce carnet qu'il s'agit dans la lettre d'Alfred de Musset à George Sand, datée du 15 juin 1834.

À Son bon camarade frère et ami alfred.

sa maîtresse George.

Venise 28 mars 1834

Pietro Pagello

raccomanda

M.' Alfred de Musset
a Pietro Pinzio
a Vincenzo Stefanelli   Ingegneri
a M.² J. R. Aggiunta —

Alfred de Musset quitta Venise dans la journée ou dans la soirée du 29 mars 1834 ; son passeport nous fournit encore des indications précises :

Venezia, 28 marzo 1834. Dir Gen. di Poli. Buono per Milano.
Vu au Consulat de France à Venise. Bon pour se rendre à
Paris. Venise, 29 mars 1834. Le Consul de France : Silvestre de
Sacy.
  Visto al Comando. Arona, 1 aprile 1834.
  Vu au Pont Saint Maurice, le 3 avril 1834, allant en France.
  Vu à Genève, le 5 avril 1834. Bon pour Paris.
  Vu à Bellegarde, le 6 avril 1834.

Il était accompagné par une sorte de domestique, nommé Antonio, que George Sand. avait chargé de veiller sur son maître pendant le voyage et qui devait la tenir au courant des incidents de la route. Elle-même reconduisit Musset jusqu'à Mestre, dit-elle dans son *Histoire de ma vie,* — jusqu'à Vicence, d'après une lettre d'elle à Boucoiran (1).
  Il lui écrivit de Padoue et de Genève :

« Monsieur Pagello, D^r médecin
Pharmacie Ancilla, C. Sⁿ Luca

Pour remettre à Madame Sand.   Venise.

[Genève], vendredi, 4 avril [1834].

« Mon George chéri, je suis à Genève. Je suis parti de Milan sans avoir trouvé de lettre de toi à la poste. Peut-être m'avais-tu écrit ; mais j'avais retenu mes places tout de suite en arrivant, et le hasard a voulu que le courrier de Venise, qui arrive toujours deux heures avant le départ de la diligence de Genève, s'est trouvé en retard cette fois. Je

(1) Datée du 6 avril 1834, et publiée dans sa *Correspondance,* tome I, p. 265. — D'après une lettre qu'elle écrivit le 15 avril 1834 à Musset lui-même, c'est le lendemain de son départ qu'elle est allée à Vicence, pour savoir comment il avait passé sa première nuit de voyage.

t'en prie, si tu m'as écrit à Milan, écris au directeur de la poste de me faire passer ta lettre à Paris. Je la veux, n'eût-elle que deux lignes. Écris-moi à Paris..... Quand tu passeras le Simplon pense à moi, George. C'était la première fois que les spectacles éternels des Alpes se levaient devant moi dans leur force et dans leur calme. J'étais seul dans le cabriolet ; je ne sais comment rendre ce que j'ai éprouvé : il me semblait que ces géants me parlaient de toutes les grandeurs sorties de la main de Dieu : « Je ne suis qu'un enfant, « me suis-je écrié, mais j'ai deux grands amis, et ils sont « heureux !.... »

Elle, de son côté, lui adressa une lettre à Milan.

Je ne parlerai pas de l'existence à Venise de George Sand et de Pagello, après le départ d'Alfred de Musset. La publication , par M. le Dr Cabanès, dans la *Revue Hebdomadaire* des 1er août et 15 octobre 1896, de longs fragments du journal intime de P. Pagello et autres documents ; les révélations de M. R. Barbiera dans l'*Illustrazione Italiana,* de Milan, des 15, 22 et 29 novembre 1896, joints au livre de Mme L. Codemo, que nous citons ci-dessus, permettent de retrouver, presque jour par jour, les détails de leur vie privée. Suivons donc le poète dans son voyage.

Le 12 avril, Alfred de Musset arriva à Paris (le 10, dit Paul dans la *Biographie*), exténué au physique et au moral. Il s'enferma dans sa chambre, et, pendant plus d'un mois, ne voulut voir personne :

« .... Je fus saisi d'une souffrance inattendue, raconte-t-il plus tard dans son *Poète déchu* (1) ; il me semblait que toutes mes idées tombaient comme des feuilles sèches, tandis que je ne sais quel sentiment inconnu, horriblement triste et tendre, s'élevait dans mon âme. Dès que je vis que je ne pouvais lutter, je m'abandonnai à la douleur, en désespéré...

_____

(1) En 1839. — Paul de Musset en cite des fragments dans la *Biographie.*

La douleur se calma peu à peu, les larmes tarirent, les insomnies cessèrent, je connus et j'aimai la mélancolie... »

Ce qui entretenait encore le poète en ce malheureux état, c'était la correspondance établie entre *lui* et *elle* : n'étant plus en contact, ils renouvelaient leur rêve et poétisaient jusqu'à leurs querelles passées :

Alfred de Musset à George Sand.

« Paris, 19 avril 1834. — ..... Je regardais l'autre soir cette table où nous avons lu ensemble Goetz de Berlichingen. Je me souviens du moment où j'ai posé le livre sur la table, après le dernier cri du héros mourant : Liberté ! Liberté ! Tu étais beaucoup pour moi, ma pauvre amie, plus que tu ne croyais et que je ne croyais moi-même. Tu es donc dans les Alpes ? N'est-ce pas que c'est beau ? Il n'y a que cela au monde. Je pense avec plaisir que tu es dans les Alpes. Je voudrais qu'elles pussent te répondre; elles te raconteraient peut-être ce que je leur ai dit.... »

George Sand à Alfred de Musset (1).

« Venise, 29 avril. — ..... Ta lettre est triste, mon ange, mais elle est bonne et affectueuse pour moi. Oh ! quelle que soit la disposition de ton esprit, je trouverai toujours ton cœur, n'est-ce pas, mon bon petit ?.... »

Alfred de Musset à George Sand.

« Paris, 30 avril — ..... Ce n'est donc pas un rêve, mon enfant chéri ? Cette amitié qui survit à l'amour, dont le monde se moque tant, dont je me suis tant moqué moi-même, cette amitié-là existe ! C'est donc vrai, tu me le dis et je le crois, je le sens, *tu m'aimes !*..... »

Dans son journal intime, *Sketches and Hints,* George Sand consigne sous le titre de « *Venise* » une sorte de poème du désespoir : « O Venise, pourquoi es-tu si belle

(1) Publiée dans la *Revue de Paris* du 1er novembre 1896, lettre 4.

« et pourquoi m'es-tu si chère, à moi qui ne dois plus
« aimer et qui vais mourir ? »

En outre des lettres qu'ils s'adressaient tous les trois ou
quatre jours, George Sand lui envoyait ses *Lettres d'un
Voyageur* : la première, le 29 avril ; la deuxième, dans
les premiers jours de juin, par l'entremise de Buloz :

> « ..... Buloz, écrit le 15 juin Alfred de Musset à George
> Sand, vient de m'apporter la lettre que tu lui as envoyée
> pour la *Revue*. Il me l'a lue en ânonnant, jusqu'à ce que,
> impatienté des coups d'épingles que sa lourde déclamation
> me donnait dans le cœur, je lui ai arraché le papier des
> mains, pour le finir à haute voix. Maintenant le voilà parti,
> et le cœur me bat si fort qu'il faut que je t'écrive ce que
> j'éprouve..... »

Puis, le 17 juin, « la seconde moitié du second volume
de *Jacques,* » avec mission de la lire et d'y faire les coupures qu'il jugerait nécessaires (1). C'est Musset qui s'occupait à Paris des affaires de George Sand, restée à
Venise, voyait ses fournisseurs, s'entendait pour elle
avec Buloz, et lui faisait expédier par ses éditeurs les
sommes dont ils lui étaient redevables ; il était aidé en
cela par Boucoiran.

D'autre part, il mandait ceci, dès le 30 avril, à son
amie : « J'ai bien envie d'écrire notre histoire ; il me
« semble que cela me guérirait et m'élèverait le cœur. Je
« voudrais te bâtir un autel, fût-ce avec mes os ; mais
« j'attendrai ta permission formelle ». — Et le 12 mai,
George Sand lui répondait : « Il m'est impossible de
« parler de moi dans un livre, dans la disposition d'esprit
« où je suis ; pour toi, fais ce que tu voudras, romans, son-
« nets, poèmes ; parle de moi comme tu l'entendras, je me
« livre à toi les yeux bandés ». — Ce projet, on le sait, est

---

(1) **En tête de l'exemplaire de** *Jacques* **que possédait Alfred de Musset, se
trouve cet envoi autographe :** « *George à Alfred* ».

devenu la *Confession d'un enfant du siècle*. On a donc eu tort de prétendre que George Sand avait imaginé *Elle et Lui* pour répliquer à cette confession (1). Non seulement elle était prévenue des intentions d'Alfred de Musset, mais elle l'autorisait à écrire. Bien plus, la rupture définitive s'étant consommée dans les premiers jours de mars 1835, et la *Revue des Deux-Mondes* publiant dès le 15 septembre le deuxième chapitre de la première partie de la *Confession,* celle-ci fut commencée probablement avant cette rupture.

Pagello, emporté dans le même tourbillon, écrivait des lettres, lui aussi ; mais il n'osait pas encore s'adresser directement à Alfred de Musset : il s'en prenait à son ami Tattet. Voici la première de ces lettres que nous avons retrouvées :

« 7 giugno 1834, Venezia.

« Mio caro amico,

« Mi sono affrettato di eseguire la vostra commissione, son assicurato che le due casse di bottiglie sono già sulla strada della Francia. — Se niente arrivasse al contrario, scrivetemi, e vi serviro. — Madame G. vi saluta cordialmente, sta bene e si diverte abbastanza per questo poco che puo offrire Venezia in confronto di Parigi. — Addio, buon amico. La nostra amicizia di un giorno sembra quella di due anni : forse ci vedremo a Parigi. — Non vi so dire ne il quando ne

(1) L'exemplaire de la *Confession d'un enfant du siècle* appartenant à George Sand, porte cette dédicace manuscrite : *A George Sand. — Alf⁴ M¹.* ».

Au verso de la couverture de *Leone Leoni,* par G. Sand (Paris, Bonnaire et Magen, 1835. 1 vol. in-8) se trouve cette annonce de librairie :

« Pour paraître prochainement :

« AU-DELA DU RHIN, par Lherminier, professeur au Collège de France. 2 vol. in-8.

« LA CONFESSION D'UN ENFANT DU SIÈCLE, par Alfred de Musset. 2 vol. in-8.

« SERVITUDE ET GRANDEUR MILITAIRES, par Alfred de Vigny. 1 vol. in-8.

« LA SECONDE CONSULTATION DU DOCTEUR NOIR, par le même. 1 vol. in-8.

« UN NOUVEAU ROMAN, par George Sand. 2 vol. in-8.

« GRANGENEUVE, par H. Delatouche. 2 vol. in-8.

il come, so che ci rivedremo. — Si vedete Alfred de Musset, bacciatelo per me.

« Addio, addio, vostro sincero

« PIETRO PAGELLO. »

Traduction.

« Venise, 7 juin 1834.

« Mon cher ami,

« Je me suis hâté de faire votre commission, et je me suis assuré que les deux caisses de bouteilles sont déjà sur la route de France. — S'il n'arrivait rien, au contraire, écrivez-moi, et je vous servirai. — Madame G. [George] vous salue cordialement ; elle va bien de santé et se divertit suffisamment, pour le peu qu'offre Venise en comparaison de Paris. — Adieu, bon ami ; notre amitié d'un jour semble celle de deux années ; peut-être nous verrons-nous à Paris. — Je ne sais vous dire ni quand ni comment, je sais que nous nous reverrons. — Si vous voyez Alfred de Musset, embrassez-le pour moi.

« Adieu, adieu, votre sincère

« PIERRE PAGELLO. »

Pendant que s'échangeaient toutes ces lettres, on s'occupait d'Alfred de Musset et de George Sand, à Paris, beaucoup plus qu'ils ne l'auraient désiré. Buloz, et surtout Boucoiran, tenaient George Sand au courant de ce qui se disait, bien qu'elle le leur défendit. Cela devint tel, qu'elle crut devoir mettre sa mère elle-même en garde contre tous ces racontars :

« *A madame Dupin, à Paris.*

« Venise, 5 juin 1834.

« Ma chère maman, il y a bien longtemps que je veux répondre à votre bonne lettre. J'ai été malade, j'ai voyagé, j'ai eu du chagrin et des inquiétudes très graves, mais enfin, je suis bien portante et tranquille. Vous avez peut-être

entendu dire que mon compagnon de voyage, après avoir
fait une maladie mortelle à Venise, a été forcé, par l'état de
sa poitrine, de quitter l'air de l'Italie et de retourner en
France. Je suis restée ici pour achever mon travail et jouir
encore quelque temps du séjour de ce beau pays..... » (1)

Le brusque retour du poète sans sa compagne avait
prêté à des récits fort éloignés de la vérité : ne sachant
rien, on inventait. Les premières semaines, confiné dans
sa solitude volontaire, Musset ignora ce qui se disait ;
mais dès sa rentrée dans le monde, ces méchants propos
parvinrent à ses oreilles. Ce fut Buloz qui, sans le savoir,
éveilla ses soupçons. Alfred de Musset donna le démenti
le plus formel à tous ces mensonges et défendit énergi-
quement George Sand. Mais les insinuations malveil-
lantes de Gustave Planche avaient fait leur chemin ;
malgré ses efforts, Musset ne put imposer silence aux
calomniateurs. De leur côté, les amis de George Sand
avaient jasé à tort et à travers, et quand on sut qu'elle
allait revenir avec le troisième complice, ce fut un véritable scandale.

Le 15 juin, Pagello avait écrit directement à Alfred de
Musset. Sa lettre, dont Mme A. Barine avait publié un
fragment (2), a été citée en entier par M. le vicomte de
Spoelberch de Lovenjoul (3). Le 11 juillet, Alfred de Musset lui répondait :

« Al mio caro P. Pagello,

« Mon cher, vous êtes bien gentil de m'avoir un peu écrit ;
je dis un peu, car ce n'est guère ; mais si petit que soit le
morceau de papier qui me parle de votre amitié, en quel
moment de ma vie ne sera-t-il pas bien reçu? Il n'en est peut-
être pas de même de vos recommandations sur le vin de
champagne, et je n'ose avouer au grand salviatico Pietro,

(1) Lettre inédite.
(2) *Alfred de Musset*, par A. Barine. Paris, Hachette, 1893. 1 vol. in-12, p. 73.
(3) *Véritable histoire*, etc...., p. 39.

combien était fondé le juste remords qui m'a saisi à cet article de votre lettre. Mais je vous promets que jamais, jamais, je ne boirai plus de cette maudite boisson — sans me faire les plus grands reproches.

« George me mande que vous hésitez à venir ici avec elle; il faut venir, mon ami, ou ne pas la laisser partir. Trois cents lieues sont trop longues pour une femme seule.....

« ALFᵈ DE Mᵗ. »

Un mois plus tard, le 19 juillet 1834, George Sand écrivant à Boucoiran, pour lui annoncer son retour, lui disait :

« ..... J'en ai fini avec les passions ; la dernière est celle qui m'a fait le plus de mal, mais c'est la seule dont je ne me repente pas, car il n'y a eu dans mes chagrins ni de ma faute ni de celle d'autrui. Vous dites que vous ne l'approuviez pas, mon ami! Il y a des choses entre deux amants dont eux seuls au monde peuvent être juges!.... »

Elle ne prévoyait pas alors les orages futurs.

IV

VOYAGE DE MUSSET A BADE

George Sand, à son tour, avait quitté Venise ; le 29 juillet, elle était à Milan, puis elle traversait la Suisse ; elle arrivait à Paris vers le 10 août — avec Pagello. — Alfred de Musset, qu'elle avait prévenu depuis longtemps, l'attendait, et leur premier soin fut de se revoir. C'est par le livre de Mᵐᵉ Arvède Barine (1) qu'il faut connaître cette période de leur existence : brouilles et raccommode-

_____

(1) L'auteur a consacré un long chapitre aux relations d'Alfred de Musset et de George Sand. Des documents précis, habilement groupés, des extraits de lettres, en font un ensemble psychologique des plus attrayants.

ments se succèdent sans interruption, compliqués par
la présence de Pagello, devenu jaloux. Ajoutez à cela que
tout le bruit fait autour d'eux déchire brutalement le
bandeau qui les aveuglait : ils comprennent combien
leur situation est fausse et ridicule.

Après un de ces orages, Alfred de Musset, n'y pouvant
plus tenir, envoie ce billet à George Sand : « Je vais
« mettre une seconde fois la mer et la montagne entre
« nous ; si Dieu le permet, je reverrai ma mère, mais je
« ne reverrai jamais la France ».

Quelques jours plus tard, nouvelle lettre dans laquelle
il la remercie de lui accorder un rendez-vous : « ... Quant
« à ma résolution de partir, n'en parlons pas, elle est
« irrévocable. Je l'ai prise hier soir en me couchant. Ce
« matin, j'ai ouvert ma fenêtre et j'ai regardé le soleil ;
« lui-même, du haut des sphères célestes, il n'aurait rien
« vu qui pût la changer. Quoique tu m'aies connu
« enfant, crois aujourd'hui que je suis homme ; je ne
« m'abuse sur rien, je ne crains, ni n'espère rien..... »
En même temps, il écrivait à Buloz :

« Lundi, 18 [août 1834.]

« Mon ami, ma mère me donne de quoi aller aux Pyrénées, et je vais partir. Dites-moi si vous croyez pouvoir,
quand je serai là-bas, m'envoyer quelqu'argent. J'y vais pour
travailler ; je vous donnerai d'abord les vers que je vous ai
promis, vous aurez ensuite et bientôt mon roman. Je m'en-
gagerai, si vous voulez, à un dédit pour une époque que
vous fixerez, et à laquelle vous recevrez le manuscrit entier,
à moins de maladie grave, auquel cas, tout vous sera fidèlement rendu. Répondez-moi un mot ou venez me voir si vous
avez le temps. Mais tout de suite, car je ne serai pas ici
vendredi.

« T. à v.   « ALF^d DE MUSSET. »

Il devait aller à Toulouse voir son oncle, M. Desher-
biers, alors sous-préfet à Lavaur ; de là aux Pyrénées,

11

puis à Cadix. En conséquence de quoi, il partit pour.....
Bade. Nous avons de nouveau recours au passeport :

Vu au Ministère des Affaires Étrangères. Paris, 20 août 1834.
Vu pour Francfort et les bords du Rhin. Paris, 20 août 1834.
Préfecture de Police.
Vu à la Légation de Bade. Paris, 21 août 1834.
Vu à la Légation des Villes Libres d'Allemagne. Paris, 21
août 1834.
Vu pour les eaux de Bade. Strasbourg, 28 août 1834.
Baden, 30 august 1834. (Signature illisible).

D'autre part, George Sand s'était réfugiée à Nohant ;
elle y était déjà installée le 31 août, seule, ayant eu la
sagesse de laisser Pagello à Paris. Mais ses idées de suicide l'avaient reprise, et, à cette date, elle écrivait à Boucoiran : « ..... Je lui dois (à Pagello) la vie d'Alfred et
« la mienne. Pour ce qui est de la mienne, je sais bien
« l'usage que je vais en faire ; quant à celle d'Alfred, rien
« ne peut la payer..... » (1). Et elle lui donne des ins-
tructions en conséquence.

Cependant, entre Nohant et Bade recommença une
nouvelle correspondance encore plus passionnée que
celle échangée entre Paris et Venise (2); et, pendant ce
temps-là, Pagello, resté seul à Paris, inconnu, se lamen-
tait de son isolement et écrivait à Alfred Tattet :

« Parigi, 6 settembre 1834.

« Mio caro Alfredo,

« Il vostro povero amico e a Parigi. — Ho domandato di
voi alla vostra casa, mi fu detto che siete alla campagna. Se
avessi tempo, sarei venuto a darvi un bacio, ma come sono
qui per poco ve lo mando in questo foglio. Non so quanti

(1) Fragment inédit d'une lettre publiée dans la *Correspondance*, tome I,
p. 279-281.
(2) L'une des lettres de Musset à George Sand a été publiée dans l'*Homme*
Libre du 14 avril 1877 et dans le *Figaro* du 28 avril 1882.

giorni ancora restero a Parigi. — Voi sapete che io son obbligato di obbedire alla mia piccola borsa, e questa mi comanda digia la partenza. — Addio. — Se potro vedervi a Parigi, saro fortunato ; se non potro, mandatemi un bacio anche voi in un pezzetto di carta, Hotel d'Orléans, n° 17, rue des Petits-Augustins. — Addio, mio buono, mio sincero amico, addio.

« V° aff^{mo} amico   « PIETRO PAGELLO. »

Traduction.

« Paris, 6 septembre 1834.

« Mon cher Alfred,

« Votre pauvre ami est à Paris. — Je suis allé chez vous demander de vos nouvelles ; on m'a dit que vous étiez à la campagne. Si j'avais eu le temps, je serais allé vous embrasser, mais comme je suis ici pour peu, je vous embrasse par cette feuille. Je ne sais combien de jours encore je resterai à Paris ; vous savez que je suis obligé d'obéir à ma petite bourse et celle-ci me commande déjà le départ. — Adieu. — Si je puis vous voir à Paris, je serai heureux ; si je ne puis, envoyez-moi un baiser, vous aussi, sur un petit bout de papier, Hôtel d'Orléans, n° 17, rue des Petits-Augustins. — Adieu, mon bon, mon sincère ami, adieu.

« Votre très affectionné

« PIERRE PAGELLO. »

Alfred de Musset, dans *Une bonne fortune,* raconte un des incidents de son séjour à Bade (1). Après un mois de promenades et de distractions variées, entremêlées de

(1) On trouvera d'autres détails dans : 1° *Alfred de Musset à Bade* par Émile Krantz. Extrait des Annales de l'Est. Nancy, Imprimerie Berger-Levrault et Cie, 1888. In-8°. — 2° *Kleine beitrage zur Wurdigung Alfred de Musset* (Poésies Nouvelles), von Dr Moritz Werner. Berlin, C. Vogt, 1896. In-8°. — De l'enquête à laquelle s'est livré le Dr Werner, il semble résulter qu'Alfred de Musset voyageait en compagnie d'un monsieur Roussel : « ..... Voici ce que j'ai « trouvé, m'écrit le Dr Werner, dans le recueil des listes des étrangers que « je m'étais fait envoyer de Bade. Dans la liste du dimanche 31 août, qui « indique les étrangers arrivés de la veille, il y a à l'hôtel «Zahringer Hoff» : « M. de Musset *et* M. Roussel, de Paris ». (Je souligne cet *et* parce qu'il ne se « trouve que dans le cas où les étrangers se sont fait inscrire ensemble). Le « jour suivant, 1er septembre, étrangers arrivés le 31 août, on trouve chez M. « le secrétaire Mesmer : «M. le vicomte de Musset », et dans la rubrique

travail, Alfred de Musset songea au retour ; son amour, qu'il pensait calmer par l'absence, n'avait fait que s'exalter. Le 10 octobre, il passe à Strasbourg, et dès son arrivée à Paris, le 13, il écrit à George Sand, encore à Nohant : « Mon amour, me voilà ici ; tu m'as écrit une « lettre bien triste, mon pauvre ange, et j'arrive bien « triste aussi. Tu veux bien que nous nous voyions ! Et « moi, si je veux !.... » Quelques jours après, George Sand venait le rejoindre.

Pagello n'était pas encore parti ; mais ce double retour le décida bien vite à reprendre le chemin de Venise, non sans avoir adressé une lettre d'adieu à son ami Alfred Tattet, en lui recommandant le silence :

« Monsieur Alfred Tattet,
          rue Grange Batelière, no 13, Paris.

« Parigi, 23 ottobre 1834.

« Mio buon amico,

« Prima di partire, vi mando un bacio ancora. Vi congiuro di non dar parola giammai del mio amore con la George. — Non voglio vendette. — Parto colla sicurezza d'aver agito in homo onesto. — Questo mi fa dimenticare la mia sofferenza e la mia poverta. — Addio, mio angelo. — Vi scrivero da Venezia. Addio, addio.   « PIETRO PAGELLO ».

Traduction.

« Paris, 23 octobre 1834.

« Mon bon ami,

« Avant de partir je vous envoye encore un baiser. Je vous conjure de ne souffler jamais mot de mon amour avec

« spéciale qui contient les changements de logis : « M. Roussel, de Paris »,
« qui a changé de logis en passant lui aussi chez Mesmer. Vous voyez qu'à
« prendre ces indications au pied de la lettre, il y aurait eu deux Musset à
« Bade. Mais ce ne sera qu'une faute d'impression ou bien de rubrication,
« de sorte que la 2e fois Musset devrait se trouver lui aussi parmi les chan-
« gements de logis et non parmi les récemment arrivés..... »

la George. — Je ne veux pas de vengeances (1). — Je pars
avec la certitude d'avoir agi en honnête homme. — Ceci me
fait oublier ma souffrance et ma pauvreté. — Adieu, mon
ange. — Je vous écrirai de Venise. — Adieu, adieu.

« PIERRE PAGELLO. »

V

A PARIS

Alfred Tattet avait dissuadé Alfred de Musset de revoir
George Sand ; d'où brouille entre les deux amis : Musset
convenait bien, en son for intérieur, qu'il avait tort,
mais il ne voulait pas qu'on le lui dît. George Sand, ne
connaissant pas encore les raisons invoquées par Tattet,
voulut dissiper ce nuage :

« Mardi, 28 octobre 1834.

« Mon cher Tattet,

« J'apprends que j'ai été la cause indirecte et très invo-
lontaire d'un différend entre vous et Alfred. Je serais bien
fâchée de savoir deux vieux amis désunis par rapport à moi.
J'espère bien que cela ne sera pas.

« Dans tous les cas, je vous prie de venir me voir ; après
l'intérêt que vous m'avez témoigné, j'ai lieu d'être surprise
et affligée de votre oubli. Je désire causer avec vous et vous
attends à votre premier retour à Paris. Toujours quai Malaquais, 19.   « GEORGE SAND. »

« Quand vous serez ici (2), écrivez-moi un mot, je vous
donnerai rendez-vous, car je suis souvent dehors ou
enfermée. »

(1) De plusieurs lettres de George Sand, il ressort qu'au moment où elle est
devenue la maîtresse de Pagello, « il s'est trouvé dans sa vie à lui, de ses
« liens mal rompus avec d'anciennes maîtresses, des situations ridicules et
« désagréables »; au moment de la quitter, il semble craindre de voir se renouveler ces ennuis.

(2) Alfred Tattet avait un domicile à Paris, 15 (et non 13), rue Grange-Bate-
lière, mais il habitait le plus souvent une grande propriété qu'il possédait
à Bury, près Margency, dans la vallée de Montmorency.

Mais à peine les deux amants se sont-ils revus qu'ils ne peuvent plus eux-mêmes s'entendre :

George Sand à Alfred de Musset.

« N'ai-je pas prévu que tu souffrirais de ce passé qui t'exaltait comme un beau poème, tant que je me refusais à toi, et qui ne te paraît plus qu'un cauchemar, à présent que tu me ressaisis ? »

Alfred de Musset à George Sand.

« Ne penses pas au passé ! Non, non ! Ne compare pas ! Ne réfléchis pas ! Je t'aime comme on n'a jamais aimé ! »

Les crises se succèdent avec rapidité : ils s'adorent le matin et se disent des injures le soir, pour retomber le lendemain dans les bras l'un de l'autre. C'est la phase de leurs amours la plus tourmentée, la plus poignante : à la lecture de ce qui a été publié de leurs lettres, on se demande comment ils n'y ont pas laissé tous deux leur raison.

Alfred de Musset a la fièvre, et George Sand veut prendre un déguisement pour venir le soigner chez sa mère : « Si je peux me lever, je t'irai voir », lui répond-il.

Le 8 novembre, Alfred de Musset provoque en duel Gustave Planche qui a mal parlé de George Sand ; Planche lui fait des excuses, et le 12 novembre, Alfred de Musset écrit à Alfred Tattet :

« Mon cher ami,

« Tout est fini. — Si par hasard on vous faisait quelques questions (comme il est possible qu'on vous soupçonne de m'avoir parlé); si enfin peut-être, on allait vous voir pour vous demander à vous-même si vous ne m'avez pas vu, répondez purement que non, que vous ne m'avez pas vu et soyez sûr que notre secret commun est bien gardé de ma part. — J'irai vous voir bientôt.

« A vous de cœur. « ALFRED DE MUSSET. »

Puis il va dans la Côte-d'Or, à Montbard, chez l'un de
ses parents. Quelques jours après le « pauvre vieux
lierre » est revenu où il s'attache.

Le 25 novembre, George Sand écrit à Sainte-Beuve que
Musset ne veut plus la voir (1); son exaltation touche à
la folie : la rupture paraît complète. Le 15 décembre,
George Sand est à Nohant, d'où elle écrit à Boucoiran :
« Si Alfred vous fait demander de mes nouvelles, dites
« que vous ne savez rien de moi, que je ne vous ai pas
« écrit. Recommandez à Buloz de dire la même
« chose..... ». Et le 13 janvier 1835, elle adresse cette
lettre à Alfred Tattet :

« Monsieur,

« Il y a des opérations qui sont fort bien faites et qui font
honneur à l'habileté du chirurgien, mais qui n'empêchent pas
la maladie de revenir. En raison de cette possibilité, Alfred est
redevenu mon amant ; comme je présume qu'il sera bien aise
de vous voir chez moi, je vous engage à venir dîner avec nous
au premier jour de liberté que vous aurez. Puisse l'oubli
que je fais de mon offense ramener l'amitié entre nous.

« Adieu, mon cher Tattet.
« Tout à vous.   « GEORGE SAND ».

Combien le ton de ce billet diffère de celui du 28 octobre 1834 ! C'est que Musset avait parlé et raconté à
George Sand, dans un moment d'expansion, que son ami
Tattet avait fait de son mieux pour empêcher leur rapprochement : de là, colère de la maîtresse contre le
gêneur, et, charmée de prendre sa revanche, elle tient à
le lui faire savoir. Six jours plus tard, Liszt reçoit les
confidences de George Sand :

« ..... Je vais partir pour essayer de rompre une passion
bien sérieuse pour moi et bien terrible. Je doute que cela

(1) Lettre publiée par M. le vicomte de Spoelberch de Lovenjoul, ainsi que
celle d'Alfred de Musset au même (*Cosmopolis* puis *Véritable Histoire*, etc...).

me serve à quelque chose, car chaque nouveau jour de cette passion m'apprend à douter de mon libre arbitre..... Je compte sur vous aussi pour me rendre cette justice, qu'aux jours de ma plus grande douleur, je n'ai point accusé l'auteur de mes souffrances. Je vous l'ai dit, moi seule suis coupable et porte la peine d'une faute immense. En fuyant un pardon trop humiliant, je fais preuve de faiblesse et non de force..... » (1).

Peu après se produit un incident qui remet Pagello en scène et sur lequel nous n'avons pas de renseignement antérieur à cette lettre écrite par George Sand à Alfred Tattet :

« 14 février 1835.

« Monsieur,

« J'ai une affaire indispensable à terminer avec vous. Il s'agit d'une affaire d'argent dans laquelle je suis compromise d'honneur aux yeux de Pierre Pagello. J'ai besoin d'une attestation de vous et vous êtes trop galant homme pour me la refuser. Je sais que vous m'êtes extrêmement hostile, et j'ai peu sujet de vous bénir. Mais soyez sûr que j'ai trop le sentiment des convenances, pour vous en faire des reproches, et que jamais aucune vengeance de ma part ne cherchera à vous atteindre. Ayez donc, monsieur, la bonté de recevoir chez vous quatre tableaux qui appartiennent à Pierre Pagello et que je m'étais chargé de vendre. Voyant qu'il avait besoin d'argent, et sachant, par l'avis d'un expert, que les tableaux ne valaient rien, je lui en donnai la somme de deux mille francs, et j'y ajoutai le procédé de lui cacher le secours que [je] lui apportais. Je lui remis mille francs en argent et le tins quitte d'une somme plus forte qu'il me devait. Je crus devoir ces ménagements à sa position fâcheuse et délicate à Paris. Aujourd'hui, Pierre Pagello, averti par un de mes amis, me fait un grand crime de cette action et pense que je l'ai faite à dessein de la divulguer et d'avilir son nom ; d'abord, en racontant l'histoire telle qu'elle est, je n'ai point

(1) Cette lettre, datée du 19 janvier 1835, est publiée dans : *Briefe hervorragender Zeitgenassen an Frantz Liszt....*, *herausgegeben von La Marra.* Leipzig, Breitkopf und Hartel, 1895. 2 vol. in-8°. Tome I, p. 9.

sujet de l'avilir ; ensuite, je ne l'ai racontée qu'à Alfred, qui vous l'a redite, à vous seul. Voulez-vous avoir la bonté, monsieur, de rendre témoignage de ma discrétion, lorsque vous écrirez à Pierre Pagello ?

« En second lieu, cette personne insinue que je pourrais bien m'être défaite des tableaux à mon avantage, afin de me donner en même temps les gants d'une générosité singulière. Elle ajoute que, s'ils sont entre mes mains, *en effet,* elle espère que vous voudrez bien les recevoir, afin de les lui renvoyer ou de les lui faire vendre. Je fais porter les tableaux chez vous ; voulez-vous bien en accuser réception à Pierre Pagello ? J'espère que oui. Vous avez pensé que le sentiment d'équité vous forçait à vous faire le bourreau d'une âme criminelle. Je ne savais pas que vous eussiez l'âme aussi austère et le bras aussi ferme. J'en souffre, mais je vous en estime d'autant plus, monsieur, et à cause de cela, je pense que vous me laverez de l'accusation de friponnerie, car si votre amour de la vérité vous a commandé de me nuire, il doit vous commander de me réhabiliter sous les rapports par où je le mérite.

« Veuillez m'honorer d'un mot de réponse. J'ai l'honneur de vous saluer.   « GEORGE SAND. »

Monsieur Just Pagello, parlant au nom de son père, a déclaré au Dr Cabanès : « Que ces toiles, sans être des « Raphaël, étaient loin d'être des œuvres médiocres. Elles « étaient signées du peintre Ortesiti, un maître » (1). J'ignore quelle était la valeur de ces peintures, mais précieuses ou non, le Dr Pagello me semble en avoir fait peu de cas, car, trois ans plus tard, George Sand répondait le 24 août 1838 à Alfred Tattet, qui lui demandait ce qu'il fallait faire de ce dépôt :

« ..... Je ne pense pas qu'il y ait lieu de vous occuper de ces tableaux ; votre maison est assez vaste pour que vous les laissiez relégués dans un coin de cave ou de grenier. Je n'ai pas eu plus de relations que vous avec Pagello, depuis le

(1) *Revue Hebdomadaire,* 24 octobre 1896, p. 618.

12

triste temps vers lequel vous reportez mes souvenirs, et j'aime à penser qu'après ces orages, ses idées sont deve-nues justes et élevées, comme son âme l'était dans le calme. Nous sommes tous ainsi plus ou moins ; la colère et la haine sont des maladies qui nous tueraient, si la Providence ne les avait faites de courte durée. Je ne suis pas plus qu'une autre à l'abri de ces passions..... »

Et à la mort d'Alfred Tattet, en novembre 1856, ces ta-bleaux, m'a dit une personne de sa famille, furent retrou-vés dans le grenier où ils avaient été mis en 1835 et où peut-être ils sont encore.

Cependant Alfred de Musset et George Sand sont tous deux moralement à bout de forces ; ils ne peuvent plus se voir sans se quereller et n'ont pas le courage de se quitter. Ils se rencontrent, ils s'écrivent encore, mais le dénouement est proche :

« ..... Il me semble comprendre à ta lettre, répond Mus-set à un billet de G. Sand, que nous ne nous verrons plus avant ton départ et le mien. Je pars lundi ; ma place est retenue dans la malle-poste de Strasbourg (1); les derniers mots de ton billet ont l'air d'un adieu et un mot de notre dernière conversation m'a presqu'ôté le courage de t'en dire un autre. Je suis étonné qu'il reste dans mon cœur de la place pour une souffrance nouvelle. Qu'il en soit ce qui plaît à Dieu..... »

C'est George Sand qui se reprend la première ; le 6 mars, elle écrit à Boucoiran : « Aidez-moi à partir au-jourd'hui ». Et le lendemain, Musset venant au rendez-vous, trouve la maison vide :

(1) Si Alfred de Musset est parti, ce qui est peu probable, il est retourné à Montbard, dans la Côte-d'Or. C'est alors qu'il aurait visité la maison de Buffon et écrit sur un panneau de la boiserie les vers qu'on lui attribue. — Voir à ce sujet la plaquette intitulée : *Le Centenaire de Buffon. Troyes, Mon-golfier. 1889. In-8°.*

« A Monsieur Boucoiran, Passage Choiseul, 28.

« Monsieur,

« Je sors de chez Madame Sand et on m'apprend qu'elle est à Nohant. Ayez la bonté de me dire si cette nouvelle est vraie. Comme vous avez vu Madame Sand ce matin, vous avez pu savoir quelles étaient ses intentions, et si elle ne devait partir que demain, vous pourriez peut-être me dire si vous croyez qu'elle ait quelques raisons pour désirer de ne point me voir avant son départ. Je n'ai pas besoin d'ajouter, que dans le cas où cela serait, je respecterais ses volontés.

« ALFRED DE MUSSET ».

Cette fois, c'était fini et bien fini. Ce fut une détente, un soulagement :

George Sand à Boucoiran (1).

« 9 mars 1835.

« Je suis très calme, j'ai fait ce que je devais faire ; la seule chose qui me tourmente, c'est la santé d'Alfred ».

Pendant un mois environ, elle fut en proie à une sorte de maladie de langueur, puis le calme vint réellement, et bientôt l'indifférence.

Chez Alfred de Musset, au contraire, l'apaisement parut se faire tout de suite, mais ce n'était qu'une apparence trompeuse.

> J'ai vu le temps où ma jeunesse
> Sur mes lèvres était sans cesse
> Prête à chanter comme un oiseau ;
> Mais j'ai souffert un dur martyre,
> Et le moins que j'en pourrais dire,
> Si je l'essayais sur ma lyre,
> La briserait comme un roseau. (2)

(1) Publié par M. le vicomte de Spoelberch de Lovenjoul (*Cosmopolis* puis dans *Véritable Histoire*, etc...).

(2) *La Nuit de Mai*, écrite en mai 1835. — On prétend que *toutes les Nuits* sont adressées à George Sand. Tel n'est pas mon avis. Ce n'est pas elle l'inconnue de la *Nuit d'Octobre* à laquelle il dit : « Honte à toi qui la première,

Le 21 juillet, il écrivait à son fidèle ami :

« Monsieur Alfred Tattet, à Baden, poste restante.

« Votre lettre, mon cher Alfred, est arrivée comme je n'étais pas à Paris, ce qui fait que ma réponse est en retard de quelques jours. Pour répondre d'abord à votre question sur ce qui regarde Madame .... (Affaire personnelle à Alfred Tattet).... je crois que ce que je peux vous dire de mieux, c'est qu'il y a tantôt huit ou neuf mois, j'étais où vous êtes, aussi triste que vous, logé peut-être dans la chambre où vous êtes, passant la journée à maudire le plus beau, le plus bleu ciel du monde et toutes les verdures possibles. Je dessinais de mémoire le portrait de mon infidèle ; je vivais d'ennuis, de cigares et de pertes à la roulette. Je croyais que c'en était fait de moi pour toujours, que je n'en reviendrais jamais. Hélas ! Hélas ! Comme j'en suis revenu ! comme les cheveux m'ont repoussé sur la tête, le courage dans le ventre, l'indifférence dans le cœur, par dessus le marché ! Hélas ! A mon retour, je me portais on ne peut mieux ; et si je vous disais que le bon temps, c'est peut-être celui où l'on est chauve, désolé et pleurant ! Vous en viendrez là, mon ami. Je vous plains aujourd'hui bien sincèrement, parce que vous souffrez. Quand vous serez guéri, vous n'en serez pas fâché, soyez-en sûr. Tout ce qui fait vivre est bon et sain. Je vous promets de vous tenir au courant de tout ce que je pourrai savoir....

« Je travaille à force. Combien de temps comptez-vous rester à Bade ? Adieu. Je suis à vous.

« ALFRED DE MUSSET. »

Hélas ! Non, Alfred de Musset « n'en était pas revenu ». Quelque chose s'était brisé en lui, laissant une plaie qui saigna jusqu'à sa mort.

---

etc... ». Ce n'est pas elle l'innommée de la *Lettre à Lamartine*. Je crois qu'il faut remonter au moins à l'année 1828 pour la retrouver. Ce ne serait qu'un *Souvenir*, évoqué non par une rencontre, comme celui de 1841, mais cette fois par une mort. — Mᵐᵉ Wladimir Karenine donne son nom : Madame de Groiselliez (T. II, p. 28).

VI

APRÈS

Après leur rupture, Alfred de Musset avait continué
d'écrire à George Sand, à des intervalles plus ou moins
longs ; une correspondance d'un nouveau genre, toute
amicale, s'était établie entre eux :

George Sand à Alfred de Musset.

« Avec les gens qu'on n'aime ni n'estime, on peut avoir des
exigences et ne pas se donner la peine de les motiver. De moi
à toi, il n'en sera jamais ainsi et je ne te demanderai jamais
rien sans savoir de toi-même à quel point tu approuves ma
demande. »

[1836]

Lorsqu'au mois de janvier 1836 la *Confession d'un
Enfant du Siècle* parut en librairie, George Sand fit
part à Mme d'Agoult de ses impressions :

« …. Je vous dirai que cette *Confession d'un Enfant du
Siècle* m'a beaucoup émue en effet. Les détails d'une intimité
malheureuse y sont si fidèlement rapportés depuis la première
heure jusqu'à la dernière, depuis la *sœur de charité* jusqu'à
l'*orgueilleuse insensée,* que je me suis mise à pleurer comme
une bête, en fermant le livre. Puis j'ai écrit quelques lignes à
l'auteur pour lui dire je ne sais quoi : que je l'avais beaucoup
aimé, que je lui avais tout pardonné et que je ne voulais
jamais le revoir… Je sens toujours pour lui, je vous l'avoue-
rai bien, une profonde tendresse de mère au fond du cœur ;
il m'est impossible d'entendre dire du mal de lui sans colère,
et c'est pourquoi quelques-uns de mes amis s'imaginent que
je ne suis pas bien guérie…. » (1)

(1) Fragment inédit d'une lettre datée de La Châtre, 25 mai 1836, publiée
dans la *Correspondance* de G. Sand (Paris, C. Lévy, in-12, T. I, p. 305), lequel
a été publié postérieurement par M. Rocheblave dans la *Revue de Paris*
du 15 décembre 1894, p. 812.

Pendant l'hiver de 1837, George Sand vint passer
quelques jours à Paris ; ils se retrouvent et ont « six
« heures d'intimité fraternelle, après lesquelles il ne
« faudra jamais se mettre à douter l'un de l'autre, fût-on
« dix ans sans se voir et sans s'écrire. »

« Tu peux disposer de moi comme d'un ami, et comp-
« ter que je ferai avec joie tout ce qui te sera agréable »,
répond-elle le 19 avril 1838 à Alfred de Musset qui
lui avait recommandé quelqu'un.

La même année ou l'année suivante, Alfred de Musset
impose silence à Alfred Tattet qui avait raconté divers
incidents du voyage à Venise :

« J'apprends, mon cher Alfred, que vous avez manqué
plusieurs fois à la parole que vous m'aviez donnée de garder
le silence sur tout ce qui s'est passé en Italie. Cela m'a fait
beaucoup de peine, d'abord pour vous, qui manquez à votre
promesse, et ensuite pour moi, qui ai cru, pendant plus de
quatre ans, avoir un véritable ami.

« T. à v.

« ALF^D DE MUSSET. »

En 1839, Alfred de Musset écrit *Le Poète Déchu*, sorte
d'autobiographie inédite, qui ne fut pas terminée et
dont le manuscrit a été presqu'entièrement détruit par
son frère Paul (il n'en subsiste plus guère que les divers
fragments publiés dans la *Biographie*). Alfred de Musset
y dépeint ainsi son état moral, après sa rupture avec
George Sand :

« .... J'étais si sûr de moi, que je crus d'abord n'éprouver
ni regret ni douleur. Je m'éloignai fièrement. Mais à peine
eus-je regardé autour de moi, que je vis un désert.... Je
rompis avec toutes mes habitudes, je m'enfermai dans ma
chambre, j'y passai quatre mois à pleurer sans cesse, ne
voyant personne.... Plus tranquille, je jetai les yeux sur
tout ce que j'avais quitté ; au premier livre qui me tomba
sous la main, je m'aperçus que tout avait changé : rien du

passé n'existait plus, ou du moins, ne se ressemblait. Un monde nouveau m'apparaissait comme si je fusse né de la veille.... Je compris alors ce que c'est que l'expérience, et je vis que la douleur apprend la vérité.... » (1)

M. le vicomte de Spoelberch de Lovenjoul, dans son livre, cite les lettres qu' « Elle » et « Lui » échangèrent en 1840 à propos de leur correspondance passée. — Moi-même ai déjà raconté dans une lettre publiée par l'*Intermédiaire des chercheurs et curieux* du 20 novembre 1892, comment M. Jules Grévy, pour Alfred de Musset, et M. F. Rollinat, pour George Sand, furent chargés, en vue d'un échange, de reconnaître les paquets de lettres confiés pour le moment à Gustave Papet (qui les tenait de Mme Ursule Josse, et j'ajouterai qu'ils passèrent ensuite par les mains de MM. Alexandre Manceau, Ludre Gabillaud, et enfin Émile Aucante, détenteur actuel) et comment l'affaire n'aboutit pas.

Dans les premiers jours de 1841, nouvelle rencontre des deux anciens amants, qui inspire à Alfred de Musset son *Souvenir* (2).

Au commencement de l'année 1844, Paul de Musset visite l'Italie et son frère lui rappelle l'ancien amour dans les stances qu'il lui dédie (3) :

> Toits superbes, froids monuments,
> Linceul d'or sur des ossements,
>   Ci-gît Venise !
> Là, mon pauvre cœur est resté !
> S'il doit m'en être rapporté,
>   Dieu le conduise !

---

(1) Publié dans la *Biographie* d'Alfred de Musset par Paul de Musset (Charpentier, 1877. 1 vol. in-12, p. 133). J'ai rectifié le texte sur l'autographe. — Un autre fragment est déjà cité ci-dessus.

(2) Publié dans la *Revue des Deux-Mondes* du 15 février 1841. M. Maxime Du Camp, dans ses *Souvenirs Littéraires* (Hachette, 1882-1883, 2 vol. in-8, T. II, p. 358) fait un récit différent de celui de Paul de Musset.

(3) A mon frère revenant d'Italie, *Revue des Deux-Mondes*, 1ᵉʳ avril 1844.

Mon pauvre cœur, l'as-tu trouvé,
Sur le chemin, sous un pavé,
        Au fond d'un verre ?
Ou dans ce grand palais Nani
Dont tant de soleils ont jauni
        La noble pierre (1)

. . . .

L'as-tu trouvé tout en lambeaux
Sur la rive où sont les tombeaux ?
        Il y doit être.
Je ne sais qui l'y cherchera
Mais je crois bien qu'on ne pourra
        L'y reconnaître.

En 1854, George Sand, pour repousser les attaques de
la *Biographie* de Mirecourt, adresse une lettre au journal
Le Mousquetaire (2) :

« ... Je ne défendrai pas M. de Musset des offenses que
vous lui faites. Il est de force à se défendre lui-même, et il ne
s'agit que de moi pour le moment. C'est pourquoi je me
borne à vous dire que je n'ai jamais confié à personne ce
que vous croyez savoir de sa conduite à mon égard, et que,
par conséquent, vous avez été induit en erreur par quelqu'un
qui a inventé ces faits. Vous dites qu'après le Voyage en
Italie, je n'ai jamais revu M. de Musset. Vous vous trompez,
je l'ai beaucoup revu et je ne l'ai jamais revu sans lui serrer
la main.... »

Jusqu'à la mort d'Alfred de Musset, survenue comme on
sait, le 3 mai 1857, les deux anciens amants restèrent plutôt amis qu'ennemis. Il n'y eut jamais de guerre ouverte,
ils se défendirent même réciproquement dans plusieurs
circonstances et nous avons donné la preuve que plus

---

(1) On peut rapprocher de ces vers, ce passage du 1ᵉʳ chapitre de *Léone
Léoni* de George Sand :
    « ... Nous étions tous deux seuls dans une des salles de l'ancien palais
« Nasi, situé sur le quai des Esclavons et converti aujourd'hui en auberge,
« la meilleure de Venise. Etc... » — Alfred de Musset écrit « palais Nani ».
    (2) Insérée dans le numéro du 15 février 1854.

d'une fois l'un approuva ce que l'autre avait écrit sur
tous deux. Ils se sont querellés, ils se sont disputés,
d'accord ! Mais leurs différends sont restés entre eux et
aucune accusation directe n'a été formulée par eux-
mêmes. Ce sont des amis maladroits et indiscrets, des
ennemis sournois qui, pour les exciter l'un contre l'autre,
dénaturaient les paroles de nos deux héros, qu'il faut
rendre responsables de tout le bruit qui se fit dans les
salons et dans la presse.

VII

DEUX LIVRES

Donc, malgré la correction de leurs relations, vingt
mois après la mort d'Alfred de Musset, le 15 janvier 1859,
George Sand commençait dans la *Revue des Deux-
Mondes* la publication de *Elle et Lui*. Il nous est impossible de trouver le pourquoi de ce livre.

Ce n'est pas une réponse à la *Confession d'un Enfant
du Siècle* ; nous avons donné la preuve que George Sand
tenait ce récit pour vrai. Alors, pourquoi ce silence de
vingt années, si la *Confession* était une accusation mensongère ? Pourquoi surtout n'avoir parlé que lorsqu'Alfred de Musset n'était plus là pour se défendre ? —
Ce n'est pas non plus une attaque directe contre Alfred
de Musset, car George Sand se donnerait à elle-même un
démenti et renierait toute sa conduite depuis 1835.

Est-ce le besoin de faire parler d'elle ? Non, car par
ses romans et son rôle politique en 1848, elle était
parvenue à la célébrité. — Le besoin d'argent doit aussi
être écarté, car, à cette époque, sa fortune la mettait au-
dessus des nécessités de la vie.

Je ne vois qu'une raison plausible : c'est que George

13

Sand, obsédée des instances de ceux qui menaient campagne contre Alfred de Musset, n'eut pas la volonté nécessaire pour leur résister plus longtemps et finit, pour se débarrasser d'eux, par dire ce qu'ils voulaient lui faire dire, et cela, sans bien se rendre compte des conséquences.

Elle et Lui parut, d'abord dans la *Revue des Deux-Mondes,* puis en volume. Grand tapage au profit de Buloz, mais scandale énorme et qui retomba sur l'auteur. Quelques amis de George Sand, qui détestaient Alfred de Musset et avaient toujours essayé de lui nuire, furent seuls à approuver, avec les ennemis personnels du poète ; le blâme fut général, et il suffit de lire les journaux de l'époque pour s'en assurer.

M. le vicomte de Spoelberch de Lovenjoul nous raconte même dans *Cosmopolis* (p. 763), puis dans sa *Véritable histoire d'Elle et Lui* (p. 185) que lorsqu'en 1861, il fut demandé à l'Académie Française de décerner un prix à George Sand, la publication d'*Elle et Lui* fut un des griefs invoqués pour refuser ce prix.

Paul de Musset prit, comme il le devait, la défense d'Alfred, et redemanda, sans succès du reste, les lettres de son frère. Alors, sans rien dire à personne (1), il envoya *Lui et Elle* au *Magasin de Librairie,* dirigé par Charpentier, l'éditeur d'Alfred (2) ; ce fut par cette revue que Mᵐᵉ de Musset mère apprit l'existence d'une réponse :

----

(1) Depuis la publication de cette étude, une lettre de Paul de Musset au compositeur Ed. Garnier, du 2 novembre 1859, est parvenue à notre connaissance, dans laquelle il lui dit : « ... J'ai des engagements pris qu'il serait trop long de vous expliquer, des travaux considérables à faire, et, entre autres, une **biographie** aussi complète que possible d'un poète aimé, que des harpies déchirent, et dont il faut que je prépare une défense écrasante pour en finir... »

(2) *Lui et Elle* est publié dans les livraisons des 10, 25 avril et 10 mai 1859, et parut en volume à la fin de la même année, avec la date de 1860.

« *A Monsieur Paul de Musset.*

« Dimanche, 10 avril 1859.

« Si tu avais pris, mon cher Paul, la peine de m'écrire pour me donner tes raisons, comme tu l'as fait dans ta lettre d'hier, je n'aurais pas été si vivement impressionnée de cette nouvelle inattendue, et je m'y serais probablement rendue, comme je le fais aujourd'hui. Puisque la chose est faite, et sans remède, je m'y soumets, tout en regrettant amèrement de n'en avoir rien su d'avance. Je trouve ta première partie brillante de style, d'intérêt et d'esprit ; on ne dira toujours pas de ceci que c'est ennuyeux, comme on l'a dit de l'autre. Les portraits sont de main de maître et d'une ressemblance vivante.

« Mais j'en reviens à mes inquiétudes. Je crois que tu te fais une foule d'ennemis irréconciliables. Tous ces personnages existent encore ; sous leurs sobriquets, ils ne pourront manquer de se reconnaître. D'ailleurs, la dame les y aidera. C'est là vraiment la plus forte objection que j'ai toujours eue pour cette publication qui, dans ma prévision, t'attirera une foule de désagréments. Si ce n'était cette crainte, je ne pourrais m'empêcher d'être électrisée par des pages si belles et si bien écrites. Il y en a plusieurs d'étonnantes ; mais si j'avais été consultée, je t'aurais engagé à ne pas oublier la scène étrange qui s'est passée entre elle et moi à l'occasion du départ pour l'Italie.

« Je t'ai raconté cent fois, qu'avant de partir, ton frère m'avait demandé mon consentement à ce triste voyage, et que je l'avais obstinément refusé ; enfin, voyant mon désespoir, il s'était jeté à mes genoux en me disant : « Ne pleure « pas, ma mère. Si l'un de nous deux doit pleurer, ce ne sera « pas toi. » Ce sont ses propres paroles. Tu comprends que je ne les ai jamais oubliées ; il s'en alla, après m'avoir rassurée, et déclara à la dame qu'il ne pouvait partir, qu'il ne pouvait affliger sa mère. Le bon fils ! Que fit cette femme ? A neuf heures du soir, elle prit un fiacre et se fit conduire à ma porte. On vint m'avertir que quelqu'un me demandait en bas ; je descendis, suivie d'un domestique et n'y comprenant rien. Je montai dans cette voiture, voyant une femme seule. C'était elle. Alors elle employa toute l'éloquence dont elle était maîtresse à me décider à lui confier mon fils, me répétant qu'elle l'aimerait comme une mère, qu'elle le soignerait mieux que moi. Que sais-je ? La sirène m'arracha mon consentement. Je lui cédai, tout en larmes et à contre cœur, car *il avait une mère prudente,* bien qu'elle ait osé dire le contraire dans *Elle et Lui.*

« Cette scène a son prix et je suis fâchée qu'elle ne se trouve pas dans ton récit véridique. Vois si tu peux l'introduire en parlant des regrets qu'il laissa derrière lui dans sa famille.

« Adieu, mon cher fils. Je suis peinée de t'avoir affligé par ma lettre. Le sort en est jeté, nous verrons ce que l'avenir nous garde.

« Je t'embrasse et t'aime tendrement.

« EDMÉE ».

Certes, Paul de Musset eut raison de répondre ; nous blâmons seulement la manière dont il le fit. On ne riposte pas à un pamphlet par un autre pamphlet ; on ne réfute pas des faits dénaturés dans un sens en les dénaturant dans le sens contraire. Selon nous, le mieux eût été d'opposer des documents certains à ces histoires plus ou moins travesties ; de publier, en un mot, la correspondance même des deux amants, — nous en revenons toujours là. — Paul de Musset pouvait le faire. George Sand, ayant les originaux, se croyait à l'abri de cette réplique : elle ignorait qu'Alfred de Musset, aussitôt après leur rupture définitive, avait confié ses lettres à Mme Caroline Jaubert, et que celle-ci en avait pris la copie exacte (1).

J'ai retrouvé, parmi les papiers laissés par Paul de Musset, cette *clef* des personnages de *Lui et Elle,* écrite par l'auteur lui-même :

Olympe de B***..........	George Sand
Édouard de Falconey...	Alfred de Musset.
Diogène................	Gustave Planche.
Jean Cazeau...........	Jules Sandeau.
Pierre.................	Paul de Musset.

(1) C'est du moins ce qu'affirme Paul de Musset dans une note manuscrite.

L'éditeur	Buloz.
Caliban................	Boucoiran.
Hercule................	Laurens.
Le comte Meretti.......	[En blanc].
Le docteur Palmerillo..	Le Dr Pagello.
Édouard Verdier........	Alfred Tattet.
Hans Flocken...........	L'abbé Liszt.

Lui et Elle ne fit qu'augmenter le tapage : deux camps se formèrent et l'encre coula à flots. Nous ne prétendons pas écrire l'histoire de cette guerre ; nous ne voulons plus que citer deux lettres inédites, la première et la dernière en date, de celles que Paul de Musset recueillit en cette occasion et dont il forma tout un dossier.

Mme Augustine Brohan à Paul de Musset.

« Avenue de Saint-Cloud, 28 mai 1859.

« Je viens de lire *Lui et Elle*, puis *Elle et Lui*. Cela, Monsieur, vous sera sans doute fort indifférent d'avoir mon avis ; mais votre esprit généreux comprendra que j'aie voulu vous le donner.

« Si vous vous souvenez de mon nom, vous vous souviendrez aussi que, pendant de longues années, notre grand poète, votre frère, m'appelait son *amie*, et ami, véritablement je l'étais. Simplement, sans que cela fut la suite ou le commencement d'un autre voyage du cœur, il lui avait plu de se plaindre à moi de ces horribles souffrances qui avaient aigri et changé sa nature première, parce qu'il avait compris quelle sympathie il y avait dans mon âme pour sa pauvre âme brisée. Souvent, il m'a dit que s'il y avait un remède pour le sauver de cette incurable maladie qui le minait, c'est moi qui le saurais trouver. Mais, hélas ! quels que fussent mes efforts, le besoin d'oublier le replongeait dans les étourdissements qu'il recherchait. D'ailleurs, là où votre affection échouait, il n'y avait plus de remède.

« Quand la mort, cruelle pour nous qui le perdions, est venue le délivrer, le seul regret qu'on peut raisonnablement avoir était de ne plus rien pouvoir pour lui ; qui donc aurait pu jamais supposer qu'on eût à le venger ? Il n'est pas besoin de vous dire quel dégoût (il n'est pas besoin non plus d'être femme pour l'éprouver,) quel dégoût, dis-je, prend à la gorge en lisant ce pamphlet d'*Elle et Lui !*...

« Assurément, mon intention n'est point de faire de grandes phrases, mais comment parler posément de cette audacieuse calomnie, qui a tenté de ternir la mémoire illustre d'un génie et d'un cœur comme celui que nous pleurons !

« Je ne voulais, Monsieur, que vous dire bonnement que votre réponse a déchargé ma colère, dont j'étouffais. Je voulais vous remercier d'avoir remis dans mon cœur, fidèle au souvenir, les mots, les idées, les *airs ressemblants* du cher mort. Vous m'avez donné de profondes joies, et je vous devais de vous en dire ma reconnaissance.

« Alfred de Musset, vous l'avez bien voulu dire vous-même, appartient à la jeunesse, à ce qui souffre, à ce qui aime, et j'ai été jeune en son temps. J'ai souffert, — qui n'a pas souffert ? — et j'aime un bel enfant qui est le mien, à qui j'apprends à épeler dans ces belles poésies sorties du cœur du poète et qui devaient le protéger contre tous, quand encore on n'aurait pas eu l'honneur d'être aimée de lui.

« Recevez, Monsieur, mes compliments les meilleurs et les plus empressés sur la noble façon dont vous avez rempli la tâche que tout esprit honnête voudrait avoir à remplir.

« BROHAN ».

Si véhémente que puisse paraître cette lettre, aujourd'hui que les esprits sont calmés, elle n'égale pas en violence les articles de *La Correspondance littéraire*, du *Journal des Débats*, de la *Revue Contemporaine*, etc.

Philarète Chasles à Madame Chodzko.

« 29 avril 1861.

« Vous devinez avec la grâce et la sûreté de coup d'œil les plus charmantes, chère Madame, tout ce qui peut m'être cher et précieux. Il n'y a pas d'être plus noblement doué ni que je vénère plus que Madame Dudevant. C'est le premier écrivain de cette époque, et si Dieu lui avait donné un peu plus de faiblesse, c'est-à-dire un peu plus d'amour, et, avec ce don, un peu plus d'indulgence (l'amour n'est que pardon), elle ne serait peut-être pas un peintre aussi incomparable. Elle n'aurait pas non plus commis les deux seules erreurs graves de sa vie, de parler de ses ancêtres féminins dans ses Mémoires et d'Alfred de Musset dans son livre. Deux malheurs que l'honnête homme a pu se permettre, mais que *la femme,* si elle eût été plus terriblement femme, n'aurait pas admises, alors même que le vilain monstre pécuniaire et corrupteur qui lui a soufflé ces crimes contre la délicatesse d'âme, l'eût encore plus violemment entraînée à les commettre.

« Mais il faut accepter ce que Dieu nous donne, la cerise avec son poison et l'ananas avec son ivresse et le soleil de l'Inde avec la fièvre. Il y a chez George Sand un génie de peinture, une grandeur de sentiment, une largeur chaude de style artistique, rares chez les génies les plus rares, qui, mêlés à une probité et à une équité superbes, en font un des plus beaux honneurs de notre France actuelle.

« Je serai très heureux qu'elle veuille bien agréer mon humble hommage et je vous remercie bien cordialement d'une entremise qui me rend, certes, notre grand homme plus favorable....

« Mille tendres et respectueux remerciements.

« PHILARÈTE CHASLES ».

* *
*

Aujourd'hui, toutes ces haines sont mortes ; le poète est couché selon ses vœux sous le saule qu'il a lui-même demandé :

> Mes chers amis, quand je mourrai,
> Plantez un saule au cimetière ;
> J'aime son feuillage éploré,
> La pâleur m'en est douce et chère,
> Et son ombre sera légère
> A la terre où je dormirai.

Tandis que là-bas, sous le grand cyprès, la Bonne Dame de Nohant repose auprès de son fils et de son petit-fils. Alors, pourquoi la sœur du poète ne veut-elle pas laisser dire toute la vérité et, comme la famille de George Sand, autoriser la publication des lettres, pour dissiper toute équivoque ? Ni l'un ni l'autre des amants n'a rien à y perdre, tous deux ont beaucoup à y gagner.

INDEX BIBLIOGRAPHIQUE

INDEX BIBLIOGRAPHIQUE

1833

20 et 25 juin. — Le Temps. Critique de *Un Spectacle dans un Fauteuil,* par A. G. (2 articles).

11 juillet. — Journal des Débats. Critique de *Valentine,* par C. R. (Cuvillier-Fleury).

28 juillet. — Journal des Débats. Critique de *Un Spectacle dans un Fauteuil* et des *Contes d'Espagne et d'Italie,* par J. S.

LÉLIA, PAR GEORGE SAND. Paris, Dupuis et Tenré, 1833. 2 vol. in-8.

7 août. — Bagatelle. Critique de *Lélia,* par Lottin de Laval.

9 août. — L'Europe littéraire. Les Bas-Bleus, par Capo de Feuillide.

Réimprimé dans : CHRONIQUES DU CAFÉ DE PARIS, 1re LIV., LE JEUNE HOMME. Paris, U. Canel et A. Guyot, 1833. 2 vol. in-8. Tome II, p. 283.

15 août. — Revue des Deux-Mondes. Critique de *Lélia*, par G. Planche.

22 août. — L'Europe littéraire. Critique de *Lélia*, par Capo de Feuillide.

24 août. — Le Figaro. Il ou Elle. (Sur le duel Planche-De Feuillide).

30 août. — L'Écho de la Jeune France, p. 216. Le Duel de G. Planche et C. de Feuillide.

1er septembre. — Le Petit Poucet. Le Duel de G. Planche et de C. de Feuillide.

1er septembre. — Journal des Débats. Critique de *Lélia*, par C. R. (Cuvillier-Fleury).

29 septembre. — Le National. Critique de *Lélia*, par Sainte-Beuve.

4 novembre. — Journal des Débats. Sur G. Sand, à propos d'*Indiana*, par J. J. (J. Janin).

29 novembre. — Journal des Débats. G. Sand et les *Heures du Soir*, par J. J. (J. Janin).

1834

9 janvier. — L'Europe littéraire. G. Sand et J. Sandeau, par A. Luchet.

24 mars. — Journal des Débats. G. Sand à propos de *Valentine*, par J. J. (J. Janin).

15 mai. — Revue des Deux-Mondes. 1re Lettre d'un Voyageur, par G. Sand.

15 juillet. — Revue des Deux-Mondes. 2e Lettre d'un Voyageur, par G. Sand.

15 septembre. — Revue des Deux-Mondes. 3e Lettre d'un Voyageur, par G. Sand.

1er octobre. — Journal des Femmes. Critique de *Un Spectacle dans un Fauteuil*, par Mme Cl. Robert.

1er octobre. — Revue des Deux-Mondes. Critique de *Jacques*, par G. Planche.

15 octobre. — Revue des Deux-Mondes. 4e Lettre d'un Voyageur, par G. Sand.

1835

1er janvier. — Revue des Deux-Mondes. Une bonne fortune, par Alfred de Musset.

15 janvier. — Revue des Deux-Mondes. 5e Lettre d'un Voyageur, par G. Sand.

15 juin. — Revue des Deux-Mondes. La Nuit de Mai, par Alfred de Musset.

15 juillet. — Le Mercure de France. Quelques gens de Lettres dans leur intérieur, par Une Contemporaine. (Mme Ida Saint-Elme).

15 septembre. — Revue des Deux-Mondes. Fragment de la *Confession d'un Enfant du siècle,* par Alfred de Musset.

1er décembre. — Revue des Deux-Mondes. La Nuit de Décembre, par Alf. de Musset.

1836

La Confession d'un Enfant du Siècle, par Alfred de Musset. Paris, Bonnaire, 1836. 2 vol. in-8.

7 février. — Revue de Paris, p. 53. — Critique de *La Confession,* par B. Z.

15 février. — Revue des Deux-Mondes. Critique de *La Confession,* par Sainte-Beuve.

21 février. — Chronique de Paris. Critique de *La Confession,* par C. A. (Chaudesaigues).

24 février. — La Quotidienne. Critique de *La Confession* et comparaison avec *Lélia,* par Th. Muret.

1er mars. — Revue des Deux-Mondes. Lettre à Lamartine, par Alfred de Musset.

10 mars. — Petit Courrier des Dames. Critique et Extrait de *La Confession,* non signé.

10 mars. — Le Voleur. Critique de *La Confession,* par H. C.

15 mars. — Le Mercure de France. Critique de *La Confession,* par S.-H. Berthoud.

15 juin. — L'Écho de la Jeune France. Critique de *La Confession,* non signé.

1er juillet. — Revue des Deux-Mondes. Portrait de G. Sand, gravé sur acier par Calamatta, d'après Eugène Delacroix.

15 août. — Revue des Deux-Mondes. La Nuit d'Août, par Alfred de Musset.

CRITIQUES ET PORTRAITS LITTÉRAIRES, PAR SAINTE-BEUVE. Paris, Renduel, 1832-1836. 3 vol. in-8. — Tome II, p. 283. Les *Nuits,* la *Confession* et les *Lettres d'un Voyageur.*

10 octobre. — Petit Courrier des Dames. Note et Extrait de *La Nuit d'Août.*

1837

LETTRES SUR LES ÉCRIVAINS FRANÇAIS, PAR VAN ENGELGOM (Jules Lecomte). Bruxelles, 1837. 1 vol. in-12. — p. 35. Pourquoi, au théâtre, Alfred de Musset fuyait à la vue de G. Sand.

10 mars. — La Fronde. Critique de *La Confession,* non signé.

5 juin. — Le Voleur. Lettre de G. Sand au vicomte S. de Larochefoucault.

LETTRES D'UN VOYAGEUR, PAR G. SAND. Paris, Bonnaire, 1837. 2 vol. in-8.

30 juillet. — Revue de Paris, p. 314. Critique des *Lettres d'un Voyageur.*

1839

LE POÈTE DÉCHU, PAR ALFRED DE MUSSET. Œuvre inédite.

1840

LA CONFESSION D'UN ENFANT DU SIÈCLE, PAR ALFRED DE MUSSET. Paris, Charpentier, 1840. 1 vol. in-12.

26 juillet. — Revue de Paris, p. 289. G. Sand et ses *Lettres d'un voyageur*.

1841

LES ÉCRIVAINS MODERNES DE LA FRANCE, PAR CHAUDE-SAIGUES. Paris, Gosselin, 1841. 1 vol. in-12. — p. 88. Analyse de *La Confession*. (Reproduction, avec quelques changements de l'article de la *Chronique de Paris* du 21 février 1836).

15 février. — Revue des Deux-Mondes. Souvenir, poésie, par Alfred de Musset.

1844

1er avril. — Revue des Deux-Mondes. A mon frère revenant d'Italie, stances, par Alfred de Musset. — Le Constitutionnel du 6 avril en publie un extrait.

1846

18 janvier. — L'Artiste. Alfred de Musset, G. Sand et le Voyage en Italie ; les *Nuits,* par H. Vermot. Extrait d'une des *Lettres d'un Voyageur,* par G. Sand.

1847

21 février. — L'Artiste, p. 249. Jugement de G. Sand sur Alfred de Musset, par Aug. Desplaces.

1848

21-24 juin. — Le Petit-Fils du Père Duchêne. A propos du pamphlet : *Amours et intrigues de G. Sand* (par Brault, in-8).

1850

1er juillet. — L'Artiste. Parallèle du talent d'Alfred de Musset et de celui de G. Sand.

1853

PORTRAITS A LA PLUME, PAR CLÉMENT DE RIS. Paris, Didier, 1853. 1 vol. in-12. p. 30. Critique de *La Confession*.

1854

ALFRED DE MUSSET, PAR EUGÈNE DE MIRECOURT. Paris, Roret, 1854. 1 vol. in-32.

GEORGE SAND, PAR EUGÈNE DE MIRECOURT. Paris, Roret, 1854. 1 vol. in-32.

15 février. — Le Mousquetaire. Lettre de G. Sand à E. de Mirecourt, à propos de sa *Biographie*. — E. de Mirecourt répond par une lettre insérée dans le numéro du 17 février et toute une polémique s'engage et se continue jusqu'au 2 mars.

12 mars. — Le Mousquetaire. Critique de *La Confession*, par A. Dumas.

HISTOIRE DE MA VIE, PAR G. SAND. Paris, Lecou, 1854-1855. 20 vol. in-8. — Tome XVII, p. 219-233. Le Voyage en Italie.

1857

10 mai. — La Gazette de Paris. Sur *La Confession*, par Ph. Audebrand.

13 mai. — Triboulet et Diogène. Alfred de Musset, G. Sand et *La Confession*, par Ch. de Lavarenne.

9 juin. — Les Contemporains. Comment écrivaient Alfred de Musset et G. Sand, par Mirecourt.

1858

3 juillet. — L'Artiste. Alfred de Musset et G. Sand, par L. Ratisbonne.

1859

ELLE ET LUI, PAR GEORGE SAND. Revue des Deux-Mondes, 15 janvier, 1er et 15 février, 15 mars.

ELLE ET LUI, PAR GEORGE SAND. Paris, Hachette, 1859. 1 vol. in-12.

LUI ET ELLE, PAR PAUL DE MUSSET. Magasin de Librairie, 10 et 25 avril, 10 mai.

LUI, PAR Mme LOUISE COLET. Le Messager de Paris, du 23 août au 16 septembre (22 feuilletons).

3 mars. — Journal des Débats. Critique de *Elle et Lui*, par Prévost-Paradol.

5 avril. — La Correspondance Littéraire. Critique de *Elle et Lui*, par Ludovic Lalanne.

11 avril. — La Mode. Critique de *Elle et Lui*, par U. Guttinguer.

15 avril. — Revue Anecdotique. Sur *Elle et Lui*, *Lui et Elle*, clef des personnages.

20 avril et 5 mai. — La Correspondance Littéraire. Critique de *Lui et Elle*, par Lud. Lalanne.

1er mai. — Revue Anecdotique. Rectification de la clef de *Elle et Lui*.

21 mai. — L'Illustration. Critique de *Elle et Lui*.

24 mai. — Le Siècle. Critique de *Elle et Lui*, *Lui et Elle*, par Delord.

5 juin. — Le Quart d'heure. Lettre à Paul de Musset, par A. Louvet.

7 juin. — La Gazette de France. Critique de *Elle et Lui*.

15 juin. — Le Pays. Critique de *Elle et Lui*, *Lui et Elle*, par Barbey d'Aurevilly.

25 juillet. — Le Correspondant. Critique de *Elle et Lui*, *Lui et Elle*, par A. de Pontmartin.

15 août. — Revue contemporaine. Confessions de Deux Enfants du Siècle, par H. Babou.

18 août. — Revue de l'Instruction publique. Critique de *Elle et Lui*, par A. Claveau.

15 octobre. — Revue des Deux-Mondes. Préface de *Jean de La Roche*, par G. Sand.

1er novembre. — Revue Anecdotique. A propos de *Lui*, extrait du *Causeur*.

25 novembre. — La Correspondance Littéraire. La préface de *Jean de La Roche* et Alfred de Musset.

27 novembre. — Journal des Débats. Critique de *Lui*, par Cuvillier-Fleury.

10 décembre. — Magasin de Librairie. Critique de *Lui*, par T. Delord.

L'ANNÉE LITTÉRAIRE ET DRAMATIQUE, PAR VAPEREAU. ANNÉE 1859. Paris, Hachette. 1 vol. in-12. — p. 63. A propos d'*Elle et Lui*. — p. 91. Sur *Lui et Elle*. — p. 94. Sur *Lui*.

1860

LUI ET ELLE, PAR PAUL DE MUSSET. Paris, Charpentier, 1860. 1 vol. in-12.

LUI, PAR Mme LOUISE COLET. Paris, Bourdilliat, 1860. 1 vol. in-12.

EUX, DRAME CONTEMPORAIN, PAR MOI (A. Doinet). Caen, Legost-Clerisse, 1860. 1 vol. in-12.

EUX ET ELLES, PAR M. DE LESCURE. Paris, Poulet-Malassis et De Broise, 1860. 1 vol. in-12.

1er janvier. — Revue Anecdotique. Note sur *Eux*, pseudonyme de l'auteur.

Janvier. — Bentley's quarterly review. Étude sur G. Sand.

25 janvier. — La Correspondance Littéraire. Critique de *Lui et Elle*, par Lud. Lalanne.

14 février. — Le Gaulois. Les Amours d'un poète, idylle en 4 colonnes par A. Delatouche.

19 février. — Le Gaulois. Note relative aux Amours d'un Poète.

JEAN DE LA ROCHE, PAR GEORGE SAND. Paris, Hachette, 1860. 1 vol. in-12.

1er mars. — Revue Anecdotique. Stances sur *Lui*, par Andréa P.

25 mars. — La Correspondance Littéraire. A propos des vers d'Andréa P.

1er avril. — Revue Anecdotique. Note sur le livre de M. de Lescure.

L'ANNÉE LITTÉRAIRE ET DRAMATIQUE, PAR VAPEREAU. 3e ANNÉE. 1860. Paris, Hachette. 1 vol. in-12. — p. 145. Des clefs de roman, à propos de *Jean de La Roche*.

1861

1er mars. — Revue Anecdotique, p. 97. *Elle et Lui*, pastiche en vers, par Th. de Banville.

1er octobre. — Revue Anecdotique. Clef des personnages de *Lui*.

1862

ALFRED DE MUSSET, PAR ADOLPHE PERREAU. Paris, Poulet-Malassis, 1862. 1 vol. in-12. — p. 21 à 40. Alfred de Musset et G. Sand, les *Nuits*, etc...

L'ITALIE DES ITALIENS, PAR Mme LOUISE COLET. Paris, Dentu, 1862. 4 vol. in-12. Tome I. p. 248.

1863

LES MORTS VONT VITE, PAR ALEXANDRE DUMAS. Paris, M. Lévy, 1863. 2 vol. in-12. — T. II, p. 109, 135, 165. Sur *La Confession*, etc.

1864

15 mars. — Nouvelle Revue de Paris. Critique de *Elle et Lui*.

ALFRED DE MUSSET DEVANT LA JEUNESSE, PAR LISSAGARAY. Paris, Cournol, 1864. Brochure in-8°. p. 15. Sur *La Confession*, etc...

19 mars. — La Petite Revue. Réfutation de la conférence de M. Lissagaray, par Pincebourde.

8 mai. — Le Temps. Réfutation de la conférence de M. Lissagaray, par H. de Lagardie.

1865

LES POÉSIES D'ALFRED DE MUSSET, PAR CH. BIGOT, conférence. Nevers, tous les libraires, 1865. Brochure in-8. — p. 7. Alfred de Musset et G. Sand, désespoir du poète trahi.

Juin. — Revue Moderne. Deux Sonnets sur *Chatterton* d'Alfred de Vigny, par Alfred de Musset et G. Sand, et lettre de L. Ratisbonne.

Reproduit dans : La Petite Revue, 17 juin 1865. — Gazette Anecdotique, 28 février 1877. — Les Annales, 18 décembre 1887. — J'ai trouvé dans les papiers d'Alfred de Musset une lettre de Paul de Musset à Louis Ratisbonne ; celui-ci, en sa qualité de directeur de la *Revue Moderne* avait communiqué au frère du poète le texte des deux sonnets avant leur publication.

Dans cette lettre, datée du 9 mai 1865, publiée par nous dans la *Revue d'Histoire Littéraire* du 15 janvier 1898, Paul de Musset nie l'authenticité des deux sonnets. D'autre part, M. Georges Jubin met au jour dans la *Revue Bleue* du 3 avril 1897 des documents qui établissent que George Sand n'a pas composé l'un de ces sonnets et qu'Alfred de Musset est l'auteur de tous deux. Voir p. 208.

ALFRED DE MUSSET, SES POÉSIES. LECTURE FAITE A AMIENS le 8 avril 1865, (par A. Th.) Amiens, Imprimerie de Jeunet, 1865. Brochure in-8, p. 15 à 36.

1866

1er avril. — Revue du XIXe siècle. La Littérature de 1830.

ŒUVRES D'ALFRED DE MUSSET. Édition dédiée aux amis du poète, avec une Notice biographique par son frère. Paris, Charpentier, 1865-1866. 10 vol. in-4. — Tome X, p. 19 à 27. Le Voyage en Italie, les *Nuits,* la *Confession.* — p. 32-33. Sur le *Poète Déchu,* le *Souvenir.*

1er décembre. — Revue du XIXᵉ siècle. Alfred de Mus-
, set et G. Sand, d'après Pierre Leroux.

1868

3 octobre. — L'Illustration, p. 211. Les Correspondances de G. Sand avec Michel de Bourges, M. de La
Rounat et Alfred de Musset.

1869

PORTRAITS CONTEMPORAINS, PAR SAINTE-BEUVE. Nouvelle édition. Paris, C. Lévy, 1869. 5 vol. in-12.— Tome I,
p. 516. Lettres de George Sand à Sainte-Beuve.

UNE GRANDE VICTIME DE L'ESPRIT DE SON TEMPS,
ALFRED DE MUSSET, PAR LUCIEN DEGRON. Caen, Domin,
1869. Brochure in-8, p. 30.

1872

19 octobre. — La Renaissance littéraire et artistique.
Des livres écrits sur Alfred de Musset et George Sand,
d'après Champfleury.

1873

LES COULISSES DU PASSÉ, PAR PAUL FOUCHER. Paris,
Dentu, 1873. 1 vol. in-12. — p. 282. Le désespoir d'Alfred
de Musset. — p. 371. Alfred de Musset et G. Sand dans
les Portraits de Sainte-Beuve.

11 mars. — Le Corsaire. Sonnet à G. Sand : « Telle de
l'Angelus », par Alfred de Musset.

Reproduit dans : Le Constitutionnel, 12 janvier 1881. —
Le Figaro, 15 janvier 1881. — Le Gaulois, 19 août 1896, etc.

1875

ALFRED DE MUSSET, PAR H. SECRETAN. Lausanne,
Imprimerie Howard-Delisle, 1875. 1 vol. in-8ᵘ. — p. 68.
G. Sand et Alfred de Musset, fragments de trois lettres
de G. Sand à Sainte-Beuve.

1876

31 mars. — Gazette Anecdotique. Critique de *Lui*, par G. d'Heylli.

6 avril. — La Vie Littéraire. Alfred de Musset, G. Sand et Mme Colet, par Maxime Rude.

LA CONFESSION D'UN ENFANT DU SIÈCLE, PAR ALFRED DE MUSSET, orné de 1 portrait et 1 vignette à l'eau-forte. Paris, Charpentier, 1876. 1 vol. in-32.

ROMANCIERS CONTEMPORAINS, PAR MARIUS TOPIN. Paris, Charpentier, 1876. 1 vol. in-12. — p. 31. Sur *Lui et Elle, Elle et Lui*.

1877

BIOGRAPHIE D'ALFRED DE MUSSET, PAR PAUL DE MUSSET. Paris, Charpentier, 1877. 1 vol. in-12. Voir p. 118, 125 à 132, 139, 144 et 260.

Février. — La Patrie. Sur les sonnets à Alfred de Vigny, par Ed. Fournier.

25 février. — Le Courrier littéraire, p. 364. Critique de *La Confession* ; G. Sand et Musset, par Coriolis.

CATULLE ET ALFRED DE MUSSET, PAR EUGÈNE ROSTAND. Discours de réception à l'Académie de Marseille, prononcé le 4 février 1877. Paris, Hachette et Cie, 1877. Brochure in-8⁰. — Voir p. 11, 12, 13, 19 à 29

14 avril. — L'Homme libre. Lettre d'Alfred de Musset à G. Sand et stances à G. Sand : « Porte ta vie... » par Alfred de Musset.

Stances reproduites dans : Le Figaro, 28 avril 1882. — Les Annales politiques et littéraires, 19 avril 1891. — L'Observateur français, 21 avril 1891. — Le Courrier de Londres et de l'Europe, 26 avril 1891. — Gazette anecdotique, 15 mai 1891. — Le Figaro, 9 mai 1892. — Le Jour, 11 mai 1892. — Simple Revue, 1er juillet 1894. — Pages d'art et de sciences (Bruxelles), décembre

1894. — Saint-Raphaël-Revue, 28 juin 1896. — Le Courrier australien (Sidney), 3 octobre 1896. — Le Petit Temps, 31 octobre 1896. — Le Précurseur (Anvers), 31 octobre 1896. — La Revue de Paris, 1er novembre 1896. — Journal des Débats, 1er novembre 1896. — Fanfulla (Rome), 3-4 novembre 1896. — Il Resto del Carlino (Bologne), 5 novembre 1896, etc.

ALFRED DE MUSSET, VON PAUL LINDAU. Berlin, A. Hoffmann, 1877. 1 vol. in-8°. — p. 118 et suiv. Alfred de Musset et G. Sand, les *Lettres d'un Voyageur, Elle et Lui, Lui et Elle, Lui,* etc...

1878

1er mars. — Revue des Deux-Mondes, p. 17. Allusions au Voyage en Italie fait par G. Sand dans *Leone Leoni.*

15 mars. — Revue des Deux-Mondes. Sur *Elle et Lui,* par d'Haussonville.

CATALOGUE DE LETTRES AUTOGRAPHES, comprenant les correspondances de Ph. Chasles, G. Planche et Sauvage. Vente rue des Bons-Enfants le 28 juin 1878. Paris, Charavay, 1878. Brochure in-8°. — Nos 141 et 142. Lettres d'Alfred de Musset à G. Planche et réponse de celui-ci, 8 et 10 novembre 1834. (Provocation en duel à propos de G. Sand et excuses).

Septembre-octobre. — The North American review. Alfred de Musset et G. Sand, par T. S. Perry.

LUI ET ELLE, PAR PAUL DE MUSSET, avec deux dessins de Rochegrosse. Paris, Charpentier, 1878. 1 vol. in-32.

1er novembre. — Revue des Deux-Mondes. Après la lecture d'*Indiana,* stances, par Alfred de Musset.

1879

7 février. — Revue du XIXe siècle. A propos de l'édition in-32 de *Lui et Elle,* par Ch. Bigot.

SAINTE-BEUVE ET SES INCONNUES, PAR A. PONS. Paris,

Ollendorff, 1879. 1 vol. in-12. — p. 115 à 121. Alfred de Musset, G. Sand, leur correspondance, extraits, etc...

ALFRED DE MUSSET. SPOWIEDZ' DZIECIECIA WIEKU przklad L. Kaczynskiej. Warszawa. Nakladem Radakcyl Przegladu Tygodniowego. 1879. 2 vol. in-16. Traduction de *La Confession d'un Enfant du Siècle*.

1880

UN AMOUR DE MUSSET, PAR AUGUSTE MARIN, comédie en 1 acte, en vers. Paris, Dentu, 1880. 1 vol. in-12. — Les deux personnages de cette pièce, représentée pour la première fois à Marseille, sur le théâtre du Gymnase, le 13 janvier 1880, sont G. Sand et Alfred de Musset. Elle a été réimprimée en 1895 sous le titre de : « Un amour de Poète ».

THE POET AND THE MUSE, BEING A VERSION OF ALFRED DE MUSSET : La Nuit de mai, la Nuit d'août and la Nuit d'octobre, with an Introduction by Walter Herries Pollock. London, Richard Bentley son, 1880. 1 vol. in-12.

ALFRED DE MUSSET. LA CONFESION DE UN HIJO DEL SIGLO. Traduccion de R. G. Madrid. Imprenta de la Gaceta Universal, 1880. 1 vol. in-12.

5 juin. — L'Illustration, p. 358. Sur la Correspondance de G. Sand avec Alfred de Musset.

Septembre. — Temple Bar magazine (Londres). Alfred de Musset, non signé.

1881

15 janvier. — Gazette Anecdotique. Note relative à la Correspondance de G. Sand et d'Alfred de Musset.

29-30 janvier. — El Corriere della Sera (Milan). La Sand e il dottor Pagello. (Lettre du Dr Pagello, Serenata à G. Sand.)

1er février. — The Fortnightly review (Londres). Tennyson et Alfred de Musset, par A.-C. Swinburn. — p. 137 et suiv. G. Sand, la *Confession,* etc...

14 mars. — Le Figaro. George Sand et Pagello, par D***. Traduction de la lettre de Pagello publiée dans le Corriere della Sera.

1er avril. — La Revue Bordelaise. Un mot sur Alfred de Musset et G. Sand.

1er mai. — L'Illustrazione Italiana (Milan). Le Dr Pagello et G. Sand à Venise.

15 juin. — Revue des Deux-Mondes, p. 789. Sur G. Sand, *Elle et Lui, Lui et Elle,* par E. Montégut.

DOCUMENTS LITTÉRAIRES, PAR ÉMILE ZOLA. Paris, Charpentier, 1881. 1 vol. in-12. — p. 101, 207, 224, 276.

22 octobre. — Le Parlement. Note inédite de Paul de Musset sur *Elle et Lui.*

1882

26 avril. — Le Figaro. Lettre de G. Sand où il s'agit d'Alfred de Musset.

25 juillet. — L'Intermédiaire des Chercheurs. Clef partielle de *Elle et Lui.*

15 août. — Revue des Deux-Mondes. Critique de *Elle et Lui, Lui et Elle, Lui,* par Maxime Du Camp.

31 août. — Gazette Anecdotique, p. 97. Alfred de Musset et G. Sand, d'après Maxime Du Camp.

LUIGIA CODEMO. RACCONTI, SCENE, BOZZETTI, PRODUZIONI DRAMATICHE. Treviso, coi typi di L. Zopelli editore. 1882. 2 vol. in-12 carré. — T. I, p. 153 à 188 : Sandiana. (G. Sand et Alfred de Musset à Venise, fragments du Journal de Pagello, Lettre de G. Sand à Pagello, Pagello à Paris, Serenata à G. Sand, sur *Lui et Elle,* etc...)

3 septembre. — Le Figaro. Stances à G. Sand : « Te voilà revenu », par Alfred de Musset, article par Racot. (Extrait des *Souvenirs* de Maxime Du Camp).

Stances reproduites dans : La Gazette de France, 1882.

— Saint-Raphaël-Revue, 28 juin 1896. — La Revue de Paris, 1ᵉʳ novembre 1896.

19-20 septembre. — La République Française. G. Sand et sa correspondance, par A. Leroy.

14 octobre. — Le Figaro. Lettre de G. Sand à Mire-court (déjà publiée dans le Mousquetaire, 1854).

LAS NOCHES DE ALFREDO DE MUSSET, versio castellana en verso per Guillermo Belmonte. Madrid, 1882. 1 vol. in-32.

CORRESPONDANCE DE GEORGE SAND, 1812-1876. Paris, C. Lévy, 1882. 6 vol. in-12. — Voir principalement les tomes II et III.

SOUVENIRS LITTÉRAIRES, PAR MAXIME DU CAMP. Paris, Hachette, 1882-1883. 2 vol. in-8°. — Voir tome II, p. 339 et suiv., 348, 360.

1883

25 février. — L'Intermédiaire des Chercheurs. Sur la clef de *Elle et Lui*.

28 février. — Gazette Anecdotique, p. 112. M. Grévy et l'échange des lettres, d'après Le Gaulois.

15 avril. — La Gazette Anecdotique, p. 209. G. Sand, Sandeau et Alfred de Musset, d'après Barbey d'Aurevilly.

4 mai. — Le Gaulois. Sur *Elle et Lui, Lui et Elle*.

10 mai. — L'Intermédiaire des Chercheurs. Serenata à G. Sand, par P. Pagello.

15 mai. — Revue des Deux-Mondes, p. 435. Les Por-traits d'Alfred de Musset et de G. Sand à l'Exposition des Portraits du Siècle.

15 octobre. — Revue des Deux-Mondes, p. 855. Chopin, Alfred de Musset et G. Sand, d'après Liszt.

1884

29 février. — Gazette Anecdotique, p. 105. Des papiers intimes de George Sand remis à M. Alexandre Dumas fils.

15 mai. — Gazette Anecdotique, p. 275 — Note sur Jules Sandeau et *Elle et Lui*.

VOLUPTÉ, PAR SAINTE-BEUVE. 11e édition. Paris, Charpentier, 1885. 1 vol. in-12, p. 399. Lettre de George Sand à Sainte-Beuve.

LES CONFESSIONS, PAR ARSÈNE HOUSSAYE. Paris, Dentu, 1885. 4 vol. in-8º (voir année 1891). — Tome I, p. 271 à 283. — Tome II, p. 1 à 37.

1886

CATALOGUE D'UNE COLLECTION D'AUTOGRAPHES, vente du 29 janvier 1886, Hôtel Drouot. Paris, Étienne Charavay. Brochure in-8º. — Nº 10. Quatrain à Gustave Planche, par Alfred de Musset, autographe et texte imprimé.

Reproduit dans : L'Événement, 28 janvier 1886. — Le Temps, 28 janvier 1886. — La France, 31 janvier 1886.— Paris, 30 janvier 1886. — Revue de France, 9 avril 1892. — Le Magasin Littéraire, mars 1895, p. 99.

CATALOGUE DE LETTRES AUTOGRAPHES. Vente du 10 mai 1886, Hôtel Drouot. Paris, Eugène Charavay. Brochure in-8º. — Nº 226. Lettre de G. Sand à Pagello et analyse de cette lettre.

30 juin. — Gazette Anecdotique, p. 272. Analyse de la Lettre de G. Sand à Pagello. (Catalogue du 10 mai 1886).

1887

LES ÉDITIONS ORIGINALES DES ROMANTIQUES, PAR L. DEROME. Paris, Rouveyre, 1887. 2 vol. in-8. — Tome I, p. 63-64.

3 mai (21 avril). — Rouskya Kourier (Moscou). Alfred de Musset et G. Sand.

Octobre. — Les Annales de l'Est, nº 4. — Alfred de Musset à Bade, par E. Krantz, lettres inédites.

1888

ALFRED DE MUSSET A BADE, PAR ÉMILE KRANTZ, avec lettres inédites. Extrait des Annales de l'Est. Nancy, imprimerie Berger-Levrault, 1888. — Brochure in-8°.

3 mars. — Gil Blas. G. Sand et Alfred de Musset, par A. Silvestre.

15 juillet. — La Revue de Paris et Saint-Pétersbourg. Alfred de Musset et G. Sand en Italie, par A. Houssaye.

1889

27 avril. — Le Figaro. G. Sand, Alfred de Musset et Mme de Belgiojoso, par A. Houssaye.

10 juin. — La Revue de Paris et Saint-Pétersbourg. Dialogue des morts et des vivants, par Alceste.

1891

LES CONFESSIONS, PAR ARSÈNE HOUSSAYE. Tomes V et VI. Paris, Dentu, 1891. 2 vol. in-8°. — Tome V, p. 168.

19 avril. — Les Annales Politiques et Littéraires. Alfred de Musset et G. Sand, d'après M. A. Brisson.

La CONFESSION D'UN ENFANT DU SIÈCLE, PAR ALFRED DE MUSSET. Dix compositions de Jazet gravées à l'eau-forte par Abot. Paris, ancienne maison Quantin, May et Motteroz, 1891. 1 vol. in-4°.

1892

ÉTUDES ET RÉCITS SUR ALFRED DE MUSSET, PAR Mme DE JANZÉ. Paris, Plon, 1892. 1 vol. in-12. — p. 26 à 43. G. Sand et Alfred de Musset.

6 mars. — Le Soir (Bruxelles). Sur la correspondance d'Alfred de Musset et de G. Sand.

5 mai. — La Dépêche (Toulouse). Les Femmes d'Alfred de Musset, par Pierre et Paul.

12 septembre. — The Morning Post (Londres). Alfred de Musset et G. Sand, d'après Maxime Du Camp.

15 octobre. — Revue Bleue. Alfred de Musset et G. Sand, par E. Grenier, avec extraits de leurs lettres.

20 novembre. — L'Intermédiaire des Chercheurs. La Correspondance Sand-Musset, par le Dr Cabanès.

THE CONFESSION OF A CHILD OF THE CENTURY, BY ALFRED DE MUSSET. Translated by Kendall Warren. Chicago. C. H. Sergel and Co. 1892. 1 vol. in-12.

21 novembre. — L'Éclair. La Correspondance de G. Sand et d'Alfred de Musset.

22 novembre. — The Morning Post (Londres). Sur la correspondance Sand-Musset.

25 novembre. — L'Estafette. A propos de l'article du Dr Cabanès dans l'Intermédiaire.

25 novembre. — La Gironde (Bordeaux). Note sur la correspondance Sand-Musset.

26 novembre. — Le Voltaire. Sur les traces perdues de la Correspondance.

30 novembre. — Gazette Anecdotique, p. 360. Sur la publication de la Correspondance.

8 décembre. — L'Indépendance Belge (Bruxelles). L'Affaire de la Correspondance Sand-Musset, d'après le Dr Cabanès.

15 avril 1892 à 15 janvier 1893. — Université catholique. Les *Confessions* de Saint Augustin, J.-J. Rousseau et Alfred de Musset, par C. Douais (8 art.).

1893

2 janvier. — Le Gaulois. Sur la correspondance Sand-Musset, par H. Lapauze.

5 janvier. — El Correo (Madrid). La Correspondance Sand-Musset.

6 février. — L'Univers. Critique du cours de M. Benoist.

8 février. — Courrier de l'Ain. Sur le cours de M. Benoist, réponse à l'Univers, par F. A.

15 et 22 février. — Le Figaro. La Correspondance de G. Sand et de Sainte-Beuve, par le Vte de Spoelberch de Lovenjoul.

18 février. — L'Écho de Paris. Influence de G. Sand sur Alfred de Musset, par Armand Silvestre.

23 février. — L'Événement. Les Amours de G. Sand.

Mars. — The Nineteenth Century (Londres). — p. 529. Alfred de Musset et G. Sand, par L. Katscher.

ALFRED DE MUSSET, PAR Mme ARVÈDE BARINE. Paris, Hachette, 1893. 1 vol. in-12. — p. 57 à 90. Alfred de Musset et G. Sand, extraits de leur correspondance. — p. 94 et 134.

7 mai. — Le Gaulois. Les amoureux célèbres : Musset, Sand, Mme de Belgiojoso.

29 mai. — The Oriental Advertiser (Constantinople). Les Amoureux célèbres, G. Sand, Mme de Belgiojoso et Alfred de Musset. La Correspondance d'Alfred de Musset et de G. Sand.

3 juin. — Le Gaulois. Des romans à clef, par P. Roche.

15 juin. — Le Monde Thermal. Alfred de Musset et G. Sand, d'après Mme Barine, par Saint-Herem.

24 juin. — Le Siècle. Deux ancêtres. G. Sand et Alfred de Musset, par Charley.

26 juin. — Gazette de France. G. Sand et Alfred de Musset, d'après Mme Barine, par E. Biré.

15 juillet. — Le Téléphone. G. Sand et Alfred de Musset d'après Mme Barine, par E. Trolliet.

21 juillet. — Le Temps. Critique du livre de Mme Barine, par A. Bossert.

23 août. — Le Moniteur Universel. G. Sand, Alfred de Musset et Pagello, d'après Mme Barine, par R. Doumic.

21 septembre. — Le Gaulois. Alfred de Musset et G. Sand, d'après Mme Barine, par A. Filon.

31 décembre. — Le Figaro. Sur les portraits de G. Sand dessinés par Alfred de Musset.

1894

11 et 12 février. — Le Gaulois. Sur la correspondance Sand-Musset.

14 février. — La Liberté. Ce qui subsiste de la correspondance Sand-Musset.

17 février. — Paris. A propos des Sonnets à Alfred de Vigny, de G. Sand et Alfred de Musset.

17 février. — The Irish Times (Dublin). Critique de la conférence de M. Guilgault sur G. Sand et la *Nuit de Mai*.

15 mars. — Le Soir. Déclaration de Mme Lardin de Musset.

21 mars. — Étoile Belge (Bruxelles). Sur la correspondance Sand-Musset.

Les Lundis d'un chercheur, par le Vte de Spoelberch de Lovenjoul. Paris, C. Lévy, 1894. 1 vol. in-12. — p. 149 à 180. Les lettres inédites de G. Sand.

17 août. — Le Gaulois. Quand publiera-t-on la correspondance Sand-Musset ?

Alfred de Musset af Sven Sodermann. Stockolm, 1894. 1 vol. in-8°. — p. 98. A. de Musset, G. Sand. Voyage en Italie, les *Nuits, Lettres d'un voyageur, Elle et Lui, Lui et Elle*, etc. — p. 112. Stances à G. Sand : « Te voilà revenu ».

2 décembre. — Courrier de l'Aisne (Laon). Alfred de Musset et G. Sand en Italie, par A. Houssaye.

15 décembre. — La Revue de Paris. Une amitié romanesque, G. Sand et Mme d'Agoult, par S. Rocheblave, avec lettres inédites.

Alfred de Musset, par A. Claveau. Paris, Lecène et Oudin, 1894. 1 vol. in-8° — p. 37 à 52. La Crise, G. Sand, les *Nuits*.

1895

12 janvier. — Le Gaulois. Sur la correspondance Sand-Musset, sa publication par H. Lapauze.

1er mai. — La Nouvelle Revue. Deux lettres inédites de G. Sand à Sainte-Beuve, par Ch. de Loménie.

30 juin. — Gazette Anecdotique, p. 112. Déclaration de Mme Lardin de Musset sur les lettres.

Anonyme. Un Amour de poète, un acte, en vers. Collection de l'Impressario. Br. in-16.

Cette pièce, qui a, dit-on, pour auteurs MM. Léon d'Agenais et Roger Dubled, est la réimpression textuelle, sans le plus petit changement, de celle publiée en 1880 sous le titre de Un Amour de Musset, par Auguste Marin. Elle est à deux personnages, G. Sand et Alfred de Musset, et a été représentée en janvier 1896 au Théâtre Mondain de la Cité d'Antin.

1896

Alfred de Musset. Les Nuits et Souvenir. Un portrait d'après David d'Angers et 17 vignettes d'après A. Gérardin. Paris, Pelletan, 1896. 1 vol. in-8°.

24 janvier. — Le Siècle. Critique de Un Amour de poète, pièce en 1 acte.

23 février. — Journal des Débats. Critique de l'étude de M. Sven Sodermann sur Musset (1894).

15 avril. — Le Gaulois. Des romans à clef, Elle et Lui, Lui et Elle.

19 avril. — L'Estafette. Projet de M. Rocheblave de publier la correspondance Sand-Musset.

1er mai et 1er juin. Cosmopolis. La véritable histoire d'Elle et Lui, par M. le Vicomte de Spoelberch de Lovenjoul (2 articles) (1).

(1) L'édition de cette Revue, publiée à Londres, a donné lieu, dans la presse anglaise, à un certain nombre d'articles qui ne sont pas tous parvenus à ma connaissance. Réimprimée en volume.

7 mai. — The Dundee Advertiser (Dundée). Critique de l'article de M. de Spoelberch de Lovenjoul.

12 mai. — The Yorkshire Post (Leeds). La véritable histoire d'Elle et Lui, d'après M. de Spoelberch de Lovenjoul.

15 mai. — Revue des Revues. Note sur l'article de M. de Spoelberch de Lovenjoul.

21 mai. — Horse Guards Gazette. Note sur l'article de M. de Spoelberch de Lovenjoul.

25 mai. — Paris. Sur *Elle et Lui*. A propos de l'article de M. de Spoelberch de Lovenjoul.

30 mai. — Le Gaulois. Critique de l'article de M. de Spoelberch de Lovenjoul, par A. Galdemar.

1er juin. — La Gironde (Bordeaux). Analyse de l'article de M. de Spoelberch de Lovenjoul et extraits.

3 juin. — Le Radical (Marseille). Analyse de l'article de M. de Spoelberch de Lovenjoul, avec 5 lettres.

4 juin. — Courrier de l'Aisne (Laon). Analyse de l'article de M. de Spoelberch de Lovenjoul, avec 2 lettres.

6 juin. — L'Écho du Nord (Lille). Analyse et extrait de la lettre de G. Sand à Pagello.

13 juin. — Revue Encyclopédique, p. 420. Les lettres d'Alfred de Musset et de G. Sand, d'après l'article de M. de Spoelberch de Lovenjoul.

13 juin. — The Saturday Review. Sur la 2e partie de l'article de M. de Spoelberch de Lovenjoul.

15 juin. — The Daily Free Press (Aberdeen). Elle et Lui, d'après M. de Spoelberch de Lovenjoul.

20 juin. — The Spectator (Londres), p. 879. Critique de l'article de M. de Spoelberch de Lovenjoul.

10 mai à 28 juin. — Saint-Raphaël Revue. Alfred de Musset, par Jean Morin (8 art.). Voir les nos des 17 mai, 21 et 28 juin.

8 juillet. — Journal de Genève. Chronique parisienne, d'après M. de Spoelberch de Lovenjoul.

17

15 juillet. — Revue d'histoire littéraire de la France. Critique de l'article de M. de Spoelberch de Lovenjoul.

15 juillet. — La Vie contemporaine, p. 139. Les amantes lyriques, par E. Besnus.

19 juillet. — Le Monde artiste, p. 454. Critique de l'article de M. de Spoelberch de Lovenjoul et extraits.

19 juillet. — Neue free Presse (Vienne). Sie und Er, Elle et Lui, par W.

1er août. — Revue Hebdomadaire. Un roman vécu à trois personnages : Alfred de Musset, G. Sand et le Dr Pagello, par le Dr Cabanès.

1er août. — Paris. Alfred de Musset, G. Sand et l'Autre, par Caribert.

2 août. — L'Événement. Des Lettres, Alfred de Musset et G. Sand, par Maxime Rude.

2 août. — Le Voltaire. Histoire d'amour, par Raoul Deberd.

5 août. — Gil Blas. Alfred de Musset et G. Sand, par Gabriel Seguy.

5 août. — Journal des Débats. Critique de l'article du Dr Cabanès.

6 août. — Le Gaulois. Les Femmes de Musset, par H. Lapauze.

Reproduit : Écho de la Semaine, 16 août.

9 août. — L'Éclair. Elle, Lui et l'Autre, d'après le Dr Cabanès.

9-10 août. — Le Précurseur (Anvers). Alfred de Musset et G. Sand, extrait de Paris.

11 août. — Paris. Les petits papiers, par Caribert.

13 août. — Journal des Débats. Sur Alfred de Musset, à propos de l'article du Dr Cabanès, par Ed. Rod.

14 août. — Le Gaulois. Alfred de Musset et G. Sand, lettres inédites, d'après M. Clouard, par H. Lapauze.

15 août. — Revue de Paris, p. 709. Alfred de Musset et G. Sand, notes et documents inédits, par M. Clouard.

15 août. — Journal de Rouen, supplément. Sur Alfred de Musset, par Ed. Rod, extrait du Journal des Débats.

15 août. — The Daily Telegraph (Londres). Note sur l'article de M. Clouard.

16 août. — Le Progrès de la Côte-d'Or (Dijon). Pagello et G. Sand, par Jacques de la Beaune.

16 août. — Annales politiques et littéraires. A propos des récents articles sur Alfred de Musset et G. Sand.

17 août. — Le Journal. Viols de tombes, par Jean Richepin.

17 août. — Journal des Débats. Critique de l'article de M. Clouard.

19 août. — Le Précurseur (Anvers). Sur Alfred de Musset, extrait du Journal des Débats.

19 août. — Journal de Rouen. Note sur l'article de M. Clouard.

19 août. — Le Patriote (Le Mans). Vieux Cancans, par Eug. Lautier.

19 août. — La République Libérale (Arras). Deux critiques sur l'article de M. Clouard, l'une par P. Lebeau, l'autre tirée du Journal des Débats.

20 août. — L'Événement. Liaisons et Passions, par P. Pascal.

20 août. — Rotterdamsche Courant (Rotterdam). Note sur l'article de M. Clouard.

21 août. — Écho de l'Indre (La Châtre). Lettre parisienne, par Andhré Bouché.

22 août. — Le Gaulois. Sur Alfred de Musset, G. Sand et Pagello, par Solidor.

22 août. — La Jeune Belgique (Bruxelles). Note sur l'article de M. Clouard.

22 août. — Le Voltaire. Déshabillage, par E. C.

24 août. — Le Gaulois. Comment travaillait G. Sand, par Silvio.

25 août. — Stamboul (Constantinople). Alfred de Musset et G. Sand, d'après M. Clouard, par Régis Delbœuf.

25 août. — Le Procope. Note concernant les récents articles.

25-26 août. — Giornale di Sicilia (Palerme). Réflexions à propos d'une lettre de G. Sand à Alfred Tattet dans la Revue de Paris.

27 août. — Le Patriote (Le Mans). Alfred de Musset et G. Sand d'après M. Clouard, par Berthelot.

Reproduit : La Gironde (Bordeaux), 27 août.

28 août. — Le Charivari. N'écrivez jamais, par H. Second.

Reproduit : La France, 4 septembre ; Le Patriote Landais (Mont-de-Marsan), 9 septembre.

28 août. — Le Figaro. Un roman d'amour, par P. Bourget.

29 août. — Journal de Rouen. Alfred de Musset et G. Sand, par P. Bourget, extrait du Figaro.

29 août. — The Levant Herald (Constantinople). Note sur l'article de M. Clouard.

29 août. — L'Écho de Paris. G. Sand et Alfred de Musset, par H. Bauer.

30 août. — Le Gaulois. Alfred de Musset et G. Sand, à propos de l'article de M. Brisson.

31 août. — Le Gaulois. — Ce qui sort des tombes, par R. Doumic.

1er septembre. — La Revue de Paris. Erratum concernant l'article de M. Clouard.

1er septembre. — Revue des Revues. Critique de l'article de M. Clouard.

2 septembre. — L'Événement. Lettres d'amour, par Baude de Maurceley.

ALFRED DE MUSSET ET GEORGE SAND, PAR MAURICE CLOUARD. Extrait de la Revue de Paris du 15 août 1896.

Paris, Imprimerie Chaix. Brochure in-8°, ornée de deux portraits de G. Sand dessinés par Alfred de Musset, du fac-similé de l'Ordonnance du Dr Pagello, et suivie d'un Index Bibliographique.

4 septembre. — Écho de l'Indre (La Châtre). De la critique, par Andhré Bouché.

5 septembre. — Revue Encyclopédique, p. 619. Note sur G. Sand, Alfred de Musset et Sainte-Beuve.

5 septembre. — Le Gaulois. La Correspondance Sand-Musset ; Lettres de Mmes d'Albert-Lake, Lina Sand et Lardin de Musset.

6 septembre. — Le Monde Élégant (Nice). Une vieille histoire, par Froufou.

6 septembre. — La Loire Républicaine (Saint-Étienne). Amours de G. Sand et d'Alfred de Musset, coupable divulgation.

7 septembre. — La Presse. Lettres dangereuses, par Ch. Formentin.

9 septembre. — L'Éclair. Le Coucher de la morte, par G. Jollivet.

10 septembre. — L'Abeille de Fontainebleau. Critique de Alfred de Musset et G. Sand de M. Clouard, par Maurice Bourges.

10 septembre. — Lyon Républicain, supplément. Feuilles volantes, par Raoul Cinoh.

11 septembre. — Il Don Chisciotte (Rome). Un altro amore di G. Sand, par G. P. Cavalcanti.

11 septembre. — Le Temps. Alfred de Musset et G. Sand, à propos de Chopin, par C. Bellaigue.

12 septembre. — La Vie parisienne, p. 357. Notes sur les récentes publications.

12 septembre. — Courrier d'Italie (Rome). G. Sand d'après le Don Chisciotte.

13 septembre. — Le Courrier (Fourmies). Lettre de Mme Lardin de Musset à propos de la Correspondance.

13 septembre. — Il Don Chisciotte (Rome). Le plus sérieux des trois, par Febea (Mme Olga Ossani Lodi).

13 septembre. — Journal de Rouen, supplément. A propos des récents articles.

14 septembre. — Le Voltaire. Lettres de femme, par Bernard Kahler.

15 septembre. — Review of Reviews (Londres). Critique de l'article de M. Clouard.

15 septembre. — Nouvelle Revue Internationale. Alfred de Musset et G. Sand, d'après P. Bourget.

16 septembre. — La Lanterne. Choses d'outre-tombe, par Jean Ajalbert.

27 septembre. — Le Réveil (Saint-Girons, Ariège). Chronique : Alfred de Musset et G. Sand, par J. Francœur.

27 septembre. — Journal d'Alsace (Strasbourg). Alfred de Musset et G. Sand, d'après les articles récents.

3 octobre. — Courrier Australien (Sydney). Le démêlé Sand-Musset-Pagello, non signé.

5 octobre. — La Gazette de France. Petits ménages romantiques, par Ch. Maurras.

15 octobre. — Revue d'histoire littéraire de la France. L'histoire d'Elle et Lui, d'après MM. de Spoelberch, Cabanès et Clouard.

16 octobre. — Le Gaulois. Histoire véridique des amants de Venise, I, par P. Mariéton.

17 octobre. — Le Gaulois. Histoire véridique des amants de Venise. II, par P. Mariéton.

19 octobre. — Gil Blas. Elle et Lui, d'après P. Mariéton, par L. Lacour.

19 octobre. — Le Gaulois. La Correspondance Sand-Musset : chez le comte Alexandre de Musset, par J. Gubert.

19 octobre. — Le Petit Méridional (Montpellier). Sur la non publication de la correspondance Sand-Musset.

20 octobre. — Le Figaro. G. Sand à Venise, par E.

20 octobre. — Journal des Débats. Amours de gens de Lettres, par R. Doumic.

20 octobre. — L'Écho de Paris. La Vie de G. Sand et du Dr Pagello à Venise, III, par P. Mariéton.

21 octobre. — L'Écho de Paris. G. Sand, Alfred de Musset et Pagello, IV, par P. Mariéton.

21 octobre. — L'Éclaireur (Nice). Amours des Gens de Lettres, extrait du Journal des Débats.

21 octobre. — L'Evénement. Le médecin Pagello ou l'amant malgré lui, par H. Leyret.

21 octobre. — Gil Blas. Eux trois, par Santillane.

21 octobre. — Le Gaulois. Fleurs fanées — Les amants de Venise. (2 articles).

22 octobre. — L'Écho de Paris. Examen littéraire, par Graindorge. — Mot d'Alfred de Musset sur G. Sand d'après Sainte-Beuve. (2 articles).

22 octobre. — L'Événement. Amours de G. Sand et d'Alfred de Musset, par Gina Saxebey.

22 octobre. — Le Soleil. La Correspondance d'Alfred de Musset et de G. Sand, par C. Canivet. — Alfred de Musset, G. Sand, etc., par H. Duvernois. (2 articles).

22 octobre. — La Dépêche (Toulouse). Alfred de Musset et G. Sand, par Noll.

23 octobre. — Courrier de l'Aisne (Laon). Alfred de Musset, Sand et Pagello, d'après P. Mariéton, non signé.

23 octobre. — Le Gaulois. Les Trois, d'après le Dr Cabanès, par Ch. Demailly.

23 octobre. — Patriote de Normandie (Rouen). Correspondance d'hommes célèbres, résumé de l'article du Soleil.

24 octobre. — Revue hebdomadaire, p. 609. — Une Visite au Dr Pagello : la Déclaration de George Sand au Dr Pagello, par le Dr Cabanès.

24 octobre. — L'Éclair. Amours de G. Sand et du Dr Pagello, d'après le Dr Cabanès.

24 octobre. — L'Événement. Les amours de G. Sand, par Ferville.

24 octobre. — Le Figaro. Interdiction lancée par la famille Sand. — G. Sand et Pagello, d'après le Dr Cabanès. (2 articles).

24 octobre. — Franche-Comté (Besançon). Interdiction de la famille Sand à la Revue Hebdomadaire.

24 octobre. — Le Journal. Affaire Sand-Pagello, interdiction de Mme Clesinger.

Reproduit : La Libre Parole, 24 octobre. — La Paix, 24 octobre. — Le Figaro, 25 octobre.

24 octobre. — Le Rappel. Les Correspondances d'Hommes célèbres, par H. Fouquier.

24 octobre. — Le Gaulois. Sand, Musset, Pagello, stances par Brandy and Soda. Un procès sensationnel, affaire Sand-Pagello, par Tout-Paris. (2 articles).

24 octobre. — Le Monde Illustré, p. 263. Des récentes publications sur Alfred de Musset et G. Sand, par P. Veron.

24 octobre. — Revue Politique et Littéraire, p. 540. *Journal* de Pagello, par Jean Louis.

24 octobre. — Le Soleil. Musset, Sand et Pagello, par C. Canivet.

24 octobre. — Le Temps. Le récit du Dr Pagello au Dr Cabanès ; la *Déclaration* de G. Sand à Pagello.

24 octobre. — La Vie Parisienne. Ne va-t-on pas bientôt finir avec les amours littéraires ?

25 octobre. — L'Éclair. Elle et Eux, la *Déclaration* de G. Sand à Pagello, non signé.

25 octobre. — Journal de Bruxelles, supplément. Correspondances et Révélations, par Ch. Canivet, extrait du Soleil.

25 octobre. — Le Gaulois. Le véritable propriétaire des lettres de G. Sand.

25 octobre. — La Gironde (Bordeaux). Encore eux, n. s.

25 octobre. — Gil Blas. Cantique des Cantiques, par Santillane.

25 octobre. — Journal de Rouen, supplément. Un procès sensationnel.

25 octobre. — Journal des Débats. Correspondance d'Écrivains, par André Hallys. — G. Sand, Pagello et le Dr Cabanès, non signé (2 articles).

25 octobre. — La Lanterne. — G. Sand et le Dr Pagello.

25 octobre. — La Patrie. — Autour d'une lettre. — La propriété des lettres. (2 articles).

25 octobre. — La Presse. Amoureuse, par Ch. Formentin.

25 octobre. — Lyon Républicain, supplément (Lyon). Contre Pagello.

25 octobre. — La République Française. Roman d'outre-tombe, par Ad. Brisson.

25 octobre. — Le Temps. Les amours de G. Sand, par A. B. — Vieux papiers, par G. Deschamps. (2 articles).

25 octobre. — Lyon Républicain (Lyon). Note sur l'interdiction de la famille Sand.

25-26 octobre. — Les Ardennes (Charleville). Eux et Elles, d'après le Dr Cabanès, la *Déclaration* de G. Sand.

26 octobre. — Le Figaro. Cruautés de l'information, dialogue, par A. Capus.

26 octobre. — L'Éclaireur (Nice). Le roman à trois, d'après le Dr Cabanès.

26 octobre. — Le Petit Niçois (Nice). Contre M. Mariéton et ses révélations.

26 octobre. — Le Gaulois. Les lettres de G. Sand à Alfred de Musset seront publiées, déclaration de M. Aucante, par M. Hutin.

26 octobre. — Gil Blas Mode. Alfred de Musset et G. Sand, par Babiole.

26 octobre. — La Liberté. Les amours de G. Sand et d'Alfred de Musset, par Arnolphe.

18

26 octobre. — La Paix. Indiscrétions littéraires, par Édouard Beaufils.

26 octobre. — Le Soir. Après le festin, par Alex. Hepp.

26 octobre. — Le Soir (Bruxelles). Les révélations du Dr Cabanès, par Piccolo.

26 octobre. — Le Stéphanois (Saint-Étienne). Critique et analyse de l'article du Dr Cabanès.

26 octobre. — La Presse. L'affaire Sand-Musset, par H. Duvernois. (2 articles).

26 octobre. — Gazette de France. Vieux papiers et vieilles flammes, par G. M. — Publication des Lettres.

26 octobre. — Frankfurter Zeitung (Francfort). George Sand und Dr Pagello in der Revue Hebdomadaire.

27 octobre. — Le Figaro. Confessions et Correspondances, par G. Larroumet. — La déclaration de Mme Lardin de Musset au Temps.

27 octobre. — L'Événement. Note sur l'opposition de Mme Lardin de Musset.

27 octobre. — Le Siècle. Le roman de Venise, les lettres et l'opposition de Mme Lardin de Musset, par Léo Marchès.

27 octobre. — La Dépêche (Toulouse). Paul Mariéton, profil, par Nick.

27 octobre. — Le Journal. Elle, Lui et l'Autre, par Ém. Bergerat. — Menus propos, par V. de Cottens. (2 articles).

27 octobre. — Le Temps. Pourquoi la famille de Musset s'oppose à la publication des lettres, déclaration de Mme Lardin de Musset.

27 octobre. — Les Ardennes (Charleville). Elle et Lui, la déclaration de M. Aucante.

27 octobre. — Le Précurseur (Anvers). Les amours de G. Sand, d'après Le Temps.

27 octobre. — La Liberté. G. Sand et ses amis, révélations et vieux papiers, par P. P.

27 octobre. — Berliner Tageblatt (Berlin). Alfred de Musset und G. Sand, die Korrespondenz.

28 octobre. — Le Charivari. Contre les révélations du Dr Pagello, sur G. Sand.

28 octobre. — Le Courrier du Centre(Limoges). Alfred de Musset et G. Sand, par Clément-Janin.

28 octobre. — L'Écho de Paris. G. Sand et Alfred de Musset ; l'opposition de Mme Lardin de Musset.

28 octobre. — L'Événement. Les Héritiers des grands écrivains, par Henri Leyret.

28 octobre. — Berliner Borsen Courier (Berlin). G. Sand et Alfred de Musset, les nouvelles révélations de la Revue Hebdomadaire.

28 octobre. — Gil Blas. La Lionne de l'hiver, par Ch. Martel.

28 octobre. — Journal des Débats. A propos de la Correspondance Sand-Musset par Maurice Spronck.

28 octobre. — La Paix. Elle et Lui, dialogue, par A. Cerons.

28 octobre. — Paris. Papiers posthumes, par C. de Sainte-Croix. — Lettre de Mme Lardin de Musset.

28 octobre. — Le Peuple (Lyon). Contre la publication des documents sur G. Sand et Pagello.

28-29 octobre. — Il Secolo (Milan). Note sur l'interdiction de Mme Lardin de Musset.

29 octobre. — Les Ardennes (Charleville). Elle et Lui, la lettre de Mme Lardin de Musset au Temps.

29 octobre. — Le Charivari. Vilenie du scandale actuel.

29 octobre. — El Correo (Madrid). George Sand y Alfredo de Musset, par X.

29 octobre. — Le Gaulois. Annonce de la publication des Lettres de G. Sand à Alfred de Musset. — Lettres de G. Sand au *Mousquetaire* à l'occasion de la Biographie de Mirecourt, en 1854.

29 octobre. — La Gazette de France. La Correspondance d'Alfred de Musset et de G. Sand ; déclaration de Mᵐᵉ Lardin de Musset.

29 octobre. — Gil Blas. Lettres et Mémoires, par Montjoyeux. — G. Sand et le féminisme, par Ch. Bardin.

29 octobre. — Le Journal. La Séductrice, par Gustave Geoffroy.

29 octobre. — La Liberté. Contre le scandale du jour, par Fabrice Carré.

29 octobre. — Le Petit Vauclusien (Avignon). Alfred de Musset et G. Sand, non signé.

29 octobre. — La Presse. Lettres de morts, par Marcel de Barre.

29 octobre. — Le Progrès Artistique. Annonce de la publication des lettres de G. Sand à Alfred de Musset.

29 octobre. — Le Radical (Marseille). Contre les publications récentes.

30 octobre. — Le Charivari. Note sur le refus de Mᵐᵉ Lardin de Musset.

30 octobre. — Le Rappel. Nouvelles révélations, par P. Desachy.

30 octobre. — Le Télégramme (Toulouse). Amours d'écrivains, par A. Alexandre, suivi d'une Lettre du Dʳ Cabanès relative à M. P. Mariéton.

31 octobre. — Don Juan. Laissez donc dormir ces secrets, par Machecoul. — Amours littéraires, stances, par Des Esquintes. (2 articles).

31 octobre. — L'Événement. G. Sand dépeinte par Alfred de Musset dans son *Histoire d'un Merle Blanc.*

31 octobre. — Le Gaulois. Les vraies lettres de G. Sand à A. de Musset, analyse et extraits, par H. Lapauze.

31 octobre. — L'Illustration. Les révélations du Dʳ Pagello sur G. Sand.

31 octobre. — Le Journal. Les amants de Venise, extrait du Soleil. — La question Sand-Musset-Pagello,

réponse par P. Mariéton. — Analyse et extraits des lettres de G. Sand à Alfred de Musset. (3 articles).

31 octobre. — Le Matin. Note sur les lettres de G. Sand à Alfred de Musset.

31 octobre. — Le Monde Illustré, couverture. Vignette satirique par Guillaume.

31 octobre. — La Petite République. Déballage posthume, par Mercutio.

31 octobre. — Le Petit Temps. Lettre de G. Sand à Musset, 29 avril 1834. — Trois poèmes de Alfred de Musset à G. Sand.

31 octobre. — Le Précurseur (Anvers). Lettre de G. Sand à Alfred de Musset, 29 avril 1834. — Stances d'Alfred de Musset à G. Sand : « Porte ta vie ».

31 octobre. — Le Démocrate (Saint-Brieuc). La *Potinite* aigüe (sur Sand et Musset), par Eddey.

31 octobre. — Neue Zurcher Zeitung (Zurich). G. Sand et Alfred de Musset, révélations du Dr Cabanès sur le Dr Pagello.

31 octobre. — La Semaine Littéraire (Genève). Sur les indiscrétions Sand-Pagello.

31 octobre. — Revue Encyclopédique, p. 762. Alfred de Musset, G. Sand et le Dr Pagello.

31 octobre. — Le Soleil. Les amants de Venise, par Ch. Maurras.

31 octobre. — L'Univers Illustré. Elle et Lui, la tranquillité des morts, par Richard O'Monroy.

31 octobre. — La Vigie Algérienne (Alger). G. Sand et le Dr Pagello, par Pierre Batail.

1er novembre. — La Revue de Paris. p. 1. Lettre de G. Sand à M. Émile Aucante, du 10 mars 1864. — p. 5. Dix-huit lettres de George Sand à Alfred de Musset. — p. 49. Cinq petits poèmes à G. Sand par Alfred de Musset : 1° « Te voilà revenu » publié en 1882. — 2° « Puisque votre moulin », inédit. — 3° « Toi qui me l'as appris », inédit.

— 4⁰ « Il faudra bien t'y faire », inédit. — 5⁰ « Porte ta vie », publié en 1877.

Reproduit, stances : « Toi qui me l'appris » : — Le Petit Temps, 31 octobre 1896. — Journal des Débats, 1er novembre 1896. — Fanfulla (Rome), 3-4 novembre 1896. — Il resto del Carlino (Bologne), 5 novembre 1896. — Journal de Maurice, 8 février 1897, etc...

Reproduit, stances : « Il faudra bien t'y faire ». Le Petit Temps, 31 octobre 1896. — Journal des Débats, 1er novembre 1896. — Fanfulla (Rome), 3-4 novembre 1896. — Il resto del Carlino (Bologne), 5 novembre 1896. — Journal de Maurice, 8 février 1897, etc.

1er novembre. — L'Écho de Paris. Les héritiers, par E. Lepelletier.

1er novembre. — Journal des Débats. Analyse et extraits des Lettres de G. Sand à Alfred de Musset, et trois poèmes à G. Sand par Alfred de Musset.

1er novembre. — Le Matin. Note sur Alfred de Musset et G. Sand, par Cornély.

1er novembre. — Le Peuple (Lyon). Déballage posthume, par Mercutio.

1er novembre. — Le Revue Idéaliste, p. 159. La légende de G. Sand, discussion des articles de MM. de Spoelberch de Lovenjoul et Clouard, par S. Rocheblave.

1er novembre. — Revue des Revues. A propos de l'article du Dr Cabanès.

1er novembre. — De Amsterdammer Weekblad voor Nederland (Amsterdam). George Sand en Dr Pagello, par V. L.

1er novembre. — Le Progrès National. George Sand cuisinière à Venise.

1er novembre. — La Chronique Médicale, p. 641. Une visite au Dr Pagello, par le Dr Cabanès ; traduction de la lettre de G. Sand à Pagello ; deux fac-similés de l'écriture du Dr Pagello, dans le texte ; un portrait hors texte du Dr Pagello, gravé sur bois.

1er novembre. — La Semaine. Contre les publications récentes.

1er novembre. — Le Gaulois. Approbation du refus de Mme Lardin de Musset.

2 novembre. — Le Figaro. La défense de George Sand : extraits des lettres de G. Sand à M. Regnault, la correspondance Sand-Musset et Mme Lardin de Musset, par M. Amic.

2 novembre. — La Petite Gironde (Bordeaux). Analyse et extraits des lettres de G. Sand à Alfred de Musset. — Contre les récentes publications. (2 articles).

2 novembre. — Magdeburgische Zeitung (Magdebourg). Die Briefe von George Sand.

2 novembre. — Le Journal. — Un cœur simple, par Marcel Prévost.

2 novembre.— Le Petit Parisien. Elle et Lui, par Valensol.

2 novembre. — Der Zeitgeist (Berlin). Alfred de Musset, G. Sand et le Dr Pagello.

2-3 novembre. — Indépendance Belge (Bruxelles). La correspondance de G. Sand avec Alfred de Musset.

2-3 novembre. — Charivari. Interview de Mme Maria Feliga, sur G. Sand, extrait du Gil Blas.

3 novembre. — Gil Blas. Sur l'article de M. Amic au Figaro.

3 novembre. — Journal des Débats. Critique de l'article de M. Amic.

3 novembre. — Heraldo de Madrid. Papeles viejos, non signé.

3 novembre. — Le Précurseur (Anvers). Extraits des Lettres de G. Sand à Alfred de Musset.

3 novembre. — Le Sémaphore (Marseille). Déclaration de M. le Cte Alexandre de Musset, d'après le Gaulois.

3-4 novembre. — Fanfulla (Rome). Giorgio Sand e Alfredo de Musset. Extraits des lettres et poésies publiées par la Revue de Paris.

4 novembre. — Le Gaulois. Réminiscence d'une lettre de G. Sand dans *On ne badine pas avec l'amour*.

Reproduit dans : L'Événement, 5 novembre 1896. — Journal de Vichy, 8 novembre 1896. — Revue Encyclopédique, 21 novembre 1896. — Le Stéphanois (St-Étienne), 6 novembre 1896. — Écho de la Semaine, 31 janvier 1897. — Le Journal, 20 février 1897. — L'Intermédiaire des Chercheurs, 10 mars 1897.

4 novembre. — Gil Blas. Juges en Jugement, par Ch. Martel.

4 novembre. — L'Événement. Note sur l'article du Temps relatif à M. de Spoelberch de Lovenjoul.

4 novembre. — La Liberté. Les lettres de Alfred de Musset à G. Sand chez M. de Spoelberch de Lovenjoul.

4 novembre. — La Médecine Moderne. Musset, Sand et le Dr Pagello, par F. H.

4 novembre. — Le Télégramme (Toulouse). A propos des Nécrophores, par Émile Delbousquet.

4 novembre. — Le Temps. Une visite au Vte de Spoelberch de Lovenjoul : l'album des dessins de Musset, G. Sand et son mari, par Ad. Brisson.

4 novembre. — Courrier de l'Ain (Bourg). Les publications posthumes, par J. R.

5 novembre. — Gil Blas. Les lettres d'Alfred de Musset à G. Sand chez le Vte de Spoelberch de Lovenjoul.

5 novembre. — Bordeaux-Journal (Bordeaux). G. Sand et J. Sandeau, Alfred de Musset et l'absinthe, par Alceste.

5 novembre. — Rheinisch Westfalische Zeitung (Essen). Der Korrespondenz von George Sand mit Alfred de Musset.

5 novembre. — Lyon Républicain, suppl. (Lyon). Les lettres de G. Sand à Alfred de Musset, analyse et extraits, 1, par H. Lapauze.

5 novembre. — Le Soir. Lettres posthumes, par Lorenzi de Bradi.

5 novembre. — Le Soir (Bruxelles). Fleur de Scandale, par Van de Wiele.

5 novembre. — Le Soleil. Le scandale Sand-Musset, par A. Claveau.

5 novembre. — Le Temps. La littérature dans la passion de G. Sand et d'Alfred de Musset; réminiscences dans *On ne badine pas avec l'amour*.

24 octobre-5 novembre. — Novoïe Wremya (Pétersbourg). Les amours d'Alfred de Musset, de G. Sand et du Dr Pagello.

5 novembre. — Il resto del Carlino (Bologne). Trois poèmes à G. Sand, par Alfred de Musset.

6 novembre. — L'Événement. La bonne dame, par Ludovic Hamilo.

6 novembre. — Fanfulla (Rome). Critique de l'article de M. Amic dans le Figaro.

6 novembre. — Frankfurter Zeitung (Francfort). Die Briefe der G. Sand an Alfred de Musset.

6 novembre. — Le Gaulois. Note sur le prêt d'argent fait par G. Sand à Alfred de Musset.

6 novembre. — Berliner Tageblatt (Berlin). Briefen der G. Sand an Alfred de Musset.

6 novembre. — Hannoverschers Tageblatt (Hanovre). Erinerungen an George Sand.

(?) novembre. — Kònigsburger Hartungsche Zeitung (Kœnigsberg). Alfred de Musset und G. Sand, der Korrespondenz.

6 novembre. — Le Journal. Les amants de Venise (avec extraits de leurs lettres), par M. Clémenceau.

25 octobre-6 novembre. — Novoïe Wremya (Pétersbourg). Note sur l'article de M. Amic dans le Figaro.

6 novembre. — Le Soir. Documents sur G. Sand et Alfred de Musset chez M. de Spoelberch de Lovenjoul.

6 novembre. La Tribuna (Rome). G. Sand et Alfred de Musset, par Rastignac.

7 novembre. — Charivari. Elle et Lui, dialogue par Rigolet.

7 novembre. — Il resto del Carlino (Bologne). Les lettres de G. Sand à Alfred de Musset, réminiscences dans *On ne badine pas avec l'amour*.

7 novembre. — Le Moniteur Universel. La correspondance de G. Sand et d'Alfred de Musset, par M. Trolliet.

7 novembre. — La Vie Parisienne. De quelques amours célèbres et de la façon de les exprimer, par M. — Les lettres de G. Sand à Alfred de Musset dans la Revue de Paris, par A. A. (2 articles.)

7-8 novembre. — Giornale di Sicilia (Palerme). Extraits des lettres de G. Sand à Alfred de Musset, traduction.

8 novembre. — La Chronique Illustrée, p. 36. Indiscrétions des révélations actuelles. — p. 42. Le Don Juan de G. Sand (*Lélia*) et celui de Musset (*Namouna*).

8 novembre. — Elbinger Zeitung (Elbing, Prusse). Die Liebesbriefe der G. Sand.

8 novembre. — Fanfulla (Rome). Sur un prêt d'argent fait par G. Sand à Alfred de Musset.

8 novembre. — Général Anzeiger (Hambourg). Alfred de Musset, G. Sand et Sainte-Beuve.

8 novembre. — La Illustracion Española y Americana (Madrid). Alfred de Musset, G. Sand et les révélations du D*r* Pagello.

8 novembre. — La Nouvelle Mode. Alfred de Musset, G. Sand et le D*r* Pagello, par Actéon.

8 novembre. — Lyon Républicain, supplément (Lyon). Les lettres de G. Sand à Alfred de Musset, analyse et extraits, 2 et fin, par H. Lapauze.

9 novembre. — L'Écho de Paris. L'ombre d'Elle et l'ombre de Lui, par F. Vanderem.

9 novembre. — Express (Liège). Contre les publications actuelles.

9 novembre. — Express (Lyon). A propos des révélations sur G. Sand et le Dr Pagello.

9 novembre. — Kieler Zeitung (Kiel). Das Liebesver haltnitz zwischen Alfred de Musset und der G. Sand.

9 novembre. — La Petite Gironde (Bordeaux). Causerie Bordelaise, par Argus (sur G. Sand, A. de Sèze, Alfred de Musset, etc... d'après le Vte de Spoelberch de Lovenjoul).

9 novembre. — Le Républicain (Orléans). Extraits des lettres de G. Sand à Alfred de Musset.

9 novembre. — The St.-James-Gazette (Londres). G. Sand, Alfred de Musset and Dr Pagello.

9 novembre. — La Tribuna (Rome). Alfred de Musset, G. Sand et le Dr Pagello.

9-10 novembre. — Corriere della Sera (Milan). Le lettere di Giorgio Sand ad Alfredo di Musset.

10 novembre. — Le Figaro. Lettre de Mme Lardin de Musset demandant la restitution des autographes des lettres d'Alfred de Musset.

10 novembre. — The Globe (Londres). An old romance revived.

10 novembre. — Stamboul (Constantinople). Sur la publication des lettres de G. Sand à Alfred de Musset et des poésies d'Alfred de Musset à G. Sand.

11 novembre. — L'Éclair. Lettre de Mme Lardin de Musset au Figaro.

11 novembre. — Journal pour Tous. Le voyage d'Alfred de Musset et de G. Sand en Italie, extrait de la Biographie par Paul de Musset.

11 novembre. — Le Petit Marseillais (Marseille). Le plus heureux des trois, les lettres de G. Sand à Alfred de Musset, par A. Theuriet.

11-12 novembre. — Giornale di Sicilia (Palerme). Intermezzi mondani : Rileggendo, par Iobi.

12 novembre. — Le Réveil (Villeneuve-sur-Lot). Déceptions causées par les révélations actuelles.

12 novembre. — Pester Lloyd (Budapest). Alfred de Musset und G. Sand, par Ferdinand Borosthauh.

12-13 novembre. — Giornale di Sicilia (Palerme). Note sur un prêt d'argent fait par G. Sand à Alfred de Musset.

13 novembre. — Fanfulla (Rome). Traduction de la lettre de Mme Lardin de Musset au Figaro.

13 novembre. — Paris. Vivisection posthume, par H. Céard.

13 novembre. — La Tribune (Laon). Déshabillage posthume, par Mme Gaspard, avec extraits des lettres de G. Sand.

14 novembre. — Angers-Théâtre (Angers). Note sur la lettre de Mme Lardin de Musset au Figaro.

14 novembre. — Le Gaulois. Alfred de Musset dans les lettres de G. Sand à Sainte-Beuve, par H. Lapauze.

14 novembre. — The New Saturday. (Londres). Elle et Lui, histoire des amants de Venise.

14 novembre. — Le Progrès médical, p. 391. Les médecins amants : Pagello, Rebizzo, Alfred de Musset et G. Sand, par M. Baudouin.

14 novembre. — The Publisher Circular (Londres). Sur l'article de M. Brisson et la lettre de Mme Lardin de Musset.

14 novembre. — Revue Encyclopédique. Les prochaines révélations de Pagello, 1 portrait et 1 fac-similé d'autographe du Dr Pagello, 1 portrait d'Alfred de Musset et 3 portraits de G. Sand.

14 novembre. — L'Univers illustré. Sur Alfred de Musset et G. Sand, par Richard O'Monroy.

15 novembre. — La Revue de Paris, p. 276-301. Dix-sept lettres de George Sand à Sainte-Beuve (dont plusieurs relatives à Alfred de Musset). 1re partie.

15 novembre. — Le Courrier Français. Variations sur les amants de Venise, triolets par R. Ponchon.

15 novembre. — L'Écho de la Semaine, p. 106. Correspondance d'Alfred de Musset et de G. Sand, par E. Trolliet.

15 novembre. — L'Écho du Mexique (Mexico). Mot de Alfred de Musset sur G. Sand.

15 novembre. — Gazette Anecdotique, p. 641. G. Sand et Alfred de Musset, par G. d'Heilly.

15 novembre. — L'Illustrazione Italiana (Milan), p. 327. Il romanzo Sand-Musset-Pagello, I, par Raffaello Barbiera, avec 2 portraits en phototypie du Dr Pagello.

15 novembre. — Lyon républicain, supplément (Lyon). Suite du déballage des petits papiers, par Jumelles.

15 novembre. — La Liberté. Alfred de Musset et G. Sand dans les lettres de G. Sand à Sainte-Beuve.

15 novembre. — Revue des Revues, p. 376-386. Extraits des lettres de G. Sand à Alfred de Musset.

15 novembre. — Le Tam-Tam. Les Vide-Cuvettes, par Achille Lefranc.

15 novembre. — Le Temps. Alfred de Musset dans les lettres de G. Sand à Sainte-Beuve.

15 novembre. — Théâtre illustré (Angers). Note sur la lettre de Mme Lardin de Musset au Figaro.

15 novembre. — Le Soir. Note sur le démêlé Sand-Musset, par B. de Lomagne.

15-16 novembre. — Journal Égyptien (Le Caire). Trois petits poèmes à G. Sand par Alfred de Musset.

16 novembre. — Le Gaulois. Testament littéraire de G. Sand, sa lettre à A. Dumas fils.

16 novembre. — Gil Blas. L'Amour qui cause, par L. Lacour. — Encore Elle, les lettres de G. Sand à Sainte-Beuve, par Santillane. (2 articles.)

16 novembre. — La Gironde (Bordeaux). Alfred de Musset dans les lettres de G. Sand à Sainte-Beuve.

16 novembre. — Le Journal. Les exhumations Sand-Musset-Hugo, par A. Silvestre.

16 novembre. — Journal des Débats. Alfred de Musset dans les lettres de G. Sand à Sainte-Beuve.

16 novembre. — La Liberté. Sur les publications actuelles : Musset, Sand, Sainte-Beuve, Hugo.

16 novembre. — Le Temps. Note sur des négociations qui auraient été engagées par la Revue des Deux-Mondes avec la famille de Musset.

17 novembre. — Gil Blas. Féminités, par Colombine.

18 novembre. — L'Avenir de la Vienne (Poitiers). Fleurs fanées, par Émile Chasles.

19 novembre. — Le Journal. Lettres d'amour, par F. Coppée.

19 novembre. — Le Temps. Mozart, G. Sand et Alfred de Musset, à propos de Don Juan, par J. Claretie.

20 novembre. — The St.-James Budget (Londres). G. Sand, Alfred de Musset and Dr Pagello.

20 novembre. — Le Républicain Orléanais (Orléans). Alfred de Musset dans les lettres de G. Sand à Sainte-Beuve.

21 novembre. — Le Voltaire. Petits papiers, par V. de Cottens.

21 novembre. — La Revue Parisienne. Les révélations de G. Sand dans ses lettres à Alfred de Musset et à Sainte-Beuve.

21 novembre. — Neue Burger Zeitung (Neustadt). Die Liebesbriefe der George Sand an Alfred de Musset.

22 novembre. — Journal de Rouen (Rouen). Les révélations de G. Sand dans ses lettres à Alfred de Musset et à Sainte-Beuve.

22 novembre. — Journal de Marseille (Marseille). A propos des révélations sur G. Sand et sur Alfred de Musset, le livre de M. Rostand, publié en 1877, I, non signé.

22 novembre. — L'Illustrazione Italiana (Milan), p. 346. Il romanzo Sand-Musset-Pagello, II, par Raffaello Barbiera.

23 novembre. — Argonaut (San Francisco). A Literary scandal, by Dorsey.

23-24 novembre. — Journal de Marseille (Marseille).

A propos des révélations sur G. Sand et sur Alfred de Musset, etc..., II et fin.

24 novembre. — Le Temps. A propos de *Lorenzaccio,* Alfred de Musset et G. Sand à Venise, par A. Aderer.

24 novembre. — Le Journal. De la critique actuelle, rêve et réalité, par E. Zola.

18-25 novembre. — Le Tout-Biarritz (Biarritz). Mémoires et correspondances, par Valmy Baysse.

25 novembre. — Le Figaro. Les lettres de G. Sand à Alfred de Musset et à Sainte-Beuve, par F. Lemaitre.

25 novembre. — Le Gaulois. La Conception de l'amour chez Alfred de Musset; Alfred de Musset et G. Sand, à propos de *Lorenzaccio.*

25 novembre. — Le Siècle. Sainte-Beuve, G. Sand et Alfred de Musset par Leo Marchès.

13-25 novembre. — Novoïe Wremya (Pétersbourg). Alfred de Musset et G. Sand, extraits des lettres.

25-26 novembre. — Giornale di Sicilia (Palerme). Poésie du Dr Pagello à une dame : « Mentre la folla spia. »

26 novembre. — Le National. Tombes ouvertes, n. signé.

26 novembre. — Le Siècle de Lyon (Lyon). Sainte-Beuve, Alfred de Musset et les lettres de G. Sand.

27 novembre. — The Pall Mall Gazette (Londres). The romance of G. Sand revived.

27 novembre. — Gil Blas. Alfred de Musset et G. Sand à propos des poètes à l'Odéon, par Ch. Martel, et des Mémoires de Got, par M. Guillemot. (2 articles.)

28 novembre. — La Petite République. La Vérité, par H. Brissac.

28 novembre. — L'Art et la Mode, p. 896. G. Sand et Alfred de Musset.

28 novembre. — The Queen (Londres). Sur la lettre de G. Sand à Alexandre Dumas fils.

28 novembre. — The Publisher Circular (Londres). Sur les lettres de G. Sand à Alfred de Musset et à Sainte-Beuve.

28 novembre. — Le Moniteur Universel. Sur les correspondances de V. Hugo, Sainte-Beuve, Alfred de Musset et G. Sand, par L. Barracaud.

28 novembre. — Le Courrier des États-Unis (New-York). Sur la lettre de Mme Lardin de Musset au Figaro.

28-29 novembre. — La Meuse (Liège). Anecdote sur G. Sand.

29 novembre. — L'Événement. Note sur la publication des Lettres d'amour.

29 novembre. — Les Annales politiques et littéraires, p. 339. Le talent d'Alfred de Musset (*Les Nuits*), par E. Faguet.

29 novembre. — Le Radical (Marseille). La Vérité, par H. Brissac.

29 novembre. — L'Illustrazione Italiana (Milan), p. 362. Il romanzo Sand-Musset-Pagello, III et fin, par Raffaello Barbiera.

30 novembre. — Le Gaulois. Souvenirs de la crise de Venise dans *On ne badine pas avec l'amour*, par A. Galdemar.

30 novembre. — The Freemans Journal (Dublin). Alfred de Musset et G. Sand, Mérimée et Sainte-Beuve, Correspondances.

22-30 novembre. — Nouvelle Revue Internationale, p. 733. Les amours de G. Sand et d'Alfred de Musset, par H. de Beautiran.

1er décembre. — Revue des Revues. Critique de la correspondance de G. Sand et de Sainte-Beuve.

1er décembre. — La Revue de Paris, p. 559. Lettres de G. Sand à Sainte-Beuve, II et fin.

1er décembre. — The Siam Free Press (Bangkok). Alfred de Musset et G. Sand.

1er décembre. — Revue d'art dramatique, p. 107. Alfred de Musset et G. Sand dans *On ne badine pas avec l'amour*, par R. Sparck.

1er décembre. — Revue illustrée, p. 372. Les révélations actuelles sur Musset et G. Sand, par C. Legrand.

1er décembre. — La Época (Madrid). Arte y vida, por Zeda.

1er décembre. — Mercure de France, p. 556. Alfred de Musset, G. Sand et le Dr Pagello.

1er décembre. — Le Magasin littéraire, p. 455-456. Les lettres de G. Sand à Alfred de Musset et à Sainte-Beuve. Portraits d'Alfred de Musset d'après E. Lami et de G. Sand d'après E. Delacroix.

2 décembre. — Le Temps. Sur la 2e partie des Lettres de G. Sand à Sainte-Beuve.

3 décembre. — L'Éclair. Notes sur la correspondance Sand-Musset-Sainte-Beuve.

3 décembre. — Gil-Blas. Le scandale Sand-Musset, à propos du Livre d'Amour de Sainte-Beuve.

3 décembre. — La Paix. Droit au silence, par J. Merac. — G. Sand et les révélations de M. Marieton. (2 articles.)

4-5 décembre. — Giornale di Sicilia (Palerme). G. Sand et d'Alfred de Musset, par Iobi.

5 décembre. — Le Figaro. Mademoiselle Byron, par J. Aicard.

5 décembre. — Heraldo de Madrid (Madrid). Note sur la correspondance de G. Sand et d'Alfred de Musset à propos de la 1re représentation de Lorenzaccio.

5 décembre. — La Patrie (Montréal). Le club des silencieux, par M. Guillemot.

5 décembre. — The Publisher Circular (Londres). Chez M. de Spoelberch de Lovenjoul : les dessins de Alfred de Musset sur l'album de G. Sand.

6 décembre. — Les Annales politiques et littéraires, p. 360. G. Sand et le Voyage en Italie, à propos de Lorenzaccio, par G. Geoffroy.

6 décembre. — World (New-York). Comments on the

newly published letters of G. Sand to Alfred de Musset, by Mrs Anna de Koven.

7 décembre. — Maill and Express (New-York). Alfred de Musset and G. Sand by R. H. Stoddard.

7 décembre. — La Patrie (Montréal). Réponse à M. H. Garneau, par Françoise.

9 décembre. — La Dépêche (Toulouse). De la gloire : différence de la douleur chez Alfred de Musset et chez Chopin, trahis tous deux par G. Sand, par A. Silvestre.

9 décembre. — Le Libéral (Cambrai). Sur le discrédit occasionné par la publication des petits papiers, par H. Gibout.

9 décembre. — Taegliche Rundschau (Berlin). Note sur les révélations de la Revue hebdomadaire.

10 décembre. — Le Correspondant, p. 831. La littérature indiscrète, par H. Chantavoine.

10 décembre. — The English Maill (Francfort-Mein). The romance of G. Sand revived.

12 décembre. — La Revue hebdomadaire, p. 251. Les lettres d'Alfred de Musset à G. Sand, une lettre inconnue, par O. Uzanne.

12 décembre. — The Evening Post (New-York). L'actualité d'Alfred de Musset.

12 décembre. — Torch. (Londres). Note sur Alfred de Musset et G. Sand.

13 décembre. — Le Journal illustré. Musset-Sand-Pagello, les Chercheurs et M. J. Lemaitre, par Alf. Barbou.

13-14 décembre. — Het Vaderland (La Haye). Les révélations sur Alfred de Musset et G. Sand.

14 décembre. — Le Charivari. N'est-ce pas bientôt fini?

14 décembre. — Journal de Rouen. Le Dr Pagello défendu par le Marquis Paulucci di Calboli.

14 décembre. — Journal des Débats. — Le Dr Pagello défendu par le Mis Paulucci di Calboli.

15 décembre. — Le Charivari. Fragments de deux lettres de G. Sand sur Alfred de Musset.

15 décembre. — L'Événement. Le Dr Pagello défendu par le Mis Paulucci di Calboli.

15 décembre. — La Nouvelle Revue, p. 852. Sur les exhumations actuelles, par E. Ledrain.

15 décembre. — La Petite Gironde (Bordeaux). Pour Pagello, par P. B.

15 décembre. — Revue des Revues, p. 570. Pagello poète, par R. Paulucci di Calboli, avec un portrait du Dr Pagello. — G. Sand intime, ses lettres à l'abbé Rochet. (2 articles.)

15 décembre. — Review of Reviews (Londres). Les lettres de G. Sand à Alfred de Musset.

15 décembre. — La Quinzaine, p. 542. L'envers des Grands Hommes, par Gabriel Aubray.

15 décembre. — Simple Revue, p. 369. Alfred de Musset et G. Sand, par G. Wernert.

16 décembre. — Le Figaro. Les premières amours de Musset et de G. Sand, avec extraits de leurs lettres, par P. Mariéton. — Jugement de Lamartine et de Renan sur la liaison de G. Sand avec Alfred de Musset. (2 articles.)

16 décembre. — Journal de Maurice (Port-Louis, île Maurice). Romans d'outre-tombe, par Ad. Brisson.

17 décembre. — L'Événement. Lui, toujours ; Elle, toujours, par Le Sphinx. (V. Brunières.)

17 décembre. — Le Figaro. Le marquis Paulucci et le Dr Pagello. — Note sur l'article de O. Uzanne. — Note sur le jeu des petits papiers.

17 décembre. — Le Temps. Encore l'affaire Sand-Musset, extrait des Lettres d'Alfred de Musset à G. Sand.

18 décembre. — The Daily Chronicle (Londres). Sur les femmes d'Alfred de Musset.

18 décembre. — The Levant Herald (Constantinople). Le Dr Pagello et le marquis Paulucci di Calboli.

18 décembre. — The Morning (Londres). Note relative au livre de M. Mariéton.

18 décembre. — Le Petit Champenois (Chaumont). Les révélations de M. Mariéton sur Alfred de Musset et G. Sand, par P. C.

18 décembre. — La Petite République. Psychologie de Concierges : nouveau livre de M. Mariéton, extraits des lettres d'Alfred de Musset à G. Sand, par Louis Marle.

19 décembre. — Le Clairon (Londres). Renouvellement du scandale Sand-Musset.

19 décembre. — L'Écho du public. Demande de renseignements.

19 décembre. — Le Gaulois. Projets de nouveaux noms pour les galeries du Palais-Royal.

19 décembre. — Journal des Débats. Les révélations sur Alfred de Musset et G. Sand, à propos du livre de M. Mariéton.

19 décembre. — La Patrie (Montréal). Alfred de Musset et G. Sand, d'après les lettres de G. Sand, par Godfroid Langlois.

20 décembre. — La France (Santiago). La querelle Sand-Musset et Mᵐᵉ Lardin de Musset, par J. Bernard.

20 décembre. — Le Jour. Sur les Amants de Venise, de P. Mariéton, par Jean Babillard.

20 décembre. — Le Ménestrel. Le Don Juan d'Alfred de Musset et celui de G. Sand, par J. Tiersot.

21 décembre. — La France. Alfred de Musset et G. Sand, le *Soir* de G. Sand, par E. Blavet.

Reproduit : Le Nord, 21 décembre.

21 décembre. — Stampa (Turin). Il cuore di Giorgio Sand : De Musset, Pagello e l'abate Rochet.

21 décembre. — Le Stephanois (Saint-Étienne). Alfred de Musset, G. Sand et M. Mariéton, par Ignotus.

22 décembre. — Le Journal. Le désespoir de Lélia, extrait du Journal intime de G. Sand, par P. Mariéton.

23 décembre. — L'Éclair. Note relative au livre de M. Mariéton.

23 décembre. — Le Figaro. Sur le livre de M. Mariéton. — Sur la *Nuit de Venise* à la Bodinière. (2 articles.)

23 décembre. — Le Temps. G. Sand et Alfred de Musset : extraits du Journal intime de G. Sand, deux lettres d'Alfred de Musset à G. Sand, par P. Mariéton.

24 décembre. — L'Écho de Paris. Annonce du livre de M. Mariéton.

24 décembre. — La Presse. Les Amants de Venise, par Jane de La Vaudère.

25 décembre. — La Chronique littéraire (Nyon, Suisse), p. 2. G. Sand et Alfred de Musset, par P. Clarensac.

26 décembre. — L'Illustration. Grande revue de Shalon, passée par G. Sand et Alfred de Musset, texte et dessins par Henriot.

26 décembre. — The Academy (Londres), p. 597. Les lettres d'Alfred de Musset à G. Sand.

28 décembre. — Gil Blas. Citation d'une lettre de G. Sand à Alfred de Musset, par L. Lacour.

29 décembre. — Journal de Maurice (Port-Louis, île Maurice). Note sur F. Mallefille, à propos de l'affaire Sand-Musset, par Vetivert.

30 décembre. — La Réforme (Bruxelles). Lui et Elle, par Frantz Delba, avec deux portraits.

31 décembre. — Le Figaro. Annonce de la publication du livre de M. Mariéton.

31 décembre. — Gil Blas. G. Sand et Alfred de Musset dans la Revue de la Bodinière.

31 décembre. — La Province Artistique (Orange, près Vaucluse). Alfred de Musset et G. Sand, le livre de M. Mariéton.

1897

UNE HISTOIRE D'AMOUR. G. Sand et Alfred de Musset,

documents inédits, lettres d'Alfred de Musset, par Paul
Mariéton. Paris, G. Havard fils. 1897. 1 vol. in-12.

1er janvier. — L'Écho de Paris. Nohant, par A.

2 janvier. — L'Art et la Mode. Note humoristique sur
la correspondance Sand-Musset.

2 janvier. — La Vie Parisienne, p. 1, 9, 10. Théâtre
des Trétaux, texte et dessins par Sahib.

2 janvier. — L'Écho de Paris. Critique de *Une Histoire
d'amour,* par H. Bauer.

2 janvier. — Le Progrès médical, p. 12. Les Médecins
amants, II, par Marcel Baudouin.

3 janvier. — L'Écho de Genève (Genève). Anecdote :
un dîner chez G. Sand, par J. Troubat.

5 janvier. — Le Figaro. Note sur la *Véritable Histoire
d'Elle et Lui* du Vte de Spoelberch de Lovenjoul.

7 janvier. — Le Charivari. Démolition des statues,
vignette non signée.

8 janvier.—Le Gaulois. Annonce du livre de M. Mariéton.

9 janvier. — The London Illustrated Stand (Londres).
Alfred de Musset et G. Sand.

9 janvier. — Le Rappel. Elle et Lui, Lui et Elle, par
H. Fouquier.

9 janvier. — L'Illustration. Critique du livre de M. Mariéton.

12 janvier. — Gil Blas. Ce que G. Sand voulait être
pour Alfred de Musset, par Colombine.

12 janvier. — L'Écho de Paris. Note sur le livre de
M. Mariéton.

14 janvier. — La Libre Parole. Note sur le livre de
M. Mariéton.

15 janvier. — Revue des Deux-Mondes, p. 450. Alfred
de Musset et G. Sand, par R. Doumic.

17 janvier. — Gil Blas. Un Genre, par P. Veber.

17 janvier. — Le Voltaire. Petit dialogue des morts,
par M. Leblond.

22 janvier. — Le Figaro. Alfred de Musset et G. Sand, à propos de Mérimée, par Larroumet.

27 janvier. — The Daily Chronicle (Londres). L'affaire Sand-Musset-Pagello, publications de la Revue de Paris.

30 janvier. — L'Illustration, p. 25. Portrait charge d'Alfred de Musset, par Malatesta.

THE YELLOW BOOK AN ILLUSTRATED QUARTELY. Volume XII, January. 1897. John Lane, the Bodley Heard London and New-York. 1 vol. in-8° carré. — p. 15 à 38. She and He, by Henry James.

1er février. — Cosmopolis. T. V, page 417. Lettres de G. Sand à son mari, M. C. Dudevant.

1er février. — The Free Review (Londres), p. 513. Jugement sur l'état mental de Alfred de Musset et de G. Sand, par W. M. G.

1er février. — Le Journal. Du procès intenté à M. Mariéton.

1er février. — Le National. Quelques mots sur la correspondance Sand-Musset.

1er février. — Revue des Revues. Ce que M. Doumic dit d'Alfred de Musset et de G. Sand dans la Revue des Deux-Mondes.

2 février. — Journal des Débats. A propos des lettres de G. Sand à son mari.

2 février. — Le Voltaire. Lettres d'amour, par Raoul Deberdt.

2 février. — Le Figaro. Note sur la publication des lettres de G. Sand à son mari.

2 février. — Le Précurseur (Anvers). G. Sand et son mari ; voyage de G. Sand avec Alfred de Musset en Italie.

5 février. — L'Événement. Note sur la publication des lettres de G. Sand à son mari.

6 février. — La Semaine littéraire (Genève). Extraits · des lettres de G. Sand à son mari.

7 février. — The Weekly Sun (Londres). George Sand and Alfred de Musset, by T. P.

8 février. — Journal de Maurice (Port-Louis, île Maurice). Cinq petits poèmes à G. Sand, par Alfred de Musset.

8 février. — La Semaine littéraire (Genève). Sur les lettres de G. Sand à son mari.

10 février. — La Gironde (Bordeaux). Critique du livre de M. Mariéton, par G. Roturier.

13 février. — The Queen (Londres). Ce que M. H. James dit de Alfred de Musset et de G. Sand dans *The Yellow Book*. — Sur les lettres de G. Sand à son mari. (2 articles.)

Interdiction d'Une Nuit de Venise, pièce de M. Mongerolle (1). Avant le procès, les débats, jugement. Le Journal, 13 février. — L'Événement, Le Gaulois, Gil Blas, Le Journal, La Libre Parole, La Liberté, Le Soleil, 14 février. — L'Écho de Paris, L'Éclair, Journal des Débats, La Libre Parole, The New-York Herald (Paris), Le Soleil, Le Temps, The Daily Telegraph (Londres), La Presse, 15 février. — Konigsberger Hartungsche Zeitung (Koenigsberg), 16 février. — L'Express (Mulhouse), 18 février. — Neue Badischelandes Zeitung (Manheim), Le Rappel, Levant Herald (Constantinople), 19 février. — La Presse, L'Illustration, 20 février. — The Referée (Londres), 21 février. — Fanfulla (Rome), 25 février. — La Liberté, 2 mars. — Gil Blas, Le Journal, Journal des Débats, 3 mars. — L'Éclair, L'Intransigeant, La Petite République, Le Temps, 4 mars.

---

(1) UNE NUIT DE VENISE, fantaisie en 1 acte, en vers, par M. J. Mongerolle, devait être représentée le 13 février 1897 sur le Théâtre Mondain, de la cité d'Antin, à Paris, avec cette distribution :

La Muse	Mlle Augustine LERICHE.

La Muse . . . . Mlle Augustine LERICHE.
Beppa (George Sand). . . .   CAUMONT.
Le Poète (Alfred de Musset).   M. Paul FRANCK.
Le Docteur (le Dr Pagello). .   P. GARBAGNI.

Les invités trouvèrent la salle occupée par la police. Mais malgré cette interdiction et le procès qui s'en suivit, cette pièce fut représentée le 24 mars 1897, sous le titre de *Le Druide*, au même théâtre. Je ne crois pas qu'elle ait été imprimée, il ne doit exister que le programme de la représentation.

The Morning (Londres), 5 mars. — La Tribuna (Rome), 7 mars. — The Daily News (Londres), 14 mars. — Gil Blas, Journal des Débats, Le Temps, Le Soir, Le Gaulois, Le Figaro, La Loi, The Daily Telegraph (Londres), 17 mars. — La Petite République, L'Écho de Paris, Le Moniteur Universel, Saint-James Gazette (Londres), The Musical Courrier (Londres), 18 mars. — Novoïe Wremya (Pétersbourg), 12-24 mars. — The New-York Times (New-York), 27 mars.

14 février. — Le Salut Public (Lyon). — Critique du livre de M. Mariéton.

14 février. — Petit Journal pour Rire, 5ᵉ série, nᵒ 7. Encore Alfred de Musset et G. Sand.

15 février. — Nouvelle Revue Européenne, p. 158. Critique du livre de M. Mariéton, par H. Buffenoir.

Docteur Cabanès. Le Cabinet secret de l'Histoire. 2ᵉ série. Paris. Librairie de A. Charles et aux Bureaux de la Chronique Médicale. 1897. 1 vol. in-12 carré. — p. 275 à 332. Un roman vécu à trois personnages, avec 4 portraits et 1 page de fac-similés d'autographes.

16 février. — Gil Blas. Aux familles Sand et de Musset, par Le Facteur.

16 février. — Le National. Messieurs, la famille ! par G. Jubin.

Reproduit : L'Indépendant de l'Est (Bar-le-Duc), 18 février.

16 février. — Journal de Rouen. Alfred de Musset et G. Sand, à propos de l'interdiction d'*Une Nuit de Venise*.

17 février. — Le Charivari. Réflexions sur l'interdiction d'*Une Nuit de Venise*, par P. Véron.

17 février. — Le Progrès de la Côte-d'Or (Dijon). Au seuil d'un siècle, par R. Des Varennes.

19 février. — L'Événement. L'affaire Sand-Musset, à propos du livre de M. Mariéton et de l'interdiction d'*Une Nuit de Venise*.

20 février. — Le Figaro. Lettre par A. Daudet.

Procès intenté à M. Mariéton par la famille Sand. Avant le procès, les débats, jugement : Le Figaro, Le Gaulois, Gil Blas, Le Journal, Journal des Débats, La Presse, Le Soleil, Le Temps, Gazette des Tribunaux, The Standard (Londres), 20 février. — Le Moniteur Universel, 21 février. — Gazette des Tribunaux, La Liberté, 26 février. — Le Petit Moniteur, The Manchester Guardian (Manchester), 27 février. — La Paix, 28 février. — Gazette des Tribunaux, Le Droit, Le Soir, Le Petit Temps, Gil Blas, Journal des Débats, Le Gaulois, Le Progrès de la Somme (Amiens), 12 mars. — L'Écho de Paris, La Loi, Journal des Débats, 13 mars. — Franckfurter Zeitung (Francfort), 14 mars. — Revue des Grands Procès contemporains, avril, p. 191.

20 février. — The National Observer (Londres). Analyse de l'article de *The Yellow Book*.

22 février. — Le Journal. Elle, Lui, Nous, par A. Hepp.

22 février. — La Libre Parole. Réclame pour le livre de M. Mariéton.

22-23 février. — Journal de Marseille. Lettres d'amour, à propos du procès Mariéton, d'après Le Figaro.

25 février. — Le Journal. Annonce du livre de M. de Spoelberch de Lovenjoul.

Vᵗᵉ DE SPOELBERCH DE LOVENJOUL. LA VÉRITABLE HISTOIRE DE ELLE ET LUI, notes et documents. Paris, Calmann Lévy, 1897. 1 vol. in-12.

Critiques du livre de M. de Spoelberch de Lovenjoul : The Daily Chronicle (Londres), 1ᵉʳ mars. — La République Française, 2 mars. — Journal de Bruxelles, 3 mars. — L'Univers Illustré, l'Illustration, 6 mars. — L'Indépendance Belge, supplément, (Bruxelles), 7 mars. — Le Jour, 8 mars. — La Presse, 9 mars. — Le Moniteur Universel, 10 mars. — Théâtre Illustré (Angers), Atheneum (Londres), The Academy (Londres), Revue

Encyclopédique, 13 mars. — Mémorial de la librairie française, 18 mars. — Le Monde illustré, 20 mars. — L'Événement, The New-York Herald, Revue Britannique, 22 mars. — La Paix, 31 mars. — Le Constitutionnel, Le Figaro illustré, p. XV, Revue Suisse (Lausanne), Revue Générale (Bruxelles), 1er avril. — Franckfurter Zeitung (Franckfort), 4 avril. — Bulletin de l'Office de Publicité (Bruxelles), 6 avril. — The Publisher circular (Londres), 10 avril. — L'Art Moderne (Bruxelles), 25 avril. Revue critique d'histoire et de littérature, p. 337, 26 avril.

25 février. — L'Ère nouvelle (Tarbes). Les Morts qu'on tue, par De Lomné.

27 février. — La Jeune Belgique (Bruxelles), p. 79. Analyse de la conférence de M. R. Cantel sur Alfred de Musset et G. Sand.

28 février. — Le Cri de Paris. Note sur le livre de M. Mariéton.

1er mars. — La Nouvelle Revue. Critique du livre de M. Mariéton, par Rodocanachi.

1er mars. — The Nineteenth Century (Londres), p. 428. The limits of biography, by Ch. Whibbey.

8 mars. — La Petite Gironde (Bordeaux). Sur les lettres de G. Sand à Chopin.

10 mars. — La Gironde (Bordeaux). Critique du livre de M. Mariéton, par G. Routurier.

10 mars. — Le Courrier de l'Aisne (Laon). Sur les lettres de G. Sand à Chopin.

12 mars. — Le Moniteur universel. Critique du livre de M. Mariéton, par L. Barracaud.

12 mars. — Le Gaulois. La Potinière des Trépassés, par J. Montet.

15 mars. — Journal des Débats. Note sur les livres de MM. de Spoelberch de Lovenjoul et P. Mariéton.

15 mars. — Nouvelle Revue Internationale, p. 313. La bonne dame de Nohant, par Édouard Achard.

17 mars. — Gil Blas. G. Sand et M. Grévy, échange de la correspondance d'Alfred de Musset, par Santillane.

25 mars. — Le Journal. Sur la représentation de *Le Druide* (*Une Nuit de Venise*), de M. Mongerolle.

26 mars. — Le Réformiste. Critique du livre de M. Mariéton.

31 mars. — Gazette Anecdotique, p. 189. Sur l'article du Dr Cabanès, réimprimé dans son *Cabinet secret,* etc.

1er avril. — Nouvelle Revue Européenne. Article par M. H. Buffenoir.

1er avril. — Nouvelle Revue Internationale. L'affaire de Elle et Lui d'après MM. de Spoelberch de Lovenjoul, Cabanès, Clouard et Mariéton.

2 avril. — Le Rappel. La 1re représentation de *Le Druide (Une Nuit de Venise),* par P. Desachy.

13 avril. — La Presse. Lettres posthumes, l'opinion de G. Sand, par M. de Bare.

14 avril. — La France. Opinion de G. Sand sur les lettres posthumes, fac-similé d'une lettre de G. Sand.

15 avril. — Nouvelle Revue Internationale, p. 427. Les Briseurs d'idole, par Séverine.— p. 430. Fac-similé d'une lettre de G. Sand relative aux publications posthumes.

15 avril. — Revue Universitaire, p. 406. Critique du livre de M. Mariéton et Note sur le livre de M. de Spoelberch de Lovenjoul.

Les Lettres de G. Sand et d'Alfred de Musset. Plaidoirie de Me G. Beurdeley, défenseur de MM. P. Mariéton et Havard fils. Extrait de la Revue des Grands Procès contemporains. Paris, A. Chevalier-Marescq, 1897. Br. in-8^0.

Mai. — The Bookmann (New-York). Note sur le livre de M. de Spoelberch de Lovenjoul.

3 mai. — L'Écho de Paris. Que deviendront les originaux des lettres de G. Sand ?

15 mai. — La Revue de Paris, p. 312. La fin d'une

légende, par S. Rocheblave, avec Extraits du Journal de G. Sand et des lettres d'Alfred de Musset et de G. Sand.

15 mai. — Journal des Débats. Sur l'article de M. Rocheblave dans la Revue de Paris.

15 mai. — La Nouvelle Revue, p. 288. L'amour et la mort : Alfred de Musset après sa rupture avec G. Sand, par Louis Proal.

19 mai. — Le Petit Temps. Analyse de l'article de M. Rocheblave.

20 mai. — Le Figaro. Critique du livre de M. de Spoelberch de Lovenjoul.

21 mai. — La République du Var (Toulon). G. Sand et Alfred de Musset, d'après M. Rocheblave.

21 mai. — L'Éclair. Note sur le débat, par P. Arène.

29 mai. — The Publisher Circular (Londres). Critique du livre de M. de Spoelberch de Lovenjoul.

31 mai. — Gazette de France. Critique des Livres de MM. de Spoelberch de Lovenjoul et P. Mariéton.

31 mai-1er juin. — Journal de Marseille. Critique de l'article de M. Rocheblave.

1er juin. — La Gironde (Bordeaux). Critique du livre de M. de Spoelberch de Lovenjoul.

1er juin. — Corriere di Napoli (Naples). Critique de la Conférence de M. R. Marvasi.

HUGUES LAPAIRE ET FIRMIN ROZ. LA BONNE DAME DE NOHANT, avec le portrait de G. Sand par Th. Couture. Paris, Société des Publications, F. Laur, 1897. 1 vol. in-12.

6 juin. — Le Rappel. Le droit de citation, par André Balz.

11 juin. — Journal des Débats. Critique de *La Bonne Dame de Nohant*.

19 juin. — La Jeune Belgique (Bruxelles). Critique du livre de M. de Spoelberch de Lovenjoul et note sur l'article de M. Clouard, par Robert Cantel.

GEORGE SAND. LETTRES A ALFRED DE MUSSET ET A SAINTE-BEUVE. Paris, Calmann-Lévy, 1897. 1 vol. in-12.

22 juin. — La République Française. Écrivassières et Épistolières, par Ad. Brisson.

24 juin. — Le Gaulois. Opinion sur le docteur Pagello par ses concitoyens.

25 juin. — Journal du Cher (Bourges). Critique de *La Bonne Dame de Nohant*.

26 juin. — Le Gaulois. Note sur la publication en volume des lettres de G. Sand à Alfred de Musset et à Sainte-Beuve.

26 juin. — Le Journal. Note sur la publication en volume des lettres de G. Sand à Alfred de Musset et à Sainte-Beuve.

27 juin. — L'Éclaireur (Nice). Le Dr Pagello et ses concitoyens.

30 juin. — Journal de Genève (Genève). Sur la publication en volume des lettres de G. Sand à Alfred de Musset et Sainte-Beuve, et sur la Préface de M. Rocheblave.

3 juillet. — The Atheneum (Londres). Note sur les livres de MM. de Spoelberch de Lovenjoul et P. Mariéton.

3 juillet. — La Patrie. Sur la publication en volume des lettres de G. Sand à Alfred de Musset et à Sainte-Beuve.

4 juillet. — Le Courrier du Soir. Note sur ceux qui peuvent lire la correspondance de G. Sand avec Alfred de Musset.

4 juillet. — The New-York Herald. Sur la publication en volume des lettres de G. Sand à Alfred de Musset et à Sainte-Beuve.

7 juillet. — Le Courrier du Soir. Sur le Dr Pagello et G. Sand, par P. Baragnon.

7 juillet. — La Epoca (Madrid). Un drama de Amor (M. Rocheblave), par Zeda.

7 juillet. — L'Éclair. Le plus heureux des trois, par E. Ledrain.

10 juillet. — L'Univers Illustré, p. 442. La publication en volume des lettres de G. Sand à Alfred de Musset et à Sainte-Beuve ; MM. Rocheblave et de Spoelberch de Lovenjoul, par H. Rabusson.

15 juillet. — La Revue de Paris, couverture. Note sur les lettres de G. Sand à Sainte-Beuve.

25 juillet. — L'Indépendance Belge, supplément. (Bruxelles). Sur ce que MM. de Spoelberch de Lovenjoul et Rocheblave disent des amours de G. Sand et de Alfred de Musset.

PORTRAITS INTIMES, PAR ADOLPHE BRISSON. 3ᵉ série. Paris, A. Colin, 1879. 1 vol. in-12. — p. 79 et 89.

9 août. — Franckfurter Zeitung (Francfort). Les Lettres de G. Sand à Alfred de Musset et à Sainte-Beuve. Sur les articles de MM. Mariéton, de Spoelberch de Lovenjoul, Clouard, Cabanès et Rocheblave.

13 août. — Berliner Borsen Zeitung (Berlin). Les Lettres de G. Sand à Alfred de Musset et à Sainte-Beuve ; sur les études de Mᵐᵉ A. Barine, et de MM. Mariéton, de Spoelberch de Lovenjoul, Clouard, Cabanès et Rocheblave.

15 août. — Bulletin du Bibliophile. Critique du livre de M. de Spoelberch de Lovenjoul.

25 août. — L'Express (Brest). Des documents que possède M. de Spoelberch de Lovenjoul, par Jean Bernard.

1ᵉʳ septembre. — Revue des Deux-Mondes, couverture. Appréciation sur les lettres de G. Sand à Alfred de Musset et à Sainte-Beuve.

7 septembre. — Le Gaulois. Lettres de G. Sand, E. Süe, V. Hugo, G. de Nerval sur les publications posthumes, par H. Lapauze.

15 septembre. — La Revue Idéaliste, p. 339. G. Sand et Alfred de Musset d'après plusieurs livres récents, par E. Trolliet.

15 septembre. — Nouvelle Revue Européenne, p. 730. Critique des lettres de G. Sand à Alfred de Musset et de la Préface de M. Rocheblave.

19 septembre. — Neue free Press (Vienne). Er und Die, und der Andere.

19 septembre. — Le Messager de Paris. Critique des Lettres de G. Sand à Alfred de Musset et à Sainte-Beuve, par J. Guillemot.

30 septembre. — Berliner Zeitung (Berlin). Neue briefe der George Sand (d'après la Nouvelle Revue).

1er octobre. — L'Express (Brest). Ce que le Dr Cabanès dit d'Alfred de Musset et de G. Sand dans son *Cabinet secret de l'histoire*.

5 octobre. — Hufvudsbladet (Helsingfors, Russie). Herr' Julien Leclercq's forelasning, par A.

7 octobre. — Courrier de Haïphong. Les collections de M. de Spoelberch de Lovenjoul, l'album de dessins d'Alfred de Musset, par Jean Bernard.

25 septembre-9 octobre. — Novoie Wremya (Pétersbourg). Critique des Lettres de G. Sand à Alfred de Musset et à Sainte-Beuve, sur M. Rocheblave.

16-17 octobre. — Le Gaulois, supplément. Ce que Mlle Colin dit de G. Sand.

30 octobre. — Le Figaro. Ce que Brichanteau pense des amoureux de Venise, par J. Claretie.

René Doumic. Études sur la littérature Française. 2e série. Paris, Perrin et Cie, 1898. 1 vol. in-12. — p. 149. Amours Romantiques.

1er novembre. — Gil Blas. Le Règne du Potin, par P. Weber.

8 novembre. — L'Événement. Le retour à G. Sand, critique de *La Bonne Dame de Nohant*, par E. Des Essarts.

Reproduit dans : Le Moniteur du Puy-de-Dôme (Clermont), 19 novembre. — Nouvelle Chronique Parisienne, 25 novembre.

28 novembre. — Gazette de France. Ce que M. Doumic dit d'Alfred de Musset et de G. Sand.

7 décembre. — La Libre Parole. Réminiscences des amours d'Alfred de Musset et de G. Sand, par E. Drumont.

9 décembre. — Le Figaro. Note sur la conférence de M. Doumic, relative à Alfred de Musset, à G. Sand et au Dr Pagello.

1898

2 janvier. — La Presse. Souvenir des polémiques de 1896-1897.

10 janvier. — Le Gaulois. Qu'est devenue la copie de la correspondance de G. Sand et d'Alfred de Musset faite par Mme C. Jaubert ?

17 janvier. — Gil Blas. Note concernant M. Mariéton.

20 janvier. — Études religieuses, p. 245. Ce que M. Doumic dit de la correspondance Sand-Musset.

3 février. — Le National. Tout s'arrange, par H. Céard.

26 février. — L'Evénement. Un Grand amoureux, par H. de Weindel.

26 février. — Le Gaulois. La fin d'un roman, par Tout Paris.

26 février. — Gil Blas. L'Autre, par Santillane.

26 février. — Le Journal. La Gloire d'aimer, par A. Hepp.

26 février. — Le National. Notes quotidiennes, par Emmanuel François.

Reproduit dans : La Réforme, 27 février.

27 février. — La Liberté. Soliloques, par Pierre Valdagne.

28 février. — Le XIXe Siècle. Chronique : Mort du Dr Pagello, par P. Ginisty.

1er mars. — L'Écho de Paris. Chronique, par Colomba.

1er mars. — Le Petit Provençal (Marseille). Pagello et G. Sand, par Clovis Hugues.

1er mars. — Le Radical. Le beau Pagello, par Jean de Montmartre.

1er mars. — La Réforme (Bruxelles). Le Dr Pagello, par Milio, avec portrait.

2 mars. — La France (Bordeaux). Le Dr Pagello et G. Sand, par Clovis Hugues

2 mars. — Le Matin. L'amour des illustres, non signé.

2 mars. — Le Messin (Metz). Mort du Dr Pagello et extraits des lettres de G. Sand.

2 mars. — La Petite Gironde (Bordeaux). — Causerie, par Simplice.

3 mars. — La Fronde. Ménage d'artiste, par Marcelle Tinayre.

3 mars. — La Lanterne. G. Sand et le Dr Pagello, non signé.

3 mars. — Le Nouvelliste (Bordeaux). Le Dr Pagello, par Jacques Curieux.

5 mars. — L'Illustration, p. 178. A propos de la mort du Dr Pagello, par Rastignac.

5 mars. — Revue Hebdomadaire, p. 134. Le plus sage des trois, par F. Sarcey.

Reproduit : L'Indépendance Belge (Bruxelles), 13 mars.

9 mars. — The Evening Transcript (Boston). Alfred de Musset, G. Sand et Sainte-Beuve, d'après M. Doumic.

10 mars. — Le Jour. Oraison funèbre, par Ed. Deschaume.

11 mars. — Fremdenblatt (Vienne). Pietro Pagello in seinen Beziehungen, fur Henry Perl.

12 mars. — Saint-James Gazette (Londres). A propos de la mort du Dr Pagello.

ESSAIS DE CRITIQUE DRAMATIQUE, PAR ANTOINE BENOIST. Paris, Hachette, 1898. 1 vol. in-12. — Alfred de Musset, G. Sand, leur théâtre, etc... passim de p. 1 à 131.

15 mars. — Revue des Revues, p. 620. Grand-Mère et petite-fille, par Raoul Deberdt.

16 mars. — Le Siècle. Notes sur les amants de Venise à propos de Mme Desbordes-Valmore.

XXIV MARZO MDCCCXCVIII. PIETRO PAGELLO. TRIGESIMO DELLA MORTE. Belluno, premiata tipografica Cavessago, 1898. In-8 de 1 couverture et 32 pages avec portrait gravé sur bois. — Recueil d'éloges du Dr Pagello par Luigi Zacchi, Vittorio Fontana, Feliciano Vinanti, avec des lettres et des poésies du Dr Pietro Pagello.

28 mars. — Le Temps. Note sur le livre de M. Benoist.

2 avril. — Revue Hebdomadaire, p. 102. L'Autre, par F. Chevassu.

15 mai. — La Fronde. Les Chacals, par Marcelle Tinayre.

21 mai. — La Fronde. Ce qu'on doit faire des lettres d'amour, par May Armand Blanc.

Juin. — Deutsche Revue (Stuttgart), p. 290. G. Sand, Alfred de Musset und Dr Pagello, personliche erinnerungen.

5-6 juin. — Il Pongolo Parlamentare (Naples). Conferenza Marvasi.

7 juin. — Il Don Chisciotte (Rome). Conferenza Roberto Marvasi.

15 juin. — L'Amateur d'autographes. Sur ce qui est publié de la Correspondance de G. Sand et d'Alfred de Musset.

21 juin. — Le Rappel. Souvenir sur les bois de Verrières.

23 juin. — Journal des Débats. Une Statue au Dr Pagello.

24 juin. — L'Écho de Paris. Sur la Statue du Dr Pagello.

24 juin. — La Liberté. La Statue du Dr Pagello, par P. Valdagne.

24 juin. — Le Petit Rouennais (Rouen). La Statue du Dr Pagello.

24 juin. — La Petite Gironde (Bordeaux). L'Amant, par P.B.

24 juin. — L'Est Républicain (Nancy). La Statue du Dr Pagello.

27 juin. — Gil Blas. Le Dr Pagello et sa statue.

30 juin. — La Dépêche Algérienne (Alger). Un Méconnu, P. Pagello, par H. Darsigny.

2 juillet. — Le Gaulois. Amours de Grands Hommes, par P. Costard.

27 août. — La Gazette Médicale, p. 420. Les Amants de Venise.

Octobre. — The Atlantic Monthly (Londres), p. 569. The Correspondance of G. Sand, by Irving Babbitt.

Novembre. — Minerva (Rome). La Corrispondenza di G. Sand, d'après The Antlic Montly.

3 novembre. — Le Soleil. Un Professionnel, par F. Sainclair.

11 novembre. — Le Soleil. La Critique à côté, par F. Sainclair.

AUGUSTE MAILLOUX. UNE FILLE D'ALFRED DE MUSSET ET DE GEORGE SAND. Nantes, imprimerie R. Guist'hau, 1898. Brochure in-12.

C'est une bien vieille histoire que celle de la Fille d'Alfred de Musset. Le 14 avril 1882, l'*Événement* publiait un article de Aurélien Scholl, intitulé « Une fille d'Alfred de Musset. » (On ne donnait pas le nom de la mère). L'*Écho Rochelais* le reproduisit le 19 avril 1882, et il fit ensuite le tour de la presse. Au mois d'octobre de la même année, le *Bulletin de la Société historique de la Saintonge* publiait, p. 399, une réponse à M. Scholl, par A. L. Cette étude a fait l'objet d'un tirage à part à 50 exemplaires. (Pons, impr. de Noël Texier, in-8, de 10 p.), qui porte le nom de l'auteur, M. A. Létélié. — M. Létélié établit, avec preuves à l'appui, que la jeune fille décédée le 8 mai 1875 sous le nom de Onda Tessum, à Saint-

Maurice de Saintonge, commune de La Leu, près La Rochelle, s'appelait Marie-Joséphine Menard, fille légitime de Charles Menard, tisserand, et de Jeanne Jamin ; qu'elle était née à Saint-Macaire (Maine-et-Loire), le 17 septembre 1854, où habitait sa famille, et que la personne qui l'accompagnait était Mme veuve Coras, alors àgée de 64 ans, qui avait en quelque sorte adopté Marie-Joséphine à l'âge de 8 ans et l'avait élevée.

Le supplément du *Figaro* du 13 janvier 1883, ayant de nouveau inséré l'article de A. Scholl, Mme Lardin de Musset, sœur du poète, protesta par une lettre publiée dans le supplément du *Figaro* du 17 janvier 1883.

Le *Gaulois* des 4 et 5 décembre 1896, ressuscita la légende de la fille d'Alfred de Musset, et ce fut cette fois Mme Martelet, née Adèle Colin, la fidèle gouvernante, qui protesta dans l'*Éclair* du 7 décembre, m'attribuant l'enquête faite par M. Létélié, alors que je n'avais fait qu'en rapporter le résultat.

Aujourd'hui, M. Mailloux résume les divers articles écrits à ce sujet, et pour réfutation, se borne à reproduire les pièces mises au jour par M. Létélié.

18 novembre. — Le Temps. Une fille de G. Sand et d'Alfred de Musset, par F. Sarcey.

26 novembre. — Le Gaulois. La propriété des lettres, par Esseytte.

29 novembre. — Le Phare de la Loire (Nantes). Une fille d'Alfred de Musset et de G. Sand, non signé.

15 décembre. — Le Petit Bleu de Paris. Lettres d'amour, par G. Vanor.

F. DE ROBERTO. UNA PAGINA DELLA STORIA DELL' AMORE. Milano, Fratelli Treves, editori. 1898. 1 vol. in-12.

1899

19 janvier. — L'Éclair. Encore Alfred de Musset, G. Sand et le Dr Pagello, par E. Bergerat.

12 février. — Le Journal. Annonce de *Lui, Elle et l'Autre,* ballet de Mascagni.

Mars. — The Glasgow Herald (Glasgow). Annonce d'un ballet de Mascagni.

12-13 mars. — Corriere della Sera (Milan). Anche Giorgio Sand ?

16 avril. — The Sunday Sun (Londres). Memories of George Sand by Richard Davey. 1er article. — 23 avril, 2e article.

9 mai. — La Métropole (Anvers). Divulgations et Confessions littéraires, par D.

1er juin. — Nouvelle Revue Internationale. G. Sand et Alfred de Musset, par Mme C. Berton. — Reproduit dans la Petite Revue internationale, 28 mai-4 juin, p. 641.

18 juin. — La Fronde. Une Fille de G. Sand et d'Alfred de Musset, le livre de M. Mailloux.

20 juin. — Gil Blas. La rupture de G. Sand et d'Alfred de Musset, d'après Mme C. Berton.

WLADIMIR KARENINE. GEORGE SAND, SA VIE ET SES ŒUVRES. 1804-1876. Tomes I et II. Paris, Ollendorff, 1899. 2 vol. in-8. — Tome I, pages 46, 434, 443. — Tome II, p. 1 à 160.

Critiques du livre de Mme Karénine : La Revue de Paris, 1er juillet, couverture. — The Morning Leader (Londres), 1er juillet. — La Liberté, 9 juillet. — Le Temps, 15-16 juillet. — Le Soleil, 27 juillet. — L'Éclair, 8 août. — La Gazette de France, 21 août. — Le Temps, 28 août. — La Lanterne, 5 septembre, etc...

15 juillet. — Revue des Deux-Mondes, p. 441. G. Sand avant 1840, par R. Doumic.

18 juillet. — La Fronde. Les belles amies d'Alfred de Musset, par Mary Summer.

17 août. — Le Soleil. Amours d'artistes, par A. Claveau.

19 août. — Le Gaulois. La vie de G. Sand d'après Mme Karénine.

26 août. — Le Précurseur (Anvers). La vie de G. Sand, par J. Caze.

28 août. — Le Journal. Réponse à Mme Karénine sur G. Sand, Alfred de Musset et Pagello.

1er septembre. — Le Théâtre. Phototypie par A. Bucquet : la scène d'Alfred de Musset et G. Sand dans la *Revue Rétrospective* du cercle de l'Union Artistique (1).

10 septembre. — Le Gaulois. Extrait d'une lettre d'Alfred Tattet à Félix Arvers.

14 octobre. — Le Temps. Une chaumière et un cœur, par A. Brisson.

15 octobre. — Le Républicain de La Fère (Aisne). Note sur un souvenir donné par Alfred de Musset à G. Sand, par Léon Bernard.

25 novembre. — Revue Encyclopédique. G. Sand et Alfred de Musset d'après Mesdames Berton et Arnould-Plessy.

11 décembre. — Le Gaulois. La Dame de Venise, par Tout-Paris.

19 décembre. — L'Écho de Paris. Chronique, par Colomba.

---

(1) *La Revue Rétrospective*, en 3 actes et 6 tableaux, précédée d'un prologue, par le marquis Philippe de Massa. Représentée à Paris sur le théâtre du Cercle de l'Union artistique, les 11 et 12 juin 1899. Paris, Cerf, 1899. 1 vol. in-12 orné d'un portrait.

QUELQUES ŒUVRES INÉDITES

OU PEU CONNUES

D'ALFRED DE MUSSET

23

QUELQUES ŒUVRES INÉDITES

OU PEU CONNUES

D'ALFRED DE MUSSET

Lorsque la Revue Bleue analysa naguère (1), comme étant d'Alfred de Musset, *Denise,* une nouvelle de son frère Paul (2), un journal a demandé s'il ne serait pas possible de dresser une sorte de liste des œuvres inédites de l'auteur des *Nuits.* Cela me paraît difficile, car ces œuvres sont par elles-mêmes d'une nature très complexe.

Des pièces de vers comme la *Chanson pour la fête de sa mère,* les *Stances à M*^{lle} *Z.,* sont des souvenirs intimes, restés dans la famille du poète, reliques sacrées qui, par

---

(1) Livraison du 26 juin 1897.

(2) Publiée dans la *Revue de Paris* du 2 mai 1841, où elle est signée : « Paul de Musset » et reproduite dans la *Revue pittoresque* de mai 1845, avec la signature d'Alfred.

un sentiment facile à comprendre, sont pieusement conservées dans les archives familiales d'où elles ne doivent pas sortir.

D'autres, adressées à des jeunes filles, à des jeunes femmes surtout, poèmes d'amour qui sont demeurés un secret entre celui qui les a écrits et celles qui les ont reçus, sont si soigneusement cachées, quand elles n'ont pas été détruites, qu'il est imposible de les retrouver. Et dans les quelques occasions où le hasard ou une indiscrétion les a fait connaître, donner même des initiales serait compromettre inutilement des réputations jusqu'ici sans tache.

Quant aux essais, aux ébauches de ce que j'appellerai les œuvres de travail, aux débris de toutes sortes qui ont été retrouvés dans les papiers du poète, où commencer, où finir ? Paul de Musset en donne un certain nombre dans la BIOGRAPHIE (1) de son frère :

La Prêtresse de Diane, fragment d'élégie.

Agnès, fragment de poème dramatique, dont une « ballade » est encore inédite.

Stances à Ninon : « Avec tout votre esprit... »

La Nuit de Juin, quatre vers :

> Muse, quand le blé pousse, il faut être joyeux.
> Regarde ces coteaux, et leur blonde parure !
> Quelle douce clarté dans l'immense nature !
> Tout ce qui vit ce soir, doit se sentir heureux...

Des Fragments du *Poëte Déchu,* sorte d'autobiographie, qui, avec « Le Poète et le Prosateur », publié dans les *Œuvres Posthumes,* constituent à peu près tout ce qui reste du manuscrit de l'œuvre, laissé inachevé par Alfred et lacéré par Paul.

(1) *Biographie d'Alfred de Musset,* par Paul de Musset. Paris, Charpentier, 1877. 1 vol. in-12.

Des stances *A la sœur Marcelline*, incomplètes, mais données en entier dans le FIGARO du 14 mai 1887.

L'Exercice de nos facultés, fragment en prose.

A trente ans, fragment en prose.

Judith et Allori, fragment dramatique, en vers.

Un *Sonnet à sa Marraine* : « Qu'un sot me calomnie... »

Des *Stances à Mme Ristori*.

Une *Chanson* : « Hélas! Hélas!... »

Le petit moinillon, stances à Mlle E. d'A.

Un *Quatrain à Mlle Melesville*, écrit au bas d'un dessin de M. Chenavard, représentant la première rencontre de Petrarque et de Laure, dessin où les deux figures du poète et de sa maitresse avaient quelque ressemblance avec les traits d'Alfred de Musset et de Mlle Melesville. Il avait été question d'un mariage entre les deux jeunes gens.

A ces fragments, il faut joindre les poésies publiées par les soins de Paul :

Le 3 mai 1814, stances. MAGASIN DE LIBRAIRIE, 10 décembre 1859.

Après la lecture d'Indiana, poésie. REVUE DES DEUX-MONDES, 1er novembre 1878.

Variante en vers de : On ne badine pas avec l'amour, acte I. REVUE NATIONALE, 1er novembre 1861.

Sauf quelques exceptions que nous indiquons plus loin, les fragments demeurés inconnus n'offrent qu'un intérêt secondaire, par suite de leur peu d'étendue ou de l'impossibilité de les rattacher à quelque chose. Bien plus, parmi ces exceptions, se trouvent des satires, des facéties sur le personnage ou l'événement du jour, charges d'atelier ou de salon, faites entre amis, pour passer le temps, « en riant et sans malice ni aversion contre personne »,comme Alfred de Musset le déclare lui-même au bas de l'une d'elles, mais qui, connues du grand public, pourraient quelquefois être mal interprétées.

Celles qui ne peuvent éveiller aucune idée malveillante ont été publiées :

L'Anglaise en Diligence, dans l'ART du 18 février 1883.

Les premières strophes des *Stances burlesques à George Sand,* dans la REVUE DE PARIS du 15 août 1896.

Des fragments de la *Réponse à Ulric Guttinguer,* en vers, dans la GAZETTE ANECDOTIQUE du 30 juin 1891.

Le Songe du Reviewer ou *Buloz consterné* dans le COURRIER DE PARIS du 19 mai 1857, la PETITE REVUE du 15 juillet 1865, et L'INTERMÉDIAIRE DES CHERCHEURS du 10 octobre 1891.

A une Muse ou *Une Valseuse dans le Cénacle romantique,* en partie dans le FIGARO du 4 novembre 1855, et en entier dans le tome I de la CURIOSITÉ LITTÉRAIRE. (Paris, Liseux, 1880. In-12).

Le *Voyage à Pontchartrain,* dans une brochure de M. Lorin : UNE EXCURSION A PONTCHARTRAIN. Rambouillet, 1890. In-8°. C'est un récit humoristique, adressé à Charles Nodier, qui répondit à l'auteur par ces stances célèbres, composées sur le même rythme :

> J'ai lu ta vive odyssée
> Cadencée, etc...

Ajoutez à cela que Mme Lardin de Musset, faisant un nouveau choix après son frère Paul, a publié encore quelques-unes de ces reliques :

Valentin, qui n'est autre que l'avant-propos de la nouvelle *Les deux Maîtresses,* dans le GAULOIS du 22 août 1896.

Le *Roman par lettres,* dont plusieurs passages se retrouvent dans *Fantasio,* dans le GAULOIS des 17, 18, 19 et 20 juillet 1896 (1).

---

(1) La donnée du roman de George Sand, *Le Secrétaire intime,* écrit en 1834, offre de très grands points de ressemblance avec cette œuvre d'Alfred de Musset. On retrouve même chez G. Sand le nom de Spark.

Des poésies adressées *A George Sand,* dans la REVUE DE PARIS du 1er novembre 1896.

Restent enfin les communications faites par des tiers, amis ou collectionneurs, qui nous fournissent une nouvelle moisson :

Variantes de *La Coupe et les Lèvres.* — L'ÉVÉNEMENT, 29 novembre 1881.

> Moi, je n'ai jamais fait à la nature humaine..., etc...

Autres Variantes du même poème, le VOLTAIRE, 17 mai 1887, que voici, d'après le manuscrit, le texte publié étant peu correct :

> Poésie ! Harmonie ! Amour ! Larmes célestes,
> Que les douleurs de l'homme arrachèrent aux yeux
> Du vengeur immortel qui les chassa des cieux,
> Si vous versez parfois, poisons doux et funestes,
> Le baume de l'oubli sur mes cuisants regrets,
> Quels trésors ignorés doit recéler une âme
> Dont le ciel a puisé l'essence à votre flamme ?
> Camp où les feux sacrés ne s'éteignent jamais ?
>   Dieu donna la beauté, dont le regard attire
> A ces êtres divins qu'il créa d'un sourire,
> Leur fit un front de vierge et de longs yeux voilés
> Et leur dit en partant : « Allez et consolez ! »
>   Mais eux-mêmes souvent, du feu qui les habite,
> On les voit ici-bas se plaindre et s'étonner,
> Ne pouvant contenir le rayon qui s'agite,
> Et qui, venu du Ciel, y voudrait retourner.
>
> [ACTE I, SCÈNE 2].

Ex Dono à un astronome. BIBLIOGRAPHIE ROMANTIQUE, par Charles Asselineau. 2e édit. Paris, Rouquette, 1874. In-8º.

Un *Fragment en Vers* qui est le début de l'article, en prose, Un Mot sur l'art moderne (publié dans les *Mélanges de Littérature*). ÉCHO DE LA SEMAINE, 24 mai 1896 :

Pourquoi la Poésie est-elle morte en France ?
On dit que le public vit dans l'indifférence,
Que le siècle est distrait, que tout meurt aujourd'hui ;
Bonaparte, à Wagram, était distrait, je pense,
Il avait cependant son Ossian avec lui..., etc...

Stances à Buloz. LA REVUE DE PARIS ET SAINT-PÉTERS-
BOURG, 15 décembre 1887 :

Buloz, ma dernière heure est-elle donc venue ?
Dois-je enfin vous compter parmi mes ennemis ?
N'est-il donc rien d'humain au fond d'une revue
Et toute charité vous est-elle inconnue,
Vous qui disiez jadis être de mes amis,
De demander les vers que je vous ai promis ?.....

Quatrain à Gustave Planche. L'ÉVÉNEMENT, 28 janvier
1886.

Crayonné sous les Arbres de Louveciennes, poésie.
LA REVUE DE PARIS ET SAINT-PÉTERSBOURG, 25 décembre
1890 :

Pour ouïr les antiques
Dans mes délires rustiques,
Je vais tout droit devant moi...

Madrigal à Augustine Brohan. LE NAIN JAUNE, 7 octobre 1877, souvent réimprimé.

A Pépa, stances. SOUVENIRS DE Mme JAUBERT. Paris,
Hetzel, 1881. 1 vol. in-12.

Le Comte d'Essex, plan de tragédie. L'ÉVÉNEMENT, 21
novembre 1885.

Alliance de la prose et de la poésie. LE VOLTAIRE, 23
avril 1887.

Alliance de la prose et de la poésie, qui n'est autre chose
que celle de la prose et de la versification. Entre les deux
limites qui les séparent, un seul esprit français a trouvé une
route, celui dont Molière disait : « Le bonhomme vivra plus
que nous ». C'est la seule fois que Molière se soit trompé ;
mais le bonhomme allait son chemin, ne se souciant ni de la

(acte 4)

(chez la reine)

La reine, ses femmes.

La Ctesse D'Essex vient implorer la grace de son mari —
Froideur d'Élysabeth — elle la repousse. celle-ci ne se
désespère —

La reine fait demander Cécil ; elle veut travailler avec lui,
son esprit distrait la ramène toujours sur le C^to ; elle
songe à la Bague qu' elle lui a donné, en compte sur ce
dernier moyen —

(chez Essex)

La Ctesse se désespère —
Raleigh arrive ; il lui propose la grace de son mari si elle
veut le trahir ; refus en colère de la Ctesse — Raleigh sort
furieux —

(régneuse du c^te)

Il est condamné à mort — : . . . .

prose ni de la versification ; il était le maître et lorsqu'il s'endormait sous les arbres de Versailles, ses gros souliers pleins d'herbes fleuries, il revenait d'un rêve dans un certain sentier où personne après lui ne passera jamais.

L'ALMANACH DU JOUR DE L'AN, petit messager de Paris pour 1846, publié par J. Hetzel, est un volume in-32, presqu'introuvable aujourd'hui, qui, à la suite des *Vers inscrits dans la cellule n° 14* de la maison d'arrêt de la Garde Nationale (Œuvres Posthumes) donne ce *Quatrain* inédit :

> Dans cette petite chapelle
> L'ennui ne vient qu'aux ennuyeux.
> Pense un instant et pars joyeux,
> Ta maîtresse en sera plus belle.

On peut encore se procurer facilement :

Un Rêve, ballade, insérée dans LE PROVINCIAL DE DIJON du 31 août 1828, et réimprimée à la librairie Rouquette. (Paris, 1875. In-8°.)

Les *Variantes de Venise,* écrites pour être mises en musique par Gounod. Choudens, éditeur à Paris.

L'Habit Vert, proverbe par Alfred de Musset et Émile Augier, qui a plusieurs éditions à la librairie Michel ou Calmann Lévy et fait partie du THÉATRE d'Émile Augier. C'est cette pièce que le CONSTITUTIONNEL et la REVUE DES DEUX-MONDES annonçaient en 1846 sous le titre de *La Montre.*

Les vers écrits *Au bas d'un portrait d'Augustine Brohan,* dans le DÉCAMÉRON DRAMATIQUE, n° 5, chez l'éditeur Heugel et qui nous semblent si jolis que nous ne craignons pas de les citer : (1)

---

(1) Ces vers ont été publiés pour la première fois dans le *Journal des Femmes,* du 5 novembre 1850.

> J'ai vu ton sourire et tes larmes,
> J'ai vu ton cœur triste et joyeux,
> Qui des deux a le plus de charmes ?
> Dis-moi ce que j'aime le mieux :
> Les perles de ta bouche ou celles de tes yeux ?

Comme cela rentre bien dans « ce bon souvenir d'une amitié qui vaut bien des amours » !

Le PANTHÉON DES ILLUSTRATIONS FRANÇAISES au XIXe SIÈCLE, par Victor Frond, donne, comme fac-similé d'autographe, ce fragment :

> Froide, maigre, légère, une main palpitante
> Voltigeait sur la table où roulait des flots d'or.
> Entrons, murmurait-on ! Tuons-le, puisqu'il dort !
> Le vieillard chévrotait dans sa robe sanglante :
> C'est mon pain quotidien, mon travail, ma sueur.
> Le toscin répondait : la ville est au pillage !
> Les enfants de la mort lui fouillent dans le cœur !
> Les mères, tout en sang, couraient sur le rivage
> Appelant leurs enfants qui flottaient sur les eaux.

La *Quenouille de Barberine,* comédie en deux actes, contient des passages et des scènes que l'on ne retrouve pas dans *Barberine,* comédie en trois actes. Cette première version de la même pièce se trouve dans toutes les éditions des COMÉDIES ET PROVERBES antérieures à 1852, et la seconde version dans toutes les éditions postérieures.

Le *Chant des Amis,* cantate, paroles de M. Alfred de Musset, musique d'Ambroise Thomas, exécutée à Lille le 21 juin 1852, éditée primitivement chez Gérard, a été réimprimée chez Brandus et se trouve chez les marchands de musique.

Et même, si l'on veut se donner la peine de chercher un peu, il n'est pas très difficile de mettre la main sur la *Dissertation Latine* qui remporta le 2e prix au Concours général de 1827 : « Quæniam sint judiciorum motiva ? An cuncta ad unum possint reduci ? » dont le texte est

imprimé in-extenso dans les ANNALES DES CONCOURS
GÉNÉRAUX. *Philosophie. Paris, Hachette, 1828. 1 vol. in-8°*,
ainsi que sur les articles de critique au TEMPS, omis
dans les œuvres, parce que Paul de Musset ne sut pas
retrouver ces numéros du journal, qui existent cependant
à la Bibliothèque de l'Arsenal et ailleurs :

Exposition du Luxembourg au profit des blessés, 2ᵉ partie, 1ᵉʳ janvier 1831.

Revue Fantastique, 2ᵉ article, 1ᵉʳ février 1831.

—   5ᵉ article, 21 février 1831.

—   6ᵃ article, 28 février 1831.

—   13ᵉ article, 18 avril 1831.

—   18ᵉ article, 30 mai 1831.

Quant à *Alceste,* tragédie qu'Alfred de Musset avait
l'intention d'écrire pour Mˡˡᵉ Rachel, elle n'a dû exister
qu'à l'état de projet, car Paul de Musset déclare que lui-
même n'en a jamais connu que le titre.

Comme on le voit, il y aurait matière à former un
volume des plus curieux et d'un réel intérêt, avec
ces œuvres inédites, surtout si l'on y ajoute les pièces
sur lesquelles je vais essayer de donner quelques renseignements, n'ayant point qualité pour en publier le
texte.

Mais avant d'aller plus loin, j'indiquerai les pièces
apocryphes :

La *Satire contre l'Académie* qui a paru dans la REVUE
ANECDOTIQUE des 1ᵉʳ et 15 juin 1857 n'est pas d'Alfred de
Musset, mais de Mᵐᵉ Louise Colet. Le 24 juin 1857, Paul
de Musset adressa à ce sujet une lettre de protestation
au directeur de la GAZETTE DE PARIS, qui l'inséra dans
le numéro du 28 juin. La meilleure preuve que je puisse
fournir à l'appui de mon dire, est que le manuscrit trouvé
dans les papiers du poète était en entier de la main de
cette dame. — Le sonnet *Promenade au Jardin des
Plantes* donné par le MONDE ILLUSTRÉ du 9 mai 1857 et

le fragment d'une *Comédie en prose* se passant rue Saint-Honoré, dans l'ÉVÉNEMENT du 29 novembre 1881, sont du même auteur. — La *Branche de Myrthe* (GRAND JOURNAL, 23 septembre 1866) n'a jamais existé dans LA PSYCHÉ de 1826. — La *Jeune Tarentine* (REVUE RÉTROSPECTIVE, 1er mai 1891) est de Sainte-Beuve. — Le quatrain d'*Envoi de Denise* (l'ÉVÉNEMENT, 25 octobre 1878) est de Aurélien Scholl. — *Sur la mort d'un parapluie,* poésie, datée du 5 mars 1849 et dans laquelle il parle de ses collègues de l'Académie Française, où il ne fut reçu qu'en 1852, publiée dans l'ILLUSTRATION du 20 décembre 1873, fait plus que me sembler être composée par le signataire de l'article, Philibert Audebrand. — Nous avons dit plus haut quel est l'auteur du conte *Denise* de la REVUE BLEUE. Pour la *Critique de Notre-Dame de Paris* dans le TEMPS des 31 mai et 17 juillet 1831 (1), le *Paysage Matinal,* sonnet, du VOLEUR du 25 août 1876, et les stances *Ce qu'il me faut,* du NOUVEAU PARNASSE SATIRIQUE (Bruxelles, 1881, in-8°), j'ignore quels en sont les auteurs, mais ce n'est certes pas Alfred de Musset.

Je citerai enfin comme une simple curiosité six *Poésies Médianimiques* que M. L. Vavasseur, directeur de la Revue Spirite, a publiées en 1867 dans une plaquette in-18, intitulée : ÉCHOS POÉTIQUES D'OUTRE-TOMBE et une autre pièce du même genre dont M. le Vicomte d Spoelberch de Lovenjoul donne le texte dans son HISTOIRE DES ŒUVRES DE TH. GAUTIER (Charpentier, 1887. 2 vol. in-8°, II, p. 311). — Le FIGARO du 17 janvier 1899 donne encore le texte d'une nouvelle poésie médianimique, empruntée au livre de M. Diguet : LES VERS DE L'ESPRIT, RECUEIL DE COMMUNICATIONS TYPTOLOGIQUES.

---

(1) Voir : *Alfred de Musset et ses prétendues attaques contre Victor Hugo,* par M. le vicomte de Spoelberch de Lovenjoul. Paris, Rouveyre, 1878. Br. in-18.

I

LA NUIT

Alfred de Musset, lorsqu'il était au collège Henri IV, avait été présenté par son condisciple Paul Foucher, dans sa famille, et ce fut ainsi que vers 1822, il fit connaissance de Victor Hugo, qui venait voir sa fiancée, sœur de son ami. Quelques années se passèrent, et lorsqu'un nouveau *Cénacle* se forma chez M. et Mme Victor Hugo, pour remplacer l'ancien cercle littéraire de la *Muse française*, Alfred de Musset fut l'un des premiers appelés avec Sainte-Beuve, Émile et Antoni Deschamps, Ulric Guttinguer, Louis Boulanger, etc... On lisait force vers, on causait, on discutait; on faisait de longues promenades les soirs d'été, et c'est au lendemain d'une de ces conférences littéraires que le futur poète, qui n'avait encore rien produit, cheminant seul sous les arbres du bois de Boulogne, composa sa première ballade, *La Nuit* :

> Quand la lune blanche
> S'accroche à la branche
>   Pour voir
> Si quelque feu rouge
> Dans l'horizon bouge
>   Le soir,
>
> Fol qui dit un conte,
> Car minuit qui compte
>   Le temps,
> Passe avec le Prince
> Des sabbats, qui grince
>   Des dents...

C'était en 1827 ou 1828, et hormis la chanson pour la fête de sa mère (16 novembre 1824) et quelques vers

adressés en octobre 1826, à une jeune fille de son âge,
Alfred de Musset n'avait encore écrit que ses devoirs de
collège.

II

L'ANGLAIS MANGEUR D'OPIUM

L'ANGLAIS MANGEUR D'OPIUM, *traduit de l'anglais par
A. D. M.* Tel est le titre de ce petit volume de 221 pages,
publié à la librairie Mame et Delaunay-Vallée, en 1828.
« Traduit » est certainement exagéré. L'Anglais mangeur d'Opium d'Alfred de Musset n'est ni une traduction
ni une imitation, mais une paraphrase du roman anglais
de Thomas de Quincey : CONFESSION OF AN ENGLISH OPIUM
EATER. D'un trait de plume, le « traducteur » supprime
les digressions longues et oiseuses, les qualificatifs répé-
tés, les lourdes discussions qui veulent être pédantes et
ne sont qu'ennuyeuses. Là où l'auteur anglais remplit
trois pages d'une description, Alfred de Musset poétise
et nous rend plus palpable, en trois lignes, le même
tableau:

Ce sont bien les mêmes faits, les mêmes idées, la même
confession, mais Alfred de Musset n'en a pris que
l'essence, et, tout en suivant la donnée du récit, l'a trans-
posé dans son style à lui, en y ajoutant quelques impressions personnelles. En comparant les deux textes, anglais
et français (1), je dirai sommairement que Musset a
supprimé dans l'ouvrage anglais, en totalité ou peut s'en
faut : la notice, les pages 11 à 15, 28 à 30, 55 à 57, 64, 65,
70, 72, 73, 75, 79 à 87, 96, 100, 102, 105, 109, 113, 117, 119,

---

(1) Alfred de Musset a fait sa traduction sur la 3ᵉ édition anglaise, publiée
à Londres chez Taylor et Hessey, en 1823, 1 vol. in-18 de IV-206 pages.

135 à 144, 149 à 152, 165, 170, 180 à 183 et 187 à 206, sans
compter les fragments de phrases retranchés ailleurs ;
par contre, sont ajoutées, dans le texte français, les pages
133 à 163, sauf la description de la chaumière (p. 136),
de la chambre (p. 139) et l'histoire des deux tasses de thé
(p. 140-141) : le bal, le rendez-vous, l'histoire d'Anna, le
duel, sont de son invention, ainsi que la leçon d'anatomie, qui occupe les pages 209 à 216. Cette « leçon
d'anatomie » a son importance, non seulement parce
qu'elle est entièrement due à la plume d'Alfred de
Musset, mais surtout parcequ'elle est le miroir fidèle des
impressions qu'il éprouva, lorsque, pendant l'année
scolaire 1827-1828, il suivit, à l'École de Médecine, les
cours d'anatomie descriptive de M. le docteur Berard (1);
c'est une page de l'histoire de sa vie :

« La première fois que j'entrai dans les salles de l'École
de Médecine, je me souviens encore de l'effet que la vue des
cadavres produisit sur moi. Nous étions deux ou trois éco-
liers ensemble, qui revenions d'une classe de philosophie
où l'on nous avait dit beaucoup de belles choses que nous
croyions probablement avoir comprises. Nous arrivons. Il y
avait sur la table un grand cadavre étendu dans un drap
blanc ; on n'en voyait que les pieds, et, à côté, sur la table, un
bras écorché qui nageait dans du sang caillé. Je ne sais
pourquoi une idée risible qui me vint à l'esprit, me fit tres-
saillir en ce moment. Je me disais tout bas : « Voilà un bras
qui a l'air de demander l'aumône. » Et en effet, la main pen-
dante avait assez cette singulière expression.

« Le professeur n'arrivait pas, et cependant j'attendais
avec impatience que ce drap qui me cachait le cadavre fut
soulevé. Cet instant vint enfin : je croyais voir quelque chose
de beaucoup plus horrible. La leçon commença : je riais de
mes camarades que le mal de cœur prenait. Mais lorsque
le scapel vint à entrer dans la chair et que le sang noir qui
coulait lentement sur la poitrine ouverte, commença à exhaler
une épouvantable odeur, je m'enfuis à toutes jambes. Que le

(1) La sœur du poète possède encore sa carte d'étudiant en médecine.

caractère de l'homme est bizarre ! Il va dans les cimetières arracher les cadavres aux vers et aux corbeaux ; une odeur dangereuse et dégoûtante l'avertit de laisser en paix les morts. Mais la soif de connaître l'anime, et il emporte sous son manteau la tête d'une femme ou le corps d'un enfant : Vouliez-vous que le mal de mer arrêtât de pareils hommes et leur ordonnât de s'en tenir au continent, lorsqu'ils voyaient s'élever en rêve, derrière l'Atlantique, les montagnes d'or de la Colombie ?

« Cependant, rentré chez moi, je voulus manger ; cela me fut impossible ; j'ai même pris tout à fait en horreur le premier plat qu'on me servit et il m'a été impossible d'en manger depuis. Ces impressions, reçues dans ma jeunesse, donnèrent lieu à un rêve que j'avais assez fréquemment.

« Il me semblait que j'étais couché et que je m'éveillais dans la nuit. En posant la main à terre pour relever mon oreiller, je sentais quelque chose de froid qui cédait lorsque j'appuyais dessus. Alors, je me penchais hors de mon lit, et je regardais : c'était un cadavre étendu à côté de moi. Cependant, je n'en étais ni effrayé ni même étonné. Je le prenais dans mes bras, et je l'emportais dans la chambre voisine en me disant : « Il va être là couché par terre ; il est « impossible qu'il rentre si j'ôte la clef de ma chambre. »

« Et là-dessus, je me rendormais. Quelques moments après, j'étais encore réveillé ; c'était par le bruit de ma porte qu'on ouvrait ; et cette idée qu'on ouvrait ma porte, quoique j'en eusse pris la clef sur moi, me faisait un mal horrible. Alors, je voyais entrer le même cadavre, que tout à l'heure j'avais trouvé par terre. Sa démarche était singulière : on aurait dit un homme à qui l'on aurait ôté tous ses os, sans lui ôter ses muscles, et qui, essayant de se soutenir sur ses membres pliants et lâches, tomberait à chaque pas. Pourtant, il arrivait à moi sans parler et se couchait sur moi. C'était alors une sensation effroyable, un cauchemar dont rien ne saurait approcher ; car, outre le poids de sa masse informe et dégoûtante, je sentais une odeur pestilentielle découler des baisers dont il me couvrait. Alors, je me levais tout à coup sur mon séant, en agitant les bras, ce qui dissipait l'apparition. Un autre rêve lui succédait.

« Il me semblait que j'étais assis dans la même chambre, au coin de mon feu, et que je lisais devant un petite table où il n'y avait qu'une lumière ; une glace était devant moi au-dessus de la cheminée ; et, tout en lisant, comme je levais de temps en temps la tête, j'apercevais dans cette glace le cadavre qui me poursuivait, lisant par dessus mon épaule dans le livre que je tenais à la main. Or, il faut savoir que ce cadavre était celui d'un homme de soixante ans environ, qui avait un barbe grise, rude et longue, et des cheveux de même couleur qui lui tombaient sur les épaules. Je sentais ces poils dégoûtants m'effleurer le cou et le visage.

« Qu'on juge de la terreur que doit inspirer une vision pareille ! Je restais immobile dans la position où je me trouvais, n'osant pas tourner la page, et les yeux fixés dans la glace sur la terrible apparition. Une sueur froide coulait sur tout mon corps ; cet état durait bien longtemps, et l'immobile fantôme ne se dérangeait pas. Cependant, j'entendais comme tout à l'heure la porte s'ouvrir, et je voyais derrière moi (dans la glace encore), entrer une procession sinistre : c'étaient des squelettes horribles, portant d'une main leur tête et de l'autre de longs cierges qui, au lieu d'un feu rouge et tremblant, jetaient une lumière terne et bleuâtre, comme celle des rayons de la lune. Ils se promenaient en rond dans la chambre, qui, de très chaude qu'elle était auparavant, devenait glacée, et quelques-uns venaient se baisser au foyer noir et triste, en réchauffant leurs mains longues et livides, et en se tournant vers moi pour me dire : « Il fait bien froid ! »

On retrouve une partie de ce cauchemar dans la ballade *Un Rêve* et dans la 18e *Revue Fantastique ;* enfin Alfred de Musset se montre encore visionnaire dans la *Nuit de Décembre*.

L'Anglais mangeur d'Opium a été réimprimé dans le Moniteur du Bibliophile en 1878, de façon à former un volume grand in-8°, avec titre spécial ; il est précédé d'une Notice par Arthur Heulhard.

III

LA QUITTANCE DU DIABLE

La Quittance du Diable, pièce en trois tableaux, en prose, écrite dans le courant de l'année 1830, est le pre-

mier essai dramatique d'Alfred de Musset. L'idée primitive lui a été fournie par un épisode du roman de Walter Scott, REDGNAUNTLEY, intercalé sous le titre de :
« Histoire racontée par Willie le Vagabond ». Quelques
passages sont même la traduction littérale du texte anglais ; mais, comme pour *L'Anglais mangeur d'opium,*
Musset a transfiguré la narration de son modèle et y a
ajouté beaucoup du sien : le personnage de Johny, celui
de Miss Eveline et ses amours avec Sténie, sont de son
invention.

Cette pièce, présentée et reçue au théâtre des Nouveau-
tés de la place de la Bourse, ne fut cependant pas représentée ; toutefois, il y eut un commencement d'exécution,
car sur la première page du manuscrit, se trouve cette
distribution des rôles, écrite de la main du Directeur,
M. Bossange :

Le Laird de Redgnauntley . M. Casaneuve.
Johny, braconnier. . . .   Bouffé.
Sténie, jeune fermier . . . Mme Albert.
Miss Eveline, nièce du Laird.   Miller.
Gertrude, sa gouvernante. .   Florval.
Écuyers, Piqueurs, Varlets. — La scène est en Écosse.

Mais pendant que le chef d'orchestre du théâtre,
M. Beaucourt, composait la musique des vers, éclata la
révolution de Juillet, et c'est probablement ce qui
empêcha cette tentative d'aboutir.

Devant une interdiction aussi impérieuse qu'inattendue, de la part de Mme H. Lardin de Musset, de donner
les moindres indications sur cette pièce, interdiction
devant laquelle je m'incline sans vouloir même en
rechercher la validité, je renvoie le lecteur aux pages
95-96 de la BIOGRAPHIE d'Alfred de Musset, par Paul de
Musset.

Je dirai seulement qu'au 1er tableau, qui renferme
une ballade et une chanson en vers, nous assistons à une

scène d'amour entre Miss Eveline et Sténie, scène que le
laird de Redgnauntley interrompt brusquement en arrivant avec ses piqueurs et ses chiens ; on lui amène un
braconnier, Johny, pris en flagrant délit de chasse.
Johny et le laird sont deux compères, associés par un
pacte avec le diable ; et le braconnier vient réclamer à
son seigneur l'exécution de certaines promesses. Au lieu
de l'écouter, le laird lance sur lui ses chiens et le fait
chasser comme une bête fauve. Grâce à son pouvoir
magique, Johny échappe à ceux qui le poursuivent ; il
revient vers Sténie, qui pleure ; le laird lui a demandé
son fermage, qu'il a déjà payé au défunt maître, qui,
mort subitement, n'a pas eu le temps de lui signer sa
quittance. Pour se venger, Johny dit à Sténie : Eh bien,
vins avec moi, je vais te faire délivrer le reçu qui t'est
dû. — Au 2e tableau, nous sommes dans un cimetière, à minuit, et prenons part au sabbat. Après bien
des tentations auxquelles résiste Sténie, Sir Robert,
le laird défunt, lui donne enfin sa quittance, et dès
que le pauvre garçon tient le précieux papier, il s'en-
fuit, transi de peur, accompagné de Johny. Cette scène
comporte une chanson en vers. — Au 3e tableau, tout
en prose, nous sommes dans une salle du château de
Redgnauntley. Le laird vient de signifier à sa nièce
qu'elle va épouser le vieux chevalier Landshaw, que cela
lui plaise ou non, quand survient Johny, qui apporte la
quittance de Sténie. Le laird reconnaît immédiatement
par quel moyen Johny se l'est procurée ; il entre en
fureur et veut tuer son acolyte ; mais lui, homme de
précaution, est armé, et, de plus, avant d'entrer, a mis
le feu au château. Et pendant que Miss Eveline et Sténie,
prévenus, s'enfuient loin des tours incendiées, le château s'écroule dans les flammes, ensevelissant sous ses
ruines le laird et le braconnier.

Voici la ballade que chante Sténie au premier tableau :

> — Beau fiancé, lui dit la dame,
> Rattache-moi mes blonds cheveux,
> Fais m'en deux tresses et sept nœuds.
> Beau fiancé, je suis ta femme ;
> Emporte-moi dans ton mantel
> Jusqu'au foyer de ton chatel.
>
> — Hélas ! mon amante chérie,
> Toute parée en argent fin,
> Qui devait m'épouser demain
> Dans l'église Sainte-Marie !
> Elle m'attendra jusqu'au soir
> Dans la grand'salle du manoir.
>
> — Qu'elle t'attende et qu'elle sache
> Que ses yeux noirs ne verront plus
> Tes varlets aux brillants écus,
> Ton casque d'or au blanc panache.
> Ton épouse, beau damoiseau,
> C'est la pâle Fleur du Lys d'eau !

Mais si la pièce d'Alfred de Musset n'a pas été jouée, le théâtre de l'Opéra-Comique a donné le 31 décembre 1833 la première représentation de *Le Revenant,* opéra fantastique en deux actes, paroles de M. Albert de Calvimont, musique de Gomis (Paris, Barba, 1834. In-8º), dont le sujet est pris à la même source et l'intrigue presque identique (1). Albert de Calvimont remonte au point de départ de la légende : nous assistons à la mort de Sir Robert, qui rend l'âme au moment où il va signer la quittance de Sténie ; Miss Eveline est devenue Sara, la filleule de Sir Robert, et Johny le braconnier est remplacé par le fantôme du sommelier Dugald, qui agit

(1). On trouvera des comptes-rendus de cette pièce dans : *Journal des Débats,* 6 janvier 1834. *Le Moniteur Universel,* 6 et 13 janvier 1834. *Revue des Théâtres,* 12 janvier et 6 février 1834. *Le Journal des Femmes,* 8 février 1834. *L'Artiste,* 12 janvier 1834, etc ...

sous les ordres de l'ombre de Sir Arundel, aïeul de Sir
Robert. Par suite, la chasse à l'homme est supprimée ;
même scène d'évocation et du sabbat dans les tombeaux ;
Sténie obtient sa quittance. Mais le dénouement se
modifie : Sir John, le laird actuel, qui aime aussi Sara,
obéissant à un commandement de l'ombre de Sir Arundel : « Mon fils, sois meilleur que ton père ! » revient au
bien, et, étouffant son amour qui n'est pas partagé, unit
Sténie et Sara.

IV

ALFRED DE MUSSET CRITIQUE

Le 14 janvier 1831, Alfred de Musset écrivait à Alfred
Tattet : « ..... Je passe ma vie avec une demi-douzaine
« de peintres ; quels bons garçons, que les artistes, quand
« ils ne sont pas du même genre que vous ! Je rends
« compte des petits théâtres, toujours au *Temps,* je
« rimaille par boutade...... »

Malgré toutes mes recherches, il m'a été impossible
de retrouver ces critiques. A cette époque, aucun article
n'était signé dans le *Temps* et de l'origine du journal à
la date de la lettre d'Alfred de Musset, j'ai relevé deux cent
trente-six chroniques théâtrales. Combien Alfred de Musset en a-t-il écrit dans ce nombre ? Je l'ignore. Son premier article *connu,* se trouve dans le numéro du 27 octobre 1830 (Exposition du Luxembourg, 1re partie). Or
dans les numéros des 29 novembre, 6, 13 et 27 décembre,
on rencontre quatre articles portant cette rubrique :
« Revue des Théâtres secondaires ». Peut-être n'est-ce
qu'une simple coïncidence, mais dans sa lettre, Alfred
de Musset parle de « petits théâtres », et ces quatre
revues sont publiées le lundi, comme les Revues Fantas-
tiques, qui, elles non plus, ne sont pas signées.

Et cette collaboration anonyme ne s'est pas bornée au journal *Le Temps*. *L'Europe Littéraire,* dont la première période, sous la direction de Victor Bohain et Alphonse Royer, va du 1er mars au 9 août 1833, dans son SUPPLÉMENT AU PROSPECTUS, publie cette lettre :

« A Messieurs les Directeurs de l'*Europe Littéraire.*

« Messieurs,

« Je serai très heureux de pouvoir entrer pour quelque chose dans la rédaction de votre nouveau journal. En acceptant la proposition que vous avez bien voulu m'en faire, je vous remercie d'avoir associé mon nom à une entreprise pour le succès de laquelle tous les hommes de bon sens doivent faire des vœux, et tous les artistes des efforts.

« Agréez, messieurs, l'expression des sentiments les plus distingués de votre bien dévoué serviteur.

« ALFRED DE MUSSET. »

« Paris, 23 novembre 1832. »

Bien qu'il n'y ait aucun article signé de lui dans ce journal, son nom figure dans la liste de ses rédacteurs.

J'ai la conviction qu'Alfred de Musset a collaboré sous le voile de l'anonyme, à quelque périodique. Ce qui me confirme dans cette idée, c'est que j'ai vu dans ses papiers :

1o Un *Compte-rendu du Gustave III,* opéra en 5 actes de Scribe, musique d'Auber, représenté à l'Académie royale de musique le 27 février 1833, qui, à de certaines maculatures, semble être passé par les mains d'un compositeur d'imprimerie.

2o Des notes préparées pour une rédaction sur le *Procès d'Émile de La Roncière,* qui fut jugé en juillet 1835.

3o D'autres notes sur la *Guirlande de Julie,* offerte à Mlle de Rambouillet, Julie Lucine d'Angennes, par le marquis de Montausier, qui semblent se rapporter à un exemplaire de l'édition illustrée publiée en 1818, chez Didot jeune.

Depuis la publication de ces lignes (15 janvier 1898), j'ai retrouvé le *Compte-rendu de Gustave III*, et le voici, tel qu'il est imprimé sans signature dans la REVUE DES DEUX-MONDES du 15 mars 1833, tome I, page 682.

« 14 mars 1833.

« Il n'y a d'important dans les nouvelles théâtrales de la quinzaine, que *Gustave III*. Quelle drôle de chose, que de rendre compte d'un opéra ! Un opéra nouveau est une si drôle de chose par lui-même !

« Autrefois, dans une académie royale de musique, on se serait imaginé qu'on allait entendre de la musique. Quant à moi, je ne suis point musicien, je puis le dire comme M. de Maistre, j'en atteste le ciel et tous ceux qui m'ont entendu jouer du piano. Mais je crois qu'en vérité, je n'en ai pas besoin cette fois-ci. Ce qu'il y a de plus joli dans *Gustave,* en fait de musique et de poëme, c'est un galop.

« Oui, un galop ! Il n'y a que cela dans la pièce. Vous croyez peut-être que j'en veux dire du mal. Point du tout : la pièce est admirable, car le galop est divin. Et comment aurait-on pu amener le galop sans la pièce ? Comment la pièce aurait-elle fini sans le galop ? Vous voyez bien que cela se tient. Remarquez, je vous prie, comme ce galop est amené :

« Vous savez que Gustave III a été assassiné par un de ses amis, nommé Ankastroëm, par la raison qu'il lui avait fait perdre son argent, en changeant la valeur des papiers publics. C'est une raison comme une autre, et qui vaut bien celle pour laquelle M. Levasseur tire un coup de pistolet à M. Adolphe Nourrit, le seul crime de M. Nourrit étant, à ma connaissance, de chanter une ariette ou deux à Mlle Falcon. Ankastroëm était donc à couteau tiré depuis un an ou deux avec son bon roi ; M. Levasseur est très bien avec M. Nourrit ; c'est son favori, son confident intime. Le premier acte s'ouvre là-dessus.

« Je comprends que le caractère de Gustave est très bien compris par le costumier. Sa redingote verte est admirable. Nonchalamment couché sur un sopha, le sage monarque se fait jouer un ballet, pour se délasser des soins de son em-

pire ; mais, dussé-je passer pour un maniaque et un igno-
rant, je ne saurais approuver les roses pompons de couleur
écarlate, qu'il porte à ses souliers.

« Au second acte, nous sommes chez la sorcière. Quelle
sorcière ? dites-vous. C'est ce que j'allais vous demander.
Mais qu'il vous suffise d'apprendre que le roi est déguisé en
matelot. Le costume va à ravir au jeune page, mademoiselle
Dorus. La sorcière prédit au roi qu'il sera assassiné : *amen
dico vobis*. Et comme Jésus-Christ, Gustave reçoit de son
futur meurtrier, la poignée de main de Judas.

« Au troisième acte, nous sommes en plein vent. La décoration est superbe. Ankastroëm trouve sa femme en rendez-
vous avec son maître, et, comme le mari de Molière, il se
charge de la reconduire voilée. Il paraît, d'après ce que
j'ai entendu dire, que ce mari, qui ne reconnaît pas sa
femme, et qui lui offre galamment le bras pour la ramener à
la ville, est d'un effet très dramatique. Voilà comme tout
change avec le temps.

« Au quatrième acte, Ankastroëm, qui a reconnu sa
femme, chante dans ses appartements, avec un petit nombre
d'amis.

« Au cinquième acte, voilà où j'en voulais venir, on danse
le galop. Ceux qui n'ont pas vu ce galop, ne savent rien des
choses de ce monde. Jamais l'éclat des bougies, le bruit d'une
fête, le parfum des fleurs, la musique, la folie et la beauté,
n'ont fait une heure de plaisir comparable à celle-là. Jamais
les masques agaçants, les costumes bizarrement accouplés,
les dominos et les grotesques n'ont fait ondoyer leurs mille
couleurs avec plus de grâce et d'esprit sous l'éclatante lueur
des lustres. Jamais un collégien lisant les *Mille et Une Nuits*,
n'a vu passer dans ses rêves du soir une fantasmagorie
plus voluptueuse et plus enivrante. L'ensemble en est
éblouissant ; l'analyse en est amusante. Si c'est là ce qu'on
appelle l'art du théâtre, son but est rempli. La réalité est
vaincue, et la magie n'ira pas plus loin.

« Et je vous le demande, que nous importe le reste ? Que
nous importe à nous qui venons nous accouder sur un bal-
con deux heures après dîner, que l'art soit en décadence,
que la vraie musique fasse bâiller, que les poèmes de nos
opéras dorment debout ? Que nous importe que les bouffes
aient perdu la vogue, que l'admirable talent de Rubini

s'épuise en difficultés et danse sur la corde comme l'archet de Paganini ? Que nous importe qu'on en soit venu, pour attirer le foule, jusqu'à faire de nos opéras des concerts, et de nos concerts, des opéras; qu'on nous donne un acte de l'un, un acte de l'autre, qu'on mutile Don Juan (Don Juan !); qu'on n'ait plus ni le sens commun ni l'envie de l'avoir, qu'avaient du moins nos pères ; que les principes soient à tous les diables et madame Malibran en Angleterre ? Il nous reste un galop, et, du moment qu'on danse, qu'importe sur quel air ? J'aime autant mes yeux que mes oreilles.

« Vous croyez peut-être que c'est par fantaisie que l'opéra est à la mode ? Pas du tout. Il y a une raison à tout ce qui se fait sous la lune, et la Providence sait pourquoi un siècle porte des habits carrés plutôt qu'un autre. C'est l'éternelle sagesse elle-même qui a mis le moyen-âge en pantalon collant, et pas un atome de poudre à la Richelieu n'est tombé impunément sur la nuque de la régence. Avez-vous été au Gymnase depuis peu ? aux Variétés ? à la Porte-Saint-Martin ? Êtes-vous convaincu qu'on y bâille ? Je ne vous demande pas si vous êtes allé aux Français, car il paraît qu'à la lueur de certaines lampes mal entretenues d'une huile épaisse, il se joue chaque jour sous une voûte déserte au coin du Palais-Royal, une certaine quantité de drames ignorés. Mais pour tout dire en un mot, êtes-vous allé hier, irez-vous demain ailleurs qu'à l'Opéra ? Là est le siècle tout entier. Que nos musiciens apprennent à jouer des contre-danses ; qu'ils songent à entourer ce divin spectacle de languissantes mélodies, de molles sérénades ; à ce prix, on veut encore de leurs efforts ; que nos poètes sachent amener une fête, une orgie ; qu'ils placent à propos dans leur cadre douze légères folies armées de leurs grelots ; qu'on y assassine un roi ou deux, si vous y tenez, mais que nous ayons des bals à la cour et des galops.

« A propos de galop, voilà le carnaval qui se meurt. C'est aujourd'hui la mi-carême, bien qu'il n'y ait plus de carême. N'y a-t-il pas eu quelque part des criailleries contre notre carnaval de cette année ? Il appartient à un pédant ennuyé de vivre, d'injurier des mascarades. A qui diable une mascarade a-t-elle jamais fait tort de sa vie ? On se plaint que les jeunes gens aillent aux Variétés ; je demande où l'on veut qu'ils aillent. Le faubourg Saint-Germain n'a pas donné un bal ; il ne

26

s'y prend pas une glace, il ne s'y attèle pas quatre chevaux par jour. La Chaussée-d'Antin bâille fort aussi, quoiqu'on y attèle beaucoup et qu'on y mange de même. Pourquoi le jour du bal de l'Opéra, lorsque le directeur a voulu faire une tentative hardie et nouvelle, personne n'y a-t-il répondu ? Pourquoi ce jour-là comme les autres, pas une femme du monde n'a-t-elle osé prendre le masque ? Je ne dis pas le domino ; ce vieil et insipide oripeau se promène depuis longtemps dans le désert. Mais on nous parle des mœurs de la Régence ; en quoi les nôtres valent-elles mieux ?

« Lorsque la Reine de France, déguisée en marchande de violettes, venait avec sa cour à l'Opéra, l'esprit pouvait entrer dans les plaisirs de la soirée, et il sortait de ces lèvres de carton rose d'autres choses que les hurlements de l'ivresse et les saletés du cabaret. Vous appelez ces mœurs infâmes ; vous repoussez les femmes dans leurs ménages, et vous entourez d'une grille de fer le berceau de leurs filles. Cela est sage, très juste, très décent. Mais un jeune homme ne se marie pas à vingt ans, et tous les ans le mardi gras vient à son heure, qu'on veuille ou non de lui. Accorderez-vous à la jeunesse qu'elle ait des sens, des besoins de plaisir, parfois même des jours de folie ? Où voulez-vous qu'elle les passe ? C'est un Anglais silencieux qui glisse sous une table inondée de *porter,* sans proférer une plainte, et qui s'éteint dans l'eau-de-vie avec le papier embrasé qui la brûle. Il faut aux Français des voitures pleines de masques, des torches, des théâtres ouverts, des gendarmes et du vin chaud. Tant pis pour le siècle où les cabarets sont pleins et où les salons sont vides. Donnez la terre aux Saint-Simoniens, à chacun une pioche et un bonnet de coton. Otez à l'or sa valeur, au plaisir son attrait ; faites de la société un champ de blé de la Beauce, où pas un épi ne dépasse l'autre. Vous n'aurez plus alors de *jeunesse dorée,* ni de longchamp sur le boulevard Italien. Mais tant que vous voulez vivre dans un pays libre, où chacun peut faire ce qu'il entend, où l'or est en cours, où le plaisir est à bon marché, ne vous étonnez pas que les jeunes gens aillent en masque ; et vous, législateur prudent et circonspect, qui prêchez la morale publique, souvenez-vous de Caton l'Ancien, qui félicitait un jeune homme en le voyant sortir d'un lieu de débauche. »

V

LES DERNIERS MOMENTS DE FRANÇOIS Iᵉʳ

On ne connaît des *Derniers moments de François Iᵉʳ*, drame en vers, que le fragment qui a été publié dans le KEEPSAKE FRANÇAIS. *2ᵉ Année. 1831. Chez Giraldon Bovinet, 1 vol. in-8°*, qui fut mis en vente vers la fin de l'année 1830.

Pour quelle raison Alfred de Musset ne termina-t-il pas ce drame ou détruisit-il ce qu'il en avait écrit (car le manuscrit n'a jamais été vu)? Peut-être la connaissance d'un drame analogue, pour le sujet comme pour la forme, la *Mort de François Iᵉʳ* par Félix Arvers (1). Au mois de janvier 1850, M. Charpentier imprimant un nouveau volume d'œuvres d'Alfred de Musset, lui avait transmis le vœu exprimé par bien des personnes, de voir adjoindre à ce livre des poésies inédites jusqu'à ce jour. En ce qui concerne ce drame, l'auteur se borna à lui répondre : « J'ai beau faire, je ne puis pas corri- « ger ces *Derniers Moments de François Iᵉʳ* ; il y a dix- « neuf ans que c'est au rancart » (2).

Alfred de Musset et Félix Arvers se connaissaient ; ils avaient des amis communs, Paul Foucher, Alfred Tattet; tous deux se trouvèrent plus d'une fois côte à côte à la table de Ulric Guttinguer, rue de Courcelles, dans cette maison des Lilas, rendue célèbre par la fête printannière donnée en l'honneur de M. et Mᵐᵉ Victor Hugo. Ils se rencontraient aux soirées de l'Arsenal, chez Charles Nodier, dont ils étaient les hôtes assidus ; ils adressaient

---

(1) Voir : FÉLIX ARVERS, par Charles Glinel. 2ᵉ édition. Reims, Michaud. Paris, Rouquette, 1897. 1 vol. in-8°.
(2) *Œuvres Posthumes*, in-12, p. 241

même des vers à la fille du maitre de ce logis, car l'*in-nommée* du fameux sonnet :

« Mon âme a son secret, ma vie a son mystère »

et l'héroïne des Stances :

« Madame, il est heureux, celui dont la pensée »

ne sont qu'une même personne, mademoiselle Marie Nodier, qui devint madame Ménessier. De plus, le 1er janvier 1830, Arvers avait fait ses débuts dans le notariat comme clerc chez Me Guyet-Desfontaines, ami de la famille de Musset ; en sa qualité de poète, le jeune baso-chien avait ses entrées au salon.

« *La Mort de François Ier*, drame en 3 actes, en vers, dédié à mon ami Roger de Beauvoir » par Félix Arvers, porte la date de juin 1831, dans le recueil où il a été publié (1). On y trouve certaines similitudes avec le drame d'Alfred de Musset ; ce passage de la scène 3 du IIIe acte, se rapproche beaucoup du début du dialogue entre François Ier et son Fol :

FRANÇOIS Ier

. . . .
S'il est vrai que souvent ma raison égarée,
Aux pompes de Satan, jadis se soit livrée,
N'ai-je rien fait aussi qui puisse retenir
Le bras de Jésus-Christ levé pour me punir ?
Fils aîné de l'Église, ardent à sa querelle,
J'ai défendu sa gloire et combattu pour elle.
Que me reproche-t-on ? N'ai-je pas résisté
A ce torrent du schisme et de l'impiété ?
N'ai-je pas su, malgré des efforts sacrilèges,
Remettre le Saint-Père en tous ses privilèges ?
Et savez-vous un roi qui fut meilleur soutien
Du Saint Nom de Jésus et du monde chrétien ?.......

(1) MES HEURES PERDUES par Félix Arvers. Paris, Fournier, 1833. 1 vol. in-8e, p. 156 à 293.

Cela se poursuit dans la réplique de Féron, et, quelques vers plus loin, la ressemblance est encore plus grande :

FRANÇOIS Ier

.... Ah ! ce n'est pas la mort qui m'épouvante !
L'Espagnol me connaît, de reste, et je me vante
Que dans toute l'Europe il n'est pas chevalier
Plus âpre à la besogne et plus franc de collier.
Pourquoi, dans les combats, n'ai-je perdu la vie ?
Je serais si bien mort aux plaines de Pavie,
Au bruit des instruments de guerre et des clairons,
Entouré de mes preux chevaliers et barons !
Mon armure eut servi de linceul militaire
Et mes soldats pleurant m'auraient mis dans la terre
Humide encor du sang que ma main eut versé,
Comme ils ont fait Bayard, quand il a trépassé.

Et dans Alfred de Musset :

LE ROI

Dieu du saint Évangile ! O Dieu, j'ai fait pourtant
Brûler par Bonneval tout un bourg protestant !
Dans un pourpoint de fer, certes, je fus à l'aise ;
Maintenant, je suis mort, ma cuirasse me pèse !
O mon cousin Bayard ! Il mourut tout poudreux,
Les reins tout fracassés !..... Il était bien heureux !
(Délirant) Oh ! parmi les tournois, les écharpes dorées,
Les vieux barons de fer, les femmes adorées !
O soleil d'Italie ! O mon beau Milanais !
Où trouver pour mourir, tes champs, si je renais ?
Mourir la dague au poing, mourir le casque en tête,
Des éclairs que l'acier croise dans la tempête !
En bas d'un palefroi saillir contre un sol dur,
Et tomber sur le dos, sous un beau ciel d'azur !
Hardi, mes preux sans peur, ma vaillante noblesse !
Hardi, mes lansquenets, dans la mêlée épaisse !
Hardi ! — C'est d'Alençon sur la colline assis !
C'est Chabanne et ses gens, de poussière noircis !
Bien combattu, Dunois ! Comme il court, comme il vole !
Je te fais duc et pair, Dunois, sur ma parole !
Trivulce ! A Marignan et tant d'autres endroits,
Mes féaux serviteurs, on vous a vus tous trois !

Marignan laissa-t-il entre vos cicatrices
De quoi, sur votre cœur, écrire vos services ?
Quelle bataille, amis ! Elle dura deux jours !
Un soir vint..... puis un autre..... on se battait toujours ;
Et de faim ni de soif, nul ne sentait l'envie.
Deux jours !..... nul ne songea qu'à sa mort ou sa vie ;
Et les bataillons noirs se heurtaient dans la nuit,
Et fatigués du bruit, n'entendaient plus de bruit.
On se battait ! — Quand vint un matin le silence,
Comme, tout étonné, je restais sur ma lance,
La Tremouille arriva, qui me dit : « Ils sont morts ! ».
Et je vis, en effet, que l'on comptait les corps.

Dans les *Derniers moments de François Ier,* Féron faisant le compte des maris outragés, qui ont voulu tirer
vengeance du roi François, sans y réussir comme lui,
émet des idées qu'on retrouve dans les scènes 3, 4 et 5
du 1er acte de *La Mort de François Ier.*

Malgré ces ressemblances, ces deux drames n'ont
pas été copiés l'un sur l'autre, et celui de Musset a une
priorité d'au moins une année sur celui d'Arvers.

Il existe deux autres drames célèbres sur les amours
de François Ier, qui ont été plus d'une fois comparés avec
les deux pièces dont je viens de parler :

Le Roi s'amuse, drame en cinq actes, en vers, par
Victor Hugo, représenté pour la 1re fois au Théâtre
Français le 22 novembre 1832 et pour la seconde fois le
22 mars 1882.

Et *Ango,* drame en cinq actes et six tableaux, avec
épilogue, en prose, par Auguste Luchet et Félix Pyat,
représenté pour la première fois sur le théâtre de l'Am-
bigu le 29 juin 1835.

Enfin, M. le vicomte de Spoelberch de Lovenjoul nous
apprend dans ses Lundis d'un chercheur (C. Lévy,
1894. 1 vol. in-12, p. 8-9), que Théophile Gautier avait
songé à composer un drame sur le même sujet.

Les Derniers moments de Francois Ier ont été réimprimés avec plus ou moins d'exactitude dans le KEEP-

SAKE FRANÇAIS DE 1832, le KEEPSAKE FRANÇAIS DE 1833, le MONDE DRAMATIQUE du 16 juillet 1835, et, sous le titre d'*Ango,* dans l'ARTISTE du 15 juillet 1850. D'autres revues en ont publié des fragments.

VI

PERDICAN

Perdican est un fragment de drame lyrique, composé peu de temps avant *On ne badine pas avec l'amour.* Une seule scène est écrite.

Perdican, fils d'Evrard, pleure la mort de son père, tué dans un récent combat ; un chevalier vient essayer d'enlever à son inaction le fils de son ancien compagnon d'armes. Perdican résiste ; d'autres chevaliers surviennent :

> Crois-tu que nous soyons comme le vent d'automne,
> Qui vient sécher tes pleurs jusque sur ce tombeau
> Et pour qui ta douleur n'est qu'une goutte d'eau ?
> Les hommes, mon enfant, ne consolent personne ;
> L'herbe que nous voulons arracher de ce lieu,
> C'est ton oisiveté ! Ta douleur est à Dieu !
> Laisse là s'élargir cette sainte blessure
> Que les noirs séraphins t'ont faite au fond du cœur ;
> Rien ne nous rend si grands qu'une grande douleur !
> Montre la tienne au monde, et prends-la pour armure...

Mais malgré tous leurs discours, Perdican reste indécis.

Plusieurs vers de *Perdican* se retrouvent dans la *Nuit de Mai.*

VII

CONFESSION D'UN ENFANT DE L'AUTRE SIÈCLE

Cette *Confession d'un Enfant de l'autre Siècle,* composée en mai 1842, n'a, malgré son titre, aucun rapport avec la *Confession d'un Enfant du Siècle*. C'est une sorte de préface, dans laquelle Alfred de Musset s'excuse presque de faire encore des vers, et demande l'indulgence de ses amis :

> . . . .
> Mil huit cent vingt ! Nous éclosions
> Dans les mélanges poétiques
> . . . .
> Puis dix ans nous nous reposions
> Au sein des drames romantiques.
> Venaient après ?... je ne sais plus,
> Sinon que c'était du plus tendre,
> Du cœur brisé, des sens émus,
> Et beaucoup de vœux superflus.
> Dix nouveaux ans encor de fièvre !
> Arthur (1) paraît, le malheureux,
> Déplorablement vertueux
> Triste réveil d'un charmant rêve !
> Est-ce la fin ? Hélas ! Hélas !
> Voilà que viennent des *Lilas !* (2)
> C'est l'amitié qui les fait naître,
> Le temps d'éclore et de paraître,
> De parfumer une fenêtre,
> Et tout est dit de cette fois !

Mais comme ils sont négligés, ces vers, mal présentés,

> Avec des trous à leur chemise ;

grande est leur sottise de paraître en pareil accoutrement devant leurs amis et maîtres ; cependant, on leur pardonnera en faveur de leur bonne intention et du grand âge de leur auteur.

Ce petit poème est adressé à Monsieur ou à Madame Alfred Tattet. Peut-être est-ce la *lettre* qui accompagnait l'envoi d'un volume de poésie.

(1) *Arthur,* roman, par U. Guttinguer. Paris, Renduel, 1837. 1 vol. in-8°.
(2) *Les Lilas de Courcelles,* poésies, par U. Guttinguer. Saint-Germain, Imp. de Beau, 1842. 1 vol. in-8°.

VIII

LES FRÈRES VAN BUCH

Les Frères Van Buch, légende allemande, tel est le titre d'une nouvelle en prose publiée dans le CONSTITU-TIONNEL du 27 juillet 1844 et précédée d'une *Lettre* au Directeur.

Dans une petite ville des bords du Rhin, habite le vieil orfèvre Hermann ; sa fille Wilhelmine revient ce jour même du couvent, et, dès leur première rencontre avec deux jeunes graveurs, voisins et hôtes assidus de son père, Henri et Tristan Van Buch, inspire un violent amour aux deux frères. Les jeunes hommes se cachent leur mutuelle passion, mais leurs rêves les trahissent, et dans l'impossibilité où ils sont d'épouser la même jeune fille, ils décident de s'en rapporter à son choix : « Ma « fille leur répond l'orfèvre, vous a vus tous deux ; elle « chérira Tristan comme un époux et Henri comme un « frère. » Henri s'efface devant l'heureux élu, mais bien-tôt il se sent incapable de tenir son serment. Un jour qu'ils chassent, il s'en ouvre à son frère et le supplie d'attendre qu'il soit mort pour épouser Wilhelmine ; devant un si grand désespoir, Tristan offre à Henri de lui céder ses droits : « Que je l'épouse ! s'écria l'autre. Me transmettrez-vous son amour en me transmettant vos droits ? Il faut cependant que l'un de nous en meure ! ajouta-t-il d'une voix sombre. Sa main tremblait et battait contre son couteau de chasse. — Oui, répondit Tristan. » Et la lutte s'engage. Bientôt tous deux sont mortellement frappés ; Tristan tombe à terre, mais Henri reste debout, vacillant et immobile : « Du fond de la vallée, dans le crépuscule, une forme vague sembla tout à coup se détacher et s'avancer vers eux. Elle montait lentement la colline et, à mesure qu'elle appro-

27

chait, les fils reconnaissaient leur mère. Au moment où
le spectre parut, entièrement visible et reconnaissable,
celui qui était debout, par un suprème effort, quitta la
place où il était cloué, et alla se jeter dans les bras de
celui qui gisait à terre. Ainsi tous deux, couverts de
larmes et de sang, expirèrent dans un dernier embras-
sement. »

Les Frères Van Buch ont été réimprimés dans le
supplément du FIGARO du 29 août 1875. En 1878, un
admirateur d'Alfred de Musset a fait composer et tirer
cette nouvelle à huit exemplaires, pour lui et ses amis,
19 pages in-4° sur papier vergé.

Lous dus frays bessous, per Jasmin, balado dediato a
moussu De Salvandy (Agen, Imprimerie Noubel, 1847.
In-8° de 32 pages) semblent imités de cette nouvelle
d'Alfred de Musset.

IX

EN LISANT LE JOURNAL

Le mariage de la reine Isabelle d'Espagne avec son
cousin Don François d'Assises et celui de sa sœur Doña
Fernanda avec le duc de Montpensier, célébrés ensemble
le 10 octobre 1846, et conclus contre le gré de l'Angleterre, avaient amené des représentations très vives de la
part du cabinet anglais. Au mois de novembre de la
même année, l'annexion de Cracovie, ville libre, aux
États Autrichiens, par suite d'entente entre les trois
puissances qui s'étaient partagé la Pologne — la Russie,
la Prusse et l'Autriche — donnèrent lieu à des remontrances de la France pour cette violation des traités
de 1815, remontrances qui ne furent pas écoutées. Des
bruits de guerre coururent ; aussi, à l'ouverture de la
session parlementaire de 1847, une discussion très vive

eut lieu à la Chambre entre M. Guizot et M. Thiers. Les
journaux de l'opposition accusèrent le ministère de
reculer et de ne pas oser soutenir l'honneur du drapeau
français. C'est la lecture d'un de ces articles qui inspira
ces stances à Alfred de Musset, l'une de ses rares pièces
politiques, qui débutent ainsi :

> J'aurais voulu, même en tremblant,
> Même étourdi par ton tonnerre,
> J'aurais voulu suivre sur terre,
> César, ton éperon sanglant.

Un ami d'Alfred de Musset m'a communiqué le manuscrit d'une autre pièce du même genre, intitulée *La Lanterne magique,* écrite vers 1830, dans laquelle il passe en
revue la double face des choses de ce monde.

X

SUR MES PORTRAITS

Je ne crois pas commettre une indiscrétion en donnant
en entier cette poésie satirique, dont L'INTERMÉDIAIRE
DES CHERCHEURS ET CURIEUX du 15 juillet 1891 a publié
les sept premiers vers :

> Nadar, dans un profil croqué,
> M'a manqué,
> Landelle m'a fait endormi,
> A demi ;
> Biard m'a produit éveillé,
> A moitié ;
> Le seul Giraud, d'un trait rapide,
> Intrépide,
> Par amour de la vérité,
> M'a fait stupide.
> Que pourra pondre dans ce nid
> Gavarni ?

La lithographie de Gavarni fut exécutée en 1854, ce
qui nous donne la date du morceau. Tous ces portraits

ont été gravés à l'exception de deux : celui de Giraud, charge à l'aquarelle que l'on a pu voir en 1888 à l'Exposition des Maîtres français de la Caricature, et celui de Biard, que, malgré le bon vouloir de la fille du peintre, la spirituelle Étincelle, il m'a été impossible de retrouver.

XI

NAPOLÉON

« Napoléon, ton nom est un cri dans l'histoire....

Ce sonnet est encore une pièce politique, écrite en 1856 et qui semble avoir été inspirée au poète par la vue d'une peinture ou d'une sculpture représentant un soldat blessé, étendu aux pieds d'une Victoire.

Un autre fragment de huit vers, sans date, adressé également à Napoléon, subsiste aussi, qui commence par ces mots : « Oh ! d'ennemis sans foi.... »

* *
*

Je noterai encore quelques *brouillons* se rattachant à des pièces publiées et qui présentent des variantes avec le texte imprimé, pour *Les Marrons du Feu* (deux fragments), *Le Saule* (deux), *La Coupe et les Lèvres* (quatre, dont l'un porte le titre de *Brandel*, et qui ne sont pas les mêmes que les deux fragments indiqués ci-dessus) ; *Rolla* (un) ; quelques phrases inédites de la *Confession d'un Enfant du Siècle,* dont un passage est publié dans le supplément du FIGARO du 14 mai 1887 ; cinq plans ou divisions de scènes différentes pour *Lorenzaccio* (1) ;

(1) L'édition in-4ᵉ, des Œuvres d'Alfred de Musset publiée à la Librairie Lemerre, de 1884 à 1895, est la première qui donne un texte de *Lorenzaccio* conforme au manuscrit. De nombreux passages sont ajoutés, entre autres, toute la fin de la quatrième scène de l'acte IV, demeurée jusqu'alors inédite.

deux projets d'un nouveau dénoûment du *Chandelier,*
faits en 1850, lors de l'interdiction de la pièce ; un commencement d'étude en prose *Sur Léopardi,* qui est
publié en vers et terminé sous le titre de *Après une
lecture ;* un sonnet *Au Rhin ;* un fragment de poème
dramatique en trois chants, *L'Oubli des Injures,* dont
plusieurs passages se retrouvent dans *La Coupe et les
Lèvres ;* un autre fragment en vers, qui est un dialogue
entre *Rolla* et *le Grand-prêtre,* sans titre ; une première
version du *Sonnet au Lecteur* de 1850 ; d'autres fragments
inédits des stances *Sur la Paresse,* de la chanson *Les
Filles de Cadix,* de *Louison,* de *Carmosine,* de *Faustine*
et du *Songe d'Auguste.*

Il ne subsiste après cela, parmi les manuscrits d'Alfred
de Musset, que des ébauches (les *Deux Magnétismes ;*
deux *Lettres à Buloz,* inachevées, l'une sur les réformes
théâtrales, l'autre sur les « voleurs de noms » ; cette
seconde lettre est le dernier morceau en prose sorti de
la plume d'Alfred de Musset. *Un Thé ;* une *Comédie sous
le règne de Louis XV,* sans titre; *A Mme ***,* sur le suicide ;
Adolphe, etc...) ; des essais de tournures de phrases,
des fragments de poésies où le sens finit au milieu d'un
vers inachevé, où les vers s'arrêtent avant le sens *(Sur
Grévedon, A Mme Ristori, Conte en vers* se passant en Lima-
gne, *A Willa, A un jeune peintre,* etc...) ; des lignes de
prose qui n'ont ni commencement ni fin *(Sur la Guerre
d'Orient, Sur la Visite de la Reine d'Angleterre,* etc...),
débris qui ne peuvent figurer dans les œuvres de
l'écrivain.

*
* *

Il ne me reste plus à parler maintenant que de certaines œuvres que l'on attribue à Alfred de Musset, sans
donner la preuve certaine qu'il en est l'auteur : « Alfred

« de Musset n'a jamais employé de secrétaire, dit Paul
« de Musset. Toute publication posthume dont on ne
« pourra pas produire l'autographe, sera évidemment
« apocryphe et mensongère. » (BIOGRAPHIE, p. 371). Il
faut s'entendre sur ce mot autographe : Paul de Musset
désigne non seulement ceux écrits en entier par Alfred,
mais aussi ceux écrits sous sa dictée, après 1842, par
Mlle Colin, alors qu'il était malade et dans l'impossibilité de tenir une plume, lesquels sont revus par lui et
corrigés de sa main ; le plus important de ces « seconds
autographes » est celui de *Carmosine.*

Tel est le cas des pièces qui suivent : où est l'autographe?

1º *Chanson de Sténio,* intercalée dans la première
édition de LÉLIA par George Sand. (Dupuy et Tenré,
1833. 2 vol. in-8º. Tome II, p. 208.)

2º *Quatrain à H. de Latouche,* composé en 1833, à
propos des polémiques sur George Sand. LA REVUE DES
FAMILLES, 1er mars 1892.

3º Deux *Sonnets à Alfred de Vigny,* l'un par George
Sand, l'autre par Alfred de Musset, envoyés à l'auteur de
Chatterton au lendemain de la représentation de cette
pièce. REVUE MODERNE, juin 1865.

Avant de les publier dans la Revue, M. Louis Ratisbonne avait soumis ces deux sonnets à l'appréciation de
Paul de Musset, qui lui fit cette réponse :

« Monsieur et cher confrère,

« En pensant aux deux sonnets que vous avez eu l'obligeance de me communiquer, j'ai conçu des doutes sérieux
sur leur authenticité. A moins de preuves du contraire, je
ne puis croire qu'ils soient de mon frère. Le mot *race bovine,*
que contient l'un des deux, et plusieurs autres expressions
de colère ou de mépris appliquées aux critiques du drame
de *Chatterton,* me semblent un peu trop forts en crudité. On

n'a pas tant de ressentiment pour des critiques adressées à
un autre. Je croirais volontiers que M. de Vigny a pu faire
ces deux sonnets dans un moment d'irritation, et s'amuser
ensuite à supposer qu'il les avait reçus de personnes qui,
sans doute, lui avaient fait des compliments sur la pièce
qu'on représentait alors avec succès à la Comédie Française.
Je vous engage donc à ne pas publier sous le nom de mon
frère celui que M. de Vigny lui a attribué, à moins que vous
n'en retrouviez l'autographe, car cet autographe doit exister
si le sonnet a été envoyé. Quant à l'autre sonnet, attribué à
une personne qui n'a jamais fait de vers, son caractère
évidemment pseudonyme est une preuve à l'appui de mon
opinion que tous deux sont de l'auteur de *Chatterton*. Je ne
vois que la découverte des autographes qui puisse me faire
revenir de cette opinion. Si vous les retrouvez, soyez assez
bon pour m'en donner avis ; mais s'il n'existe dans les papiers
de M. de Vigny que la copie écrite de sa main, dont vous
m'avez donné lecture, il sera prudent de ne les considérer
que comme des documents incertains.

« Agréez, Monsieur et cher confrère, l'assurance de mes
sentiments distingués.

« 9 mai 1865.

« P. DE MUSSET. »

Malgré cette lettre, la publication fut faite et **M. L.**
Rastibonne eut raison, car M. Georges Jubin, dans la
Revue bleue du 3 avril 1897, a publié des documents,
dont une lettre d'Alfred de Musset à Buloz, qui ne laissent
plus aucun doute sur l'authenticité de ces deux sonnets,
dont Alfred de Musset est l'auteur.

4° *Sur les Auteurs de mon temps,* strophes burlesques
dont voici la dernière :

> Lassailly
> A failli
> Vendre un livre.
> Il n'eût tenu qu'à Renduel
> Que cet homme immortel,
> Eût enfin de quoi vivre. (1)

(1) Publié dans : *Les Soupeurs de mon temps, par Roger de Beauvoir.* Paris,
Faure, 1868. 1 vol. in-12, p. 135. — *L'Illustration*, 19 septembre 1868.

L'autographe que je possède est écrit par Roger de Beauvoir, qui est *pourtraicturé* dans la troisième strophe :

De Beauvoir
Bel à voir
Nous amuse
Lorsqu'il a bien dîné
Il nous prie à déjeuné
On y va, l'on s'abuse.

Les autres écrivains dépeints sont Henri Blaze, d'Anglemont, Sainte-Beuve, Capo de Feuillide, Paul de Musset et Paul Foucher.

Ce genre de plaisanterie était très en vogue parmi les habitués du salon de George Sand. M. le vicomte de Spoelberch de Lovenjoul, dans sa VÉRITABLE HISTOIRE D'ELLE ET LUI (C. Lévy, 1897. 1 vol. in-12, p. 8), publie une *Complainte sur le Duel* de Gustave Planche et de Capo de Feuillide, que l'on attribua à la collaboration d'Alfred de Vigny et de Brizeux, mais dont l'héroïne connaissait le véritable auteur (ce n'est pas à nous de soulever le voile). *Lui* écrivit à cette époque une *Revue Romantique ; Elle,* le 23 novembre 1834, une *Complainte sur la mort de François Luneau.* Nous indiquons d'autre part les *charges* faites à l'atelier d'Achille Devéria par Alfred de Musset, qui écrivit aussi une parodie des *Mémoires d'Outre-Tombe* de Chateaubriand ; et peut-être a-t-il aidé Mᵐᵉ Augustine Brohan à confectionner son « beau couplet de la vierge en patache ».

5º *Rêves d'Hiver.* Janvier 1838. Tel est le titre d'un manuscrit passé en vente chez Laverdet le 10 avril 1855. J'ignore ce qu'il est et qui le possède aujourd'hui.

6º *Quatrain Italien,* inscrit sur l'album de M. le comte Dousse d'Armanon. L'ARTISTE, 29 septembre 1844 :

La rosa e un vago fiore
Come la giornata,
Presto che nasce e muore
E non ritorna piu

Cette petite pièce est citée dans un article de M. Guénot-Lecointe sur la manie des albums ; il l'accompagne de cette réflexion : « Au lieu de ces quatre lignes italiennes « qui ne sont même pas des vers, pourquoi M. Alfred « de Musset n'a-t-il pas écrit une strophe des Contes « d'Espagne ? »

La même revue, dans sa livraison du 21 novembre 1844, donne encore une *Prière inscrite sur l'album des moines du Carmel.*

7º *Stances à Henri Cantel.* REVUE DE FRANCE, 1ᵉʳ mars 1881.

8º Un ami inconnu, qui me permettra de le remercier ici, me faisait parvenir, naguère, ce sonnet, dont il attribue la paternité à l'auteur de la Ballade à la Lune :

LUNA

Ce soir, la Lune est ronde, et sa tête fantasque
Comme un domino, passe entre les peupliers.
— Peste ! la folle nuit ! et vous avez, beau masque,
Choisi là, sur ma foi, d'étranges cavaliers.

Quoi, jusqu'au noir clocher, qui, coiffé de son casque,
Semble prêt à vous suivre ! Et, parmi les halliers,
L'âpre Éole intrigué, qui suspend sa bourrasque
Pour ne pas déranger vos projets singuliers !

Partez donc, o Luna ! Le ciel clair et sans voiles
A pour vous rallumé ses claustrales étoiles...
Et moi, qu'a su charmer votre air leste et fringant,

Voyant vos doigts si blancs rayer la toile verte
De mes rideaux, je dis : « Sur ma fenêtre ouverte,
« Ma mie, n'auriez-vous pas laissé choir votre gant ? »

9º *Quatrain à une dame,* en lui envoyant des bonbons lors de sa grossesse. L'ÉVÉNEMENT, 25 décembre 1876.

10º *Quatrain à une vieille coquette.* L'ESTAFETTE, 24 juin 1892.

11º *A une Espagnole,* stances improvisées sur un rythme de Victor Hugo. LE VOLEUR, 2 mai 1873.

12° *Stances à Buffon,* écrites sur un panneau de son cabinet de travail, à Montbard. LE CENTENAIRE DE BUFFON, Troyes, Montgollier. 1889. Br. in-8°, page 68.

13° *Déclamation.* — *A miss Anna X***,* deux poésies, dans la GRANDE REVUE DE PARIS ET SAINT-PÉTERSBOURG, 25 juillet 1890.

14° Pour les vers inscrits *Sur l'Album du château de Clisson,* pendant un voyage qu'Alfred de Musset fit dans la Loire-Inférieure, il se récuse lui-même dans une lettre qu'il adressa d'Angers à Mme Alfred Tattet :

« ... Quant aux vers du livre de Clisson, on m'en a parlé plusieurs fois et je les tiens pour admirables, mais je n'ai pas l'honneur d'en être le père ; il paraît qu'en mettant mon nom au bas, on a voulu du moins m'en faire le parrain. Je n'ai jamais été par là, et quand cet enfant-là m'est né, j'étais probablement bien loin. Ma Muse aura accouché pendant mon absence, c'est pour le moins un cas rédhibitoire. J'ai déjà assez mis au monde de mauvais garnements pour ne pas vouloir d'intrus dans la famille.... » (1)

Est-ce que certaine conférencière célèbre, qui jadis incarna Lucretia del Fede, ne connaît pas le véritable auteur? Je suis allé souvent à Clisson et je me suis procuré le fameux livre ; mais les pages où se trouvaient les soi-disant vers d'Alfred de Musset ont été arrachées par quelque visiteur peu délicat. On voit encore des vers ou des lignes de prose, signés Victor Hugo, Lamartine, George Sand, mais malheureusement pour l'authenticité de ces autographes, aucun de ceux dont je connais l'écriture de leur pseudo-auteur, n'a été écrit par son signataire.

* *

Avant de mettre fin à cette longue énumération que le lecteur doit trouver bien ardue, il me faut encore indi-

(1) Cette lettre est publiée en partie dans LE FIGARO du 6 avril 1883, et en entier dans la GAZETTE ANECDOTIQUE du 30 juin 1885.

quer quelques pièces données comme inédites, et qui ne
sont en réalité que des réimpressions d'œuvres publiées :

1º L'*Épigraphe* placée en tête du tome II de LÉLIA par
George Sand (Dupuy et Tenré, 1833. 2 vol. in-8º). — Le
Fragment donné page 190 de LES DEUX SŒURS, par
Mᵐᵉ Aglaé de Corday (Louviers, Achaintre, 1838. 1 vol.
in-8º), ne sont que deux strophes de *Namouna.*

2º La *Nouvelle* en prose que publie la GAZETTE DE LA
NOBLESSE du 16 octobre 1856, est un extrait du *Voyage
où il vous plaira,* par Hetzel.

3º La couverture de la 87ᵉ livraison des FRANÇAIS
PEINTS PAR EUX-MÊMES (Curmer, 1840, in-4º), donne
comme inédits 18 vers, que reproduit LE NATIONAL de
Bruxelles du 26 mars 1880, lesquels sont les 18 premiers
vers des *Secrètes pensées de Rafaël.*

4º LE DIOGÈNE du 19 octobre 1856 annonce des *Stances
à Mᵐᵉ Dorval,* mais rectifie son erreur dans le numéro
du 9 novembre ; ce sont les stances *A la Malibran.*

5º Le journal LE PLAISIR A PARIS du 26 juin 1889
publie « Le Navire », fragment du *Retour,* et l' « Ennui »,
fragment des *Stances :* « Je méditais courbé ».

* *

Il reste une question que j'aurais voulu aborder,
celle de la *Correspondance* d'Alfred de Musset, mais cela
m'entraînerait en des détails bibliographiques bien
longs (1). Les trente-cinq lettres mises à la fin du volume
des ŒUVRES POSTHUMES, ne donnent qu'un bien faible
aperçu de ce qu'elle est.

Par les publications faites en 1896 à propos d'*Elle et
Lui,* on connaît des fragments des lettres qu'Alfred de
Musset écrivait à George Sand ; d'autres, adressées à

(1) C'est pour la même raison que j'omets les *Variantes* qu'offrent entre eux
les divers textes imprimés.

Buloz, Alfred Tattet, Pierre Pagello, Alfred Arago, Boucoiran, Mme de Belgiojoso, Mme Augustine Brohan, David d'Angers, Maxime Du Camp, Alexandre Dumas, Sainte-Beuve, Mme Olympe Chodzko, Albéric Second, Alfred de Vigny, Mme de Girardin, Arsène Houssaye, Eugène Renduel, Mme Levrault, Frantz Liszt, Émile Péhant, etc..., ont été publiées dans des journaux, des revues ou des livres; nous en avons découvert *cent dix*, imprimées en entier ou peu s'en faut, dans ces conditions, sans compter les lettres ou fragments de lettres d'Alfred de Musset à George Sand, ainsi que celles dont tout ou partie est, pour la première fois, publié dans le présent volume; et l'on peut tenir pour certain qu'il en existe un plus grand nombre. Mais combien curieuses sont celles qui demeurent encore inconnues parmi les noms cités plus haut et celles qu'il envoya à son frère Paul, à ses éditeurs, aux interprètes de ses comédies, à divers membres de sa famille, aux directeurs des revues où il a écrit, à Émile Augier, Ulric Guttinguer, Théophile Gautier, au comte d'Alton, à Désiré Nisard, Ambroise Thomas, Auguste Barre, Mlle Rachel, même à sa gouvernante, Mlle Colin (dont la REVUE DE PARIS ET SAINT-PÉTERSBOURG et les ANNALES LITTÉRAIRES ont publié les mémoires) (1), et à beaucoup d'autres, dont je ne puis dire les noms.

J'omets avec intention la correspondance.... amoureuse, trop intime pour être publiée, et qui ne sera jamais connue; car, avec un tact que je ne puis qu'approuver, lors de la mort du poète, toutes les lettres de femmes qui furent trouvées dans ses tiroirs, furent restituées sans échange à celles qui les avaient écrites. Toutefois, le mystérieux paquet déposé à la Bibliothèque Nationale, pour être ouvert et publié en 1910, renferme, si je ne me

_____

(1) Réimprimés sous le titre de : *Dix ans chez Alfred de Musset*, par Mme Martellet, née A. Colin. Paris, Chamuel, 1899. 1 vol. in-12.

trompe, l'une de ces correspondances ; ce n'est pas celle de George Sand, comme on l'a prétendu ; celle-ci, pensons-nous, est adressée *A une belle inconnue :*

> Si vous croyez que je vais dire
> Qui j'ose aimer,
> Je ne saurais, pour un empire,
> Vous la nommer.

Les lettres à sa Marraine sont aussi peu connues que les autres, car les textes que Mme Jaubert a intercalés dans ses SOUVENIRS (Hetzel, 1881, 1 vol. in-12) et ceux donnés par Paul de Musset, sont, sauf quelques rares exceptions, absolument altérés et défigurés. J'ai pu en vérifier la majeure partie sur les autographes originaux et j'ai constaté qu'ici une lettre avait servi à en faire deux ; que là, deux ou trois lettres étaient fondues en une seule ; ailleurs, les phrases sont interposées, et très souvent les dates supprimées ou changées. N'eût-il pas mieux valu rien plutôt que cela ! Que de jolies choses cependant elles renferment, et que de récits j'y ai lus, semblables à *Un souper chez Mlle Rachel,* qui n'est que l'une d'elles, dont on a supprimé le commencement et la fin ! (1).

Comment conclure, si ce n'est en exprimant le désir de voir un jour joindre aux œuvres du poète, toutes ces pages inédites, toutes ces lettres surtout, qui révèleront un Musset inconnu ?

* *

LES ANNALES POLITIQUES ET LITTÉRAIRES du 19 septembre 1897 commencent la publication de *Denise,* cette nouvelle dont je parle au début de cet article, en laissant planer, par un Avertissement, un doute sur le véritable

---

(1) Voir ci-après la Notice bibliographique sur la Correspondance d'Alfred de Musset.

auteur. Il suffit, pour éviter toute équivoque, de se reporter à la REVUE DE PARIS du 2 mai 1841 ; on y trouvera, page 5, *Denise,* avec la signature de Paul, son seul et véritable auteur. Cela a été révélé par M. le vicomte de Spoelberch de Lovenjoul dans une lettre publiée par le JOURNAL DES DÉBATS du 1ᵉʳ juillet 1897. Le même journal donnait le lendemain une autre note rectificative (qui émanait de moi) dans laquelle je disais que le fait d'attribuer à Alfred ce qui venait de Paul, n'était pas unique, et je faisais allusion à une lettre envoyée par Alfred de Musset à un de ses éditeurs pour se plaindre de cela. Voici cette lettre :

« Monsieur Charpentier, 19, rue de Lille.

« Lundi, 30 septembre [1850].

« Mon cher ami,

« Je vous envoye le catalogue de l'*Assemblée,* où vous trouverez quatre ou cinq romans de mon frère, annoncés sous mon nom. Vous m'avez dit que vous vous chargeriez de demander la rectification. J'aimerais mieux en effet que vous me rendissiez ce service, attendu qu'il est délicat pour moi de parler de mon frère.

« D'ailleurs, votre position, étant *mon éditeur,* vous donne, il me semble, toute espèce de droit. Car c'est, au bout du compte, une sotte tromperie qui est toujours préjudiciable : le public peut nous croire complices.

« Si vous voulez bien vous en charger, tenez-moi au courant, parce que, si on ne rectifie pas l'erreur, il faudra écrire dans d'autres journaux.

« Tout à vous.　　　　　« ALFRED DE MUSSET. »

Ce catalogue est annoncé dans le numéro de l'ASSEMBLÉE NATIONALE du 26 juillet 1850, et paraît pour la première fois dans le numéro du 28 juillet ; il est fréquemment reproduit, notamment dans le numéro du 21 septembre. En ce qui concerne les deux frères, l'annonce est ainsi faite :

« Le Bracelet, par Alfred de Musset. 1 vol. in-8°.

« Samuel, par Alfred de Musset. 1 vol. in-8°.

« Tête et Cœur, par Alfred de Musset. 1 vol. in-8°.

« Les Amours de Planoche et de Mme de Laguette, par Paul de Musset. 2 vol. in-8°.

« Lauzun, par Alfred de Musset. 1 vol. in-8°. »

Dans ce numéro, qui est probablement celui qui accompagnait la lettre, le catalogue occupe toute la troisième page et la moitié de la quatrième. Toutefois, si M. Charpentier a demandé une rectification, il ne fut pas tenu compte de sa demande, car le catalogue continue à paraître avec ses inexactitudes ; je l'ai retrouvé tel jusque dans le numéro du 7 décembre 1850.

NOTICE BIBLIOGRAPHIQUE

SUR LA

CORRESPONDANCE

DE

ALFRED DE MUSSET

NOTICE BIBLIOGRAPHIQUE

CORRESPONDANCE

ALFRED DE MUSSET

La correspondance d'Alfred de Musset, à côté des détails biographiques qu'elle renferme et de sa valeur littéraire, offre ceci de particulier, que le poète se laisse voir tel qu'il était dans la vie intime : obéissant à l'impression du moment, il écrit sans affectation, sans pose, mettant son cœur et son esprit à nu. Le jour où ses lettres seront connues, bien des jugements portés sur lui devront être réformés.

Malheureusement, ce n'est pas dans le recueil de ses œuvres complètes qu'il faut aller chercher cette correspondance. Les trente-cinq lettres publiées par les soins de son frère Paul, en 1866, à la fin du tome X de l'édi-

tion dite de souscription (Œuvres posthumes), ne donnent qu'une bien faible idée de ce que sont les autres et
n'en représentent qu'une partie bien minime.

Cependant, beaucoup d'autres lettres de notre poète
existent éparses dans des journaux, des revues ou des
livres. Voici, avec l'indication du recueil dans lequel je
les ai trouvées imprimées pour la première fois, celles
qui sont parvenues à ma connaissance.

ARAGO (Alfred).

1. — Sans date : « J'ai connu un jeune peintre, qui
avait une demoiselle de compagnie ». *Le Monde Illustré*,
27 septembre 1862. Fragment.

AUGIER (Émile).

2. — Lundi, 1848 : « Vous allez me trouver, mon cher
Augier, une bien ridicule créature ». *Le Gaulois*, 7 août
1893. Je n'ai pu vérifier si, comme on me l'a dit, c'est
cette lettre qui est donnée en fac-similé d'autographe
dans l'*Album de l'Exposition d'art dramatique à Vienne,
en 1892. Paris, 1894. In-folio.*

BELGIOJOSO (Mme la princesse Christine Trivulce de).

3. — S. D. (1836) : « Je ne crois pas, princesse, toute
fausse modestie à part ». *Inventaire des Autographes de
M. Fillon. Séries V à VIII. Étienne Charavay, 1878. In-8°*,
page 148, fragment.

BELMONT (Marquis Alfred de).

4. — Madame la vicomtesse de Janzé nous apprend
dans ses *Études et Récits* (Plon, 1891, in-12, p. 217) que
M. de Belmont « essaya à plusieurs reprises d'enrôler
« son ami Alfred de Musset dans la poursuite du surna-
« turel, mais il ne put le persuader. Ils avaient eu entre

« eux une correspondance suivie que M. de Belmont
« brûla peu de temps avant sa mort », survenue en 1857.

BLANC (Edmond).

5. — 4 novembre 1838. « Monsieur le Secrétaire-Géné-
ral, lorsque vous m'avez fait l'honneur de me recevoir ».
La Nouvelle Revue, 15 janvier 1899.

BONNAIRE (Félix), éditeur.

6. — S. D. (1837 ou 1838). « Mon cher ami, voilà mes
épreuves ». *Bibliographie des Œuvres d'Alfred de Musset
par M. Clouard. Rouquette, 1883. In-8°*, p. XII.

BOUCOIRAN (Jules).

7. — 7 mars 1835. « Monsieur, je sors de chez madame
Sand et on m'apprend qu'elle est à Nohant ». *La Revue de
Paris*, 15 août 1896.

BROHAN (Mme Augustine).

8. — 15 mars 1849. Des Haricots. « O ma chère Brohan,
je suis dans les fers ». *Le Parlement*, 6 avril 1883. *An-
nuaire des Amis des Livres, 11e année. 1890. In-8°*, p. 94.

9. — S. D. « Il ne m'est pas possible, ma chère Brohan,
de dîner chez vous ». *Catalogue de la bibliothèque de feu
M. Yver, 2e partie. Paris, E. Paul et L. Huart, 1893. In-8°*,
n° 740. Ne manque que le post-scriptum.

10. — S. D. « Ma chère Brohan, vous avez été deux
fois aimable ». *Catalogue d'autographes, vente hôtel
Drouot le 13 juin 1890. Paris, Gabriel Charavay, In-8°.*
N° 94, fragment.

11. — S. D. « Ma chère Brohan, je vous écris à tout
hasard ». *Alfred de Musset par Eugène de Mirecourt. Havard, 1854. In-32*. Fragment en fac-similé d'autographe.
Le Gaulois, 18 août 1896.

BULOZ (François), directeur de la *Revue des Deux-
Mondes.*

12. — Lundi, 18 (août 1834). « Mon ami, ma mère me

donne de quoi aller aux Pyrenées ». *La Revue de Paris*,
15 août 1896.

13. — (Février ou mars) 1835. « Mon cher Buloz, ayez
la bonté de prier Mme Dudevant, lorsque vous la verrez ».
Revue Bleue, 3 avril 1897.

14. — S. D. « Mon cher Buloz, si vous voulez me
rendre le service de faire donner 200 francs ». *Catalogue
de la Collection Dentu. Autographes, tome II, 3e fascicule.
1888. In-8º, p. 223*

15. — S. D. « Mercredi. O mon ami, réfléchissez avant
de répondre à cette simple parole ». *Catalogue d'autographes, vente le 8 décembre 1891, hôtel Drouot. Paris,
Étienne Charavay. In-8º. Nº 117. Fragment.*

16. — S. D. « Lundi, 28. Voilà, mon cher monsieur, la
pièce dont je vous ai parlé. Les uns voudraient que je la
fisse siffler ». *Bulletin de la maison Étienne Charavay,
nº 286. Avril-mai 1898. In-8, nº 42096. Fragment.*

CANTEL (Henri).

17. — 23 novembre 1848. « Monsieur, par le plus sin-
gulier des hasards, il m'a été donné d'apprécier votre
charmant talent ». *La Revue de France*, 1er mars 1881. A
tenir pour douteuse jusqu'à production de l'original.

CARJAT (Étienne).

18. — Simple billet répondant à une demande d'autorisation de publier un portrait-charge dans le *Diogène* :
« Monsieur, la gaieté des gens d'esprit ne m'a jamais
« fait peur ; faites de moi ce qu'il vous plaira. — Alfred
« de Musset ». *Polichinelle à Paris*, 22 janvier 1857.

CHARPENTIER (Gervais), éditeur.

19. — 30 septembre 1850. « Mon cher ami, je vous envoye le catalogue de l' « Assemblée » où vous trouverez
quatre ou cinq romans de mon frère ». *Les Héritiers
d'Alfred de Musset contre M. Charpentier. Mémoire pour*

M *Charpentier. Paris, 1867, In-8°*, p. 17. — *Revue d'Histoire littéraire de la France*, 15 janvier 1898.

20. — 27 juin 1851. « Mon cher ami, Hetzel a fait pro-
poser hier par Berrurier de vous remettre ». *Les Héritiers d'Alfred de Musset contre M. Charpentier. Mémoire
pour M. Charpentier. Paris, 1867. In-8°*, p. 16.

21. — 19 février 1857. « Mon cher Charpentier, j'ai
réfléchi depuis que je vous ai vu... ». *Dix ans chez
Alfred de Musset, par Mme Martellet. Paris, Chamuel,
1899. 1 vol. in-12*, page 98.

CLÉSINGER, statuaire.

22. — 16 avril 1851. « Mon cher Clésinger, je suis allé
pour vous voir ce matin à Madrid ». *Catalogue des Autographes de M. A. Bovet, vente 19-21 juin 1884. Paris,
Étienne Charavay. In-4°*, n° 910, en fac-similé.

COLIN (Adèle), devenue Mme Martellet, gouvernante d'Alfred de Musset.

23. — 16 août 1847. « Je n'aurais pas cru que vous
puissiez vous éloigner ainsi de moi... ». *Dix ans chez
Alfred de Musset, par Mme Martellet. Paris, Chamuel,
1899. 1 vol. in-12*, page 16 et en fac-similé.

24. — S. D. « Je n'ai pas fermé l'œil ; j'ai les premières attaques de mes délires ». — *Revue de Paris et
Saint-Pétersbourg*, décembre 1887, p. 43.

Mme Martellet prépare en ce moment une deuxième
édition de ses souvenirs, où se trouveront certainement
d'autres lettres.

DAVID D'ANGERS, statuaire.

25. — Samedi soir, 1831. « Monsieur, je suis de service
demain pour presque toute la journée ». *Revue de l'Art
Français*, 1893, p. 204.

26. — 1832 ? « Mon cher David, je suis allé chez
Micheli pour avoir de vos médailles ». *David d'An-*

gers et ses relations littéraires par Henri Jouin, Plon,
1890. In-8°, p. 67.

DIRECTEUR DE L'ACADÉMIE FRANÇAISE.

27. — Août 1848. Lettre relative au prix De Maillé
Latour-Landry, décerné à Alfred de Musset dans la
séance du 17 août. *Le Moniteur Universel,* 25 août 1848.

DIRECTEUR DU CONSTITUTIONNEL.

28. — Juillet 1844. « Monsieur, on a beaucoup parlé
de chroniques, de légendes et de ballades ». Sert de préface à la nouvelle « Les frères Van-Buch ». *Le Constitu-*
tionnel, 27 juillet 1844.

DIRECTEURS DE L'EUROPE LITTÉRAIRE.

29. — 23 novembre 1832. « Messieurs, je serai très
heureux de pouvoir entrer pour quelque chose dans la
rédaction de votre nouveau journal ». *Supplément au*
Prospectus de l'Europe Littéraire, 1832. In-8°, p. 7. —
Revue d'Histoire littéraire de la France, 15 janvier 1898.

DIRECTEUR DU NATIONAL.

30. — Janvier 1849. « Monsieur, j'apprends que le journal « l'Événement » à propos des élections de l'Académie ». *Le National,* 13 janvier 1849.

DIRECTEUR DE LA PATRIE.

31. — Juin 1848. « Je lis dans votre journal qu'on avait
annoncé par erreur que j'étais destitué de la place de
Bibliothécaire ». *La Patrie,* 20 juin 1848. — *La Presse,*
20 juin 1848. Souvent réimprimée.

DUC D'ORLÉANS.

32. — 1838. « Monseigneur, les journaux annoncent
que M. Vatout, bibliothécaire de Sa Majesté, est chargé ».
Catalogue des autographes de M. Charles Keissner, 12
mars 1889. Gabriel Charavay. In-8°, n° 126, fragment. —
La Nouvelle Revue, 15 janvier 1899, fragment.

Du Camp (Maxime).

33. — 1840. « Monsieur, je suis bien en retard envers vous. ». *Souvenirs littéraires par Maxime Du Camp*. *Hachette, 1882. In-8ᵘ*. Tome I, p. 153.

Dumas père (Alexandre).

34. — 16 juin 1848. « Mon cher Dumas, je viens de lire « La France Nouvelle » et j'irai vous serrer la main ». *La France Nouvelle*, 21 juin 1848.

Fortoul (Hippolyte), ministre de l'Instruction publique.

35. — 27 août 1856. « Monsieur le ministre, je ne puis assez remercier Votre Excellence des paroles de bonté ». *Bibliographie des Œuvres d'Alfred de Musset, par M. Clouard. Rouquette, 1883. In-8ᵒ*, p. XVI.

Foucher (Paul).

36. — Le Mans, 19 octobre 1827. « Je reviens, mon cher ami, jeudi prochain ». *L'Amateur d'Autographes*, 1ᵉʳ janvier 1867.

Girardin (Mᵐᵉ Émile de), née Delphine Gay.

37. — 7 janvier 1835. Fragment d'une lettre dans le *Catalogue d'Autographes, vente le 24 février 1892, hôtel Drouot. Paris, Gabriel Charavay. In-8ᵒ*, nᵒ 140.

38. — Jeudi, 8 (juin 1848). « Il est vrai, madame, que je ne suis pas conservé en qualité de conservateur ». *Études et Récits sur Alfred de Musset, par Mᵐᵉ de Janzé. Plon, 1891. In-12*, p. 93.

Grenier (Édouard).

39. — Lettre envoyée par Alfred de Musset au printemps de 1843 et détruite accidentellement pendant la Commune en 1871. Voir à ce sujet la *Revue Bleue* des 3 septembre et 15 octobre 1892, p. 301 et 492.

Guttinguer (Ulric).

40. — 1832. Honfleur, fragment d'une lettre : « Je n'ai jamais tenté de faire une hymne à mon Dieu ». *L'Événement,* 12 juin 1885.

Houssaye (Arsène).

Quatre lettres publiées dans : *Les Confessions, par Arsène Houssaye. Dentu, 1885-1897. 6 vol. in-8°.*

41. — 1842. Billet en réponse à une invitation : « Vous me faites, mon cher maître, honneur et plaisir ». Tome I, planche de fac-similé XVII.

42. — 1851. « Je ne prétends pas être joué quatre fois par semaine ». Tome I, planche de fac-similé XVII.

43. — 1851. « Mon cher ami, j'ai reçu les deux billets ». Tome III, p. 253, et précédemment dans le *Figaro,* 2 novembre 1882.

44. — 1853 ? « Mon cher ami, je vous avais parlé de Mme Brohan ». Tome V, planche de fac-similé III.

Janin (Jules).

45. — (Décembre 1838). « Monsieur, je vous ai cherché hier soir au Théâtre Français ». *L'Événement,* 28 janvier 1886. Souvent réimprimée, traduite en allemand dans *Frankfurter Zeitung,* 17 janvier 1890.

Jaubert (Mme Caroline), la « Marraine ».

J'ai pu vérifier sur les originaux le texte de moitié environ des lettres adressées à « la Marraine » et publiées soit dans les *Souvenirs de Mme Jaubert, Hetzel, 1881. 1 vol. in-12,* soit dans les *Œuvres posthumes d'Alfred de Musset. Charpentier, 1867. 1 vol. in-12* (1). Dans cette moitié vérifiée, j'ai constaté qu'à côté de quelques lettres imprimées sans changement, le plus grand nombre offre des retouches ou des suppressions considérables. J'en con-

---

(1) Quelques-unes de ces dernières lettres avaient été publiées antérieurement dans la *Revue Nationale et Étrangère* du 1er avril 1866.

clus que celles non vérifiées sont dans les mêmes conditions : aussi vais-je donner mes indications pour tout ce
qui est publié (1).

46. — 1er avril 1836. « Belle Madame, style Musset, je
suis enfermé de nouveau ». *Le Clairon,* 27 novembre
1881. Textuel.

A. — (Mai ou juin 1836). « Vous avez eu grand tort,
Madame, de n'être pas venue ce soir au Théâtre Français ».
Œuvres posthumes, p. 203. Dix lignes et un dessin sup-
primés à la fin. (Mlle Plessy dans le *Barbier de Séville*).

B. — 27 février 1837. « Madame, voici le fait : La Princesse m'écrit qu'elle ne peut me bâtir un sujet ». *Œuvres
posthumes,* p. 204. Post-scriptum de cinq lignes supprimé.

47*. — 28 juin 1837. « Madame, comme votre départ
m'avait un peu vexé ». *Souvenirs,* p. 165.

48. — 17 octobre 1837. « Le bruit court que madame
Jaubert revient à Paris ». *Souvenirs,* p. 139. Textuel.

49. — (1837). « Marraine, le fieux est déconfit ».
Souvenirs, p. 191. Deux mots changés sans importance.
— *Le Temps,* 12 janvier 1881.

50. — 27 octobre 1837. « Madame, vous avez trouvé le
vrai nom du sentiment qui nous unit ». *Souvenirs,*
p. 160. Textuel, sauf le mot « Marraine » mis plusieurs
fois à la place de « Amie ».

C. — (15 décembre 1838). « Madame, mon arrange-
ment de loge a manqué ce soir ». *Œuvres posthumes,*
p. 205. Une phrase changée.

D. — 17 décembre 1838. « Vous vous trompez, ma
chère marraine, en croyant que c'était sur vous que je
comptais ». *Œuvres posthumes,* p. 206. Plusieurs phrases
supprimées ou changées.

E. — (27 mars 1839). Lettre publiée dans la première
édition des *Œuvres posthumes (Charpentier, 1860. In-12,*

(1) Les lettres dont je n'ai pas retrouvé les autographes sont précédées
d'une astérisque (*).

p. 101), sous le titre de : *Un souper chez Mlle Rachel*, et
dont le texte est complètement remanié par Paul de
Musset. Comme terme de comparaison, en voici le début,
auquel ressemble toute la suite :

MANUSCRIT	TEXTE IMPRIMÉ
« J'avais perdu l'adresse exacte d'Angerville ; je viens de la retrouver trop tard. Merci d'abord de la lettre de *Paolita*. Elle est bien gentille, mais moins que vous, qui ne manquez jamais une occasion d'envoyer un moment de joie à ceux qui vous aiment ? Vous êtes la seule créature humaine, mâle ou femelle, que je connaisse faite ainsi. Un bienfait n'est jamais perdu : en réponse à votre lettre de Desdémone, je veux vous servir un souper chez mademoiselle Rachel, qui vous amusera peut-être, si nous sommes toujours du même avis. Ma petite scène sera pour vous *seule,* d'abord parce que la noble enfant déteste les indiscrétions et ensuite parce que, depuis que je vais quelquefois chez elle, on a fait tant de cancans, de bavardages et de niaiseries, que j'ai pris le parti de ne pas seulement dire que je l'avais vue au Français. On avait joué *Tancrède*, etc... »	« Merci d'abord, madame et chère marraine, pour la lettre que vous me communiquez de l'aimable *Paolita*. Cette lettre est bien remarquable et bien gentille ; mais que dirais-je de vous qui ne manquez jamais une occasion d'envoyer un peu de joie à ceux qui vous aiment ? Vous êtes la seule créature humaine que je connaisse faite ainsi. Un bienfait n'est jamais perdu. En réponse à votre lettre de Desdémone, je veux vous servir un souper chez Mlle Rachel, qui vous amusera, si nous sommes toujours du même avis, et si vous partagez encore mon admiration pour cette sublime fille. Ma petite scène sera pour vous seule, d'abord parce que la noble enfant déteste les indiscrétions et ensuite parce qu'on a fait, depuis que je vais quelquefois chez elle, tant de sots propos et de bavardages, que j'ai pris le parti de ne pas même dire que je l'ai vue au Théâtre Français. On avait joué *Tancrède*, etc... »

et alors — l'infortuné est rentré chez
lui, et a fumé un grand nombre de
cigarettes.
Priez pour lui

je vous serre la main en désespéré.

Dans le dialogue entre Rachel et sa mère, puis entre la tragédienne et l'auteur, il n'y a pas une seule phrase qui n'ait subi quelque changement, soit par retranchement, soit par addition. La fin manque dans l'original et Paul de Musset l'a remplacée par une phrase de sa façon (1).

51*. — Lundi, nuit (1839 ?). « Ma chère marraine, je suis allé deux fois chez vous aujourd'hui ». *Souvenirs,* p. 183.

52*. — Mardi (1839). « Je vous avais écrit une lettre qui commençait ainsi ». *Souvenirs,* p. 185.

53. — Mercredi soir (1839?). « J'ai profondément réfléchi et j'ai découvert que ce n'était pas la peine ». *Souvenirs,* p. 194. Textuel.

54*. — S. D. (1839 ?). « Votre conseil était bon, chère marraine ; venant de vous, il devait l'être ». *Souvenirs,* p. 187.

F. — (Fin mars 1840). « Comment allez-vous, ma chère marraine, et que faites-vous ? » *Œuvres posthumes,* p. 208. Textuel.

G. — Jeudi soir (juin 1840). « Voilà comme vous êtes, vous autres femmes ». *Œuvres posthumes,* p. 211. Nombreuses coupures ; plus de la moitié de la lettre est supprimée.

H. — 31 juillet 1840. « Si vous savez pourquoi vous répondez vite et bien ». *Œuvres posthumes,* p. 213. Nombreuses coupures et un dessin supprimé. (Tombeau d'un homme qui est allé à l'Opéra-Comique).

55. — 9 octobre 1840. « Vous êtes à la campagne, vous, je suis à Paris, moi. » *Souvenirs,* p. 202. Quelques mots changés. — *Illustration,* 22 mai 1880.

56. — 19 octobre 1840. « Encore une raison qui fait

(1) Le Catalogue de la Bibliothèque de M. Paul Eudel, 1ʳᵉ partie, vente du 12 au 14 mai 1898, Paris, Em. Paul et fils, 1898, in-8°, n° 243, renferme une curieuse notice sur le manuscrit et donne p. 105 le fac-similé des huit premières lignes.

que je vous réponds tard ». *Souvenirs,* p. 203. Seulement les vingt premières lignes de cette lettre, qui a huit pages et est ornée d'un dessin. (Rachel me lance un coup d'œil à la Hermione).

57*. — Lundi matin (janvier 1841 ?). — « Madame, je rentre de ma garde, et, à propos d'une baliverne ». *Souvenirs,* p. 220.

I. — 13 avril 1841. « Je ne puis aller ce soir chez vous, ma chère marraine ». *Œuvres posthumes,* p. 222. Textuel.

58. — (Juin 1841 ?). « Ai-je besoin de vous dire, ma petite et blonde marraine, qu'une note de vous ». Cette lettre est publiée dans les *Souvenirs,* p. 218, comme étant une lettre complète ; mais sur une copie écrite par Paul de Musset, en outre des nombreuses variantes, cela ne formerait que la seconde partie d'une autre lettre, du 28 octobre 1844, que l'on trouvera p. 204 des mêmes *Souvenirs* (n° 64).

59. — (2 avril 1842). « Madame, si un atome de moi vivait encore ». *Souvenirs,* p. 108. Textuel.

60*. — (Juin ou juillet 1842?). « Eh bien, madame, vous ne vouliez pas le croire ». *Souvenirs,* p. 196.

J. — Mardi, 26 (juillet 1842). « J'ai grogné tout mon saoul, mais je ne veux pas écrire ». *Œuvres posthumes,* p. 167. Nombreux changements, plusieurs suppressions.

61*. — Lundi (octobre 1842). « Il faut que je vous aime terriblement, madame ». *Souvenirs,* p. 212.

62*. — Vendredi (octobre 1842). « Ainsi Uranie n'a pas lu la Revue ». *Souvenirs,* p. 209.

63*. — (Novembre 1842 ?). « Voilà mon frère qui me dit : — Aujourd'hui vendredi ». *Souvenirs,* p. 215.

K. — 23 novembre (1842). « Je remercie d'abord la plus petite de toutes, de n'avoir pas oublié son ancienne coutume ». *Œuvres posthumes,* p. 225. Nombreuses coupures.

64*. — Vendredi, 28 (octobre 1844). « Ce qui fait qu'on n'a pas répondu plus tôt à sa marraine, c'est que le fieux ». *Souvenirs,* p. 204. Voir n° 58.

65. — (1851). Billet. *Souvenirs,* p. 224.

66*. — S. D. « Est-ce que nous sommes brouillés aussi, marraine ». *Souvenirs,* p. 207.

67*. — S. D. Dimanche. « Je ne suis pas content, marraine, je suis ennuyé et dérangé ». *Souvenirs,* p. 217.

68*. S. D. « Madame, il vous est arrivé certainement très souvent de souffler dans un ballon sec ». *Souvenirs,* p. 194. *Le Temps,* 12 janvier 1881.

69*. — S. D. « J'ai besoin d'un renseignement musical que ma sœur me dit ne pas pouvoir me donner ». *Souvenirs,* p. 176.

70*. — S. D. « Mon grand-père avait fait un jour acquisition de deux petits bœufs d'airain ». *Souvenirs,* p. 180. Une phrase changée.

71. — S. D. « Voulez-vous, madame, être assez bonne pour me renvoyer les romances de M. Cervini ». *Inventaire des Autographes Fillon. Séries V à VIII. Étienne Charavay, 1878. In-8°,* p. 147.

LEVRAULT (Mme), banquier, à Strasbourg.

Trois lettres publiées dans les *Annales de l'Est,* n° **4,** octobre 1887.

72. Bade, 18 septembre 1834. « Madame, vous avez peut-être déjà reçu du directeur de la *Revue des Deux-Mondes* un mot d'avis ».

73. — Bade, septembre 1834. « Madame, j'ai écrit à Paris pour qu'on me fasse passer quelqu'argent ».

74. — Strasbourg, octobre 1834. « Madame, je pars à l'instant et je ne puis vous remercier moi-même ».

LISZT (Frantz).

Deux lettres publiées dans *Études et Récits sur Alfred*

de Mussel, par Mme *la vicomlesse de Janzé. Plon, 1871. 1 vol. in-12.*

75. — 20 juin 1836. « Votre lettre, mon ami, m'a fait double plaisir », p. 20.

76. — Novembre 1836. « Je voulais aller vous voir aujourd'hui, mon cher Liszt », p. 192.

MARETTE (Monsieur), à Paris.

77. — 31 mars 1840. Billet par lequel il le prie de remettre ses appointements au porteur. *Nouvelle Revue,* 15 janvier 1899.

MÉRIMÉE (Prosper).

78. — 1832. « Au moment de terminer mes épreuves, j'ai oublié de vous demander une autorisation ». *Revue rétrospective,* 1er mai 1891.

MONTALIVET (le Comte de).

79. — 23 octobre 1838. « Monsieur le Comte, permettez-moi de vous témoigner la vive reconnaissance ». *Nouvelle Revue,* 15 janvier 1899.

MUSSET (Mme Edmée de), sa mère.

80. — 14 septembre 1848. « Je ne pouvais, ma chère mère, recevoir une meilleure nouvelle ». *Nouvelle Revue,* 15 janvier 1899, fragment.

MUSSET (Paul de), son frère.

81. — 1er décembre 1842. « Je te remercie de tout mon cœur, mon cher ami, de la bonne lettre que tu m'écris ». *Biographie d'Alfred de Musset par Paul de Musset. Charpentier, 1877. In-12,* p. 283. Deux coupures.

PÉHANT (Émile), à Nantes.

82. — 29 novembre 1854. « Monsieur, je n'avais point oublié votre nom, mais je ne savais pas que vous habitiez Nantes. » *Jeanne la Flamme, par Émile Péhant. Hachette, 1872. In-12,* p. IX.

RENDUEL (Eugène), éditeur.

Deux lettres, publiées dans *Le Romantisme et l'éditeur Renduel, par Adolphe Jullien. Charpentier, 1897,* 1 vol. in-12.

83. — 9 septembre 1832. « Monsieur, je voudrais bien que vous m'écrivissiez franchement », p. 172.

84. — Lundi, 1832. « Voilà qui s'appelle agir d'une façon aimable », p. 174.

SAINTE-BEUVE.

85. — (1829). « Je ne vais pas vous voir, mon ami, c'est que je ne le puis ». *Indépendance belge,* 23 mai 1880. — *Revue hebdomadaire,* 1er août 1896.

86. — 9 septembre 1829. « Voilà un f... temps pour la chasse, mon ami ». *Catalogue de la librairie Detaille,* 1er mai 1887. *Le Pays,* 3 février 1888. *Le Constitutionnel,* 9 février 1888. Longs fragments.

87. — 27 avril 1834. « J'ai à vous remercier, mon cher Sainte-Beuve, de l'intérêt ». *Cosmopolis,* mai 1896, p. 435.

88. — (Novembre 1834). « Je vous suis bien reconnaissant, mon cher ami, de l'intérêt ». *Cosmopolis,* mai 1896, p. 435.

SAND (Mme George).

Les lettres écrites par George Sand à Alfred de Musset sont publiées dans la *Revue de Paris* du 1er novembre 1896, puis réunies à celles adressées à Sainte-Beuve, à la librairie C. Lévy, 1897. 1 vol. in-12. Celles d'Alfred de Musset à George Sand paraîtront assurément quelque jour; où et quand, je l'ignore. En attendant cette publication, on en trouvera de nombreux extraits dans:

1º *Revue politique et littéraire* (Revue Bleue), 15 octobre 1892. George Sand et Alfred de Musset, par E. Grenier.

2º *Alfred de Musset par Mme Arvède Barine. Paris, Hachette, 1892.* 1 vol. in-12.

3° *Cosmopolis*, revue internationale, 1er mai et 1er juin 1896. La Véritable Histoire de « Elle et Lui », par M. le vicomte de Spoelberch de Lovenjoul. Ces deux articles, réunis en volume et considérablement augmentés, ont été publiés à la librairie Calmann Lévy, 1897. 1 vol. in-12.

4° *Revue Hebdomadaire*, 1er août 1896. Un roman vécu à trois personnages, par le docteur Cabanès. Joint à la 2e Série de *Le Cabinet secret de l'histoire,* du même auteur. Librairie A. Charles, 1897. 1 vol. in-8°, orné des portraits de G. Sand et du docteur Pagello, et de fac-similés d'écriture.

5° *La Revue de Paris,* 15 août 1896. Alfred de Musset et George Sand, par M. Clouard. Publié séparément et augmenté. Imprimerie Chaix, 1896. Br. in-8° avec deux portraits de G. Sand, dessinés par Alfred de Musset et un fac-similé, suivi d'un Index bibliographique. Cette notice, jointe au présent volume, renferme de *nouveaux* documents inconnus jusqu'à ce jour, pris sur les originaux.

J'omets avec intention un livre signé Paul Mariéton. Les textes cités dans cet ouvrage sont, d'une façon générale, absolument inexacts : la *copie* qui servit à M. Mariéton a été écrite par moi, et lui a été communiquée à mon insu, malgré les promesses faites, par la personne à laquelle je l'avais confiée. Cette copie a été prise sur celle *arrangée* par George Sand, qui est fort incomplète et présente de grandes différences de texte avec une autre copie qu'on m'affirme avoir été prise sur les originaux.

Je n'entrerai pas ici dans le détail de tous ces extraits et me bornerai à indiquer seulement ce qui est complet.

89. — Août 1834. « Je t'envoie ce dernier adieu, ma bien aimée ». *L'Homme Libre,* 14 avril 1877. Très long fragment.

A. — GEORGE SAND. 19 avril 1838. « Mon cher Alfred,

j'ai reçu ta lettre la veille de mon départ de Nohant ».
Véritable Histoire de « Elle et Lui », etc..., *1897*, p. 130.

B. — GEORGE SAND. 30 avril 1840. « Elle (la correspondance) est à Nohant, dans un coffre dont j'ai les clefs
ici ». *Cosmopolis*, mai 1896, p. 445.

C. — GEORGE SAND. Vendredi (mai 1840). « Les lettres
sont arrivées. Si vous voulez venir ». *Cosmopolis*, mai
1896, p. 445.

SCHOZKO (Mme Olympe).

90. — S. D. « Madame, mon ami Alfred Tattet dîne
aujourd'hui avec la M. » *Gazette de Paris*, 12 juillet 1857.
Les noms propres sont supprimés.

91. — Février 1836. « Pichrocholine, avez-vous bien
dormi ? » *Gil Blas*, 26 mai 1880. *L'Événement*, 8 décembre 1897.

SECOND (Albéric).

92. — 14 septembre 1848. « Monsieur, les apparences,
je le vois, sont trompeuses, car votre sous-préfecture ».
La Comédie Parisienne, 10 mai 1857.

TATTET (Alfred).

93. — 12 novembre 1834. « Tout est fini. Si par
hasard on vous faisait quelques questions ». *La Revue
de Paris*, 15 août 1896.

94. — 20 juillet 1835. « Votre lettre, mon cher Alfred,
est arrivée comme je n'étais pas à Paris ». *La Revue de
Paris*, 15 août 1896. Deux coupures, relatives à une affaire
personnelle à M. A. Tattet.

95. — (1838). « J'apprends, mon cher Alfred, que vous
avez manqué plusieurs fois ». *La Revue de Paris*, 15 août
1896.

96. — Vendredi, 17 (août 1838). « Tout ce que je
puis vous dire, mon cher Alfred ». *Le Figaro*, 6 avril
1883. Fragment.

97. — 14 mai 1844. « Mon cher ami, je viens d'avoir une fluxion de poitrine ». *Le Figaro,* 6 avril 1883. Fragments.

98. — Mirecourt, 18 mai 1845. « Votre lettre est bien aimable, mon cher Alfred ». *Le Figaro,* 6 avril 1883 et *La France,* 7 avril 1883. Fragments.

99. — 20 août (1845). « Ecce iterum Crispinus. Me voilà à Paris, mon cher Alfred ». *La France,* 7 avril 1883. Fragment.

A. — 17 octobre 1845. « Mon cher Alfred, parmi les raisons qui m'ont empêché d'aller vous retrouver ». Le texte publié dans les *Œuvres Posthumes* d'Alfred de Musset, p. 234, offre de nombreux changements avec l'original ; le *Figaro,* du 6 avril 1883, donne tout le début correctement.

100. — Jeudi, 15 (1848). « Mon cher ami, je trouve ce matin le nom de votre oncle ». *Le Figaro,* 6 avril 1883. Fragment.

TATTET (Madame Caroline).

101. — Angers, 6 octobre (1848 ?) « Madame, je reçois votre très aimable lettre au retour de plusieurs endroits ». *Le Figaro,* 6 avril 1883 et *La France,* 7 avril 1883. Fragments. — En entier dans la *Gazette Anecdotique* du 30 juin 1885, qui l'emprunte au précédent numéro des *Annales Politiques et Littéraires.*

VIGNY (Alfred de).

102. — Mercredi, 20 (octobre 1829). Fragment d'une lettre par laquelle il lui demande un billet pour la première représentation d'*Othello.* — *Revue des Autographes,* n° 176. Avril, 1895. Paris, Gab. Charavay, n° 186.

Quatre lettres publiées dans *Études et Récits sur Alfred de Musset, par M*me *la vicomtesse de Janzé. Plon, 1891. 1 vol. in-12.*

103. — 17 décembre (1829). « Mon cher monsieur,

puis-je espérer que vous voudrez bien venir entendre »,
p. 70.

104. — (19 décembre 1829). « Que vous êtes bon d'être
venu », p. 71.

105. — Mercredi (1831). « Je suis comme ces femmes
enceintes qui croient toujours », p. 71.

106. — S. D. Fragment : « Une troupe d'oiseaux de
passage », p. 73.

107. — 6 août 1832. Il le remercie d'une soirée qu'il lui
a fait passer chez ses cousines. *Catalogue de lettres autographes. Vente le 15 novembre 1899, hôtel Drouot.
Paris, Noël Charavay, 1899. In-8, n° 116.* Fragment.

DESTINATAIRES INCONNUS.

108. — S. D. « Madame, j'ai une faveur à vous demander pour un de mes amis ». *L'Autographe,* 15 février 1865.

109. — 29 août 1854. « Monsieur, il m'est absolument
impossible de rien comprendre à l'erreur singulière ».
Miscellanées Bibliographiques. Rouveyre, 1878. In-8°,
p. 90.

110. — S. D. Billet à une dame : « Je suis tout à vos
« ordres, madame, mais vous les donnez de telle façon,
« que vous me permettrez de remercier avant d'obéir.—
« Alfred de Musset ». *Catalogue de lettres autographes,
vente Hôtel Drouot, le 27 novembre 1888. Paris, Ét.
Charavay. In-8°, n° 128.*

111. — Sous le numéro 1195 des *Nouvelles acquisitions
françaises,* est déposé à la Bibliothèque Nationale, à Paris,
un paquet cacheté renfermant une correspondance, qui
ne devra être ouvert et le contenu publié qu'en 1910. —
Voir p. 214.

*
* *

D'autres lettres d'Alfred de Musset doivent encore
avoir été imprimées. Puissent de plus habiles chercheurs

les découvrir et les ajouter à cette nomenclature assurément incomplète.

NOTE

Le Musée Français de mars 1858, publie, page 5, le
texte de ce billet d'Alfred de Musset à Béranger :

« Je vous aime, d'abord parce que vous vous appelez
Béranger ; je vous aime aussi et beaucoup, parce que vous
avez fait le *Voyage imaginaire,* le voyage de Grèce ; j'aime
tant les Grecs.

« Alfred de Musset. »

Ceci a dû être écrit en 1828, mais il faudrait retrouver
l'original avant que de l'admettre comme authentique.

ALFRED DE MUSSET

BIBLIOTHÉCAIRE DU MINISTÈRE

ET

LAURÉAT DE L'ACADÉMIE

ALFRED DE MUSSET

BIBLIOTHÉCAIRE DU MINISTÈRE

ET

LAURÉAT DE L'ACADÉMIE

I

En 1838, Alfred de Musset, déjà célèbre comme poète et écrivain dramatique, après les *Contes d'Espagne et d'Italie,* et les trois volumes d'*Un Spectacle dans un Fauteuil,* venait de publier ses contes et ses nouvelles, dans la *Revue des Deux-Mondes,* montrant ainsi une nouvelle face de son talent. Mais cela donnait plus de gloire que de profit : ce que lui rapportaient ses écrits, et la rente qu'il tenait de sa famille assuraient certainement sa vie matérielle ; mais l'auteur de *Frédéric et Bernerette* n'eût pas été mécontent de trouver un emploi qui lui laissât la faculté de travailler à sa guise, et dont les émoluments lui eussent permis de satisfaire toutes ses fantaisies.

Cet emploi vint s'offrir de lui-même : Sa Majesté Louis-Philippe, voulant améliorer les divers services des Bibliothèques de la Maison du Roi, chargea M. Vatout,

32

son bibliothécaire et secrétaire particulier, de les réorganiser (1). Bien qu'il dût connaître M. Vatout, qui remplissait ces fonctions de secrétaire depuis de longues années et qu'il n'était pas sans avoir rencontré à Neuilly, Alfred de Musset préféra s'adresser à son ancien condisciple, le duc d'Orléans, dont la haute protection ne pouvait lui faire défaut :

— Les journaux annoncent, écrivait-il au duc, que M. Vatout est chargé de la réorganisation des Bibliothèques de la Maison du Roi : « J'ose recourir à la bonté de « Votre Altesse et la supplier de me recommander à « M. Vatout. J'espère en cette occasion que Votre Altesse « Royale me pardonnera de l'importuner et qu'elle ne « voudra bien voir dans les demandes que je lui adresse « qu'un désir de cultiver, grâce aux bontés de Votre « Altesse, des goûts qui ont dirigé toutes mes études et « auxquels ma position ne me permet pas de me livrer « entièrement (2) ».

Le duc d'Orléans avait à cœur de réparer l'accueil déplorable fait par son père au sonnet *Au Roi, après l'attentat de Meunier ;* aussi, la réponse ne se fit point attendre, et dans une lettre en date du 22 octobre 1838,

---

(1) Le *Moniteur Universel* du 15 septembre 1839 consacre une notice à M. Vatout. Lors de son admission à l'Académie française, *Le National*, dans son numéro du 7 janvier 1848, publia sur le nouvel immortel les lignes suivantes qui ne sont pas signées : « Monsieur Vatout, directeur des bâtiments « civils a été élu aujourd'hui par l'Académie française en remplacement de « M. Ballanche..... qu'a donc fait M. Vatout ? Il faut bien l'oser écrire enfin ! « Il a fait deux chansons très gaies, l'une de gaieté de corps de garde, l'autre « d'une gaieté de moine : *L'Écu de France* et *Le maire d'Eu !* C'est avec ces « deux calembourgs qu'on s'assied aujourd'hui dans le fauteuil de Bos- « suet.... On assure que ces agréables ordures ont fait les délices de la cour, « à ce point, qu'un personnage dont la voix a coutume de compter, a « déclaré qu'il tiendrait pour *ses ennemis personnels* tous ceux qui refuse- « raient leurs voix à M. Vatout. L'Académie, dans sa fière indépendance, se « l'est tenu pour dit : elle a ouvert ses portes à l'auteur du *Maire d'Eu* pro- « tégé par *L'Ecu de France.....* »

(2) L'original de cette lettre figure au *Catalogue des Autographes de M. Charles Keisner, vente hôtel Drouot, 12 mars 1899, G. Charavay, in-8°,* n° 126, qui en cite un fragment.

M. de Montalivet, en même temps que ses félicitations, adressait à Alfred de Musset copie de l'arrêté suivant:

« *Ministère de l'Intérieur.*

« ARRÊTÉ :

« Nous, pair de France, ministre secrétaire d'État au département de l'Intérieur,

« Avons arrêté et arrêtons ce qui suit :

« *Article I*er. — M. Alfred de Musset est nommé Conservateur de la Bibliothèque du Ministère de l'Intérieur, de la collection des médailles et du dépôt des ouvrages publiés à Paris et dans les départements.

« *Art. II.* — M. Alfred de Musset jouira en la dite qualité et à partir du 1er novembre prochain, d'un traitement annuel de trois mille francs, qui sera imputé sur le crédit du chapitre 1er du budget de notre ministère.

« *Art. III.* — Le Secrétaire Général du Ministère et le chef de division de comptabilité générale, sont chargés, chacun en ce qui le concerne, de l'exécution du présent arrêté.

« Fait à Paris, le 19 octobre 1838.

« MONTALIVET ».

La lettre du Ministre était accompagnée d'une lettre de son Secrétaire Général :

« Paris, 22 octobre 1838.

« Monsieur,

« Je ne puis laisser partir la lettre de M. de Montalivet, qui vous annonce votre nomination de Conservateur de la Bibliothèque du Ministère de l'Intérieur, sans y joindre un témoignage de la satisfaction que cette décision m'a fait éprouver. Quand vous viendrez au Ministère, je vous prie de prendre la peine de passer à mon cabinet. Je désirerais causer avec vous de différentes choses relatives à vos nouvelles fonctions.

« Agréez, Monsieur, l'assurance de ma considération distinguée.

« EDMOND BLANC ».

« A monsieur Alfred de Musset. »

Alfred de Musset s'empressa d'adresser ses remerciements au Ministre :

« Paris, 23 octobre 1838.

« Monsieur le Comte,

« Permettez-moi de vous témoigner la vive reconnaissance
dont me remplit la lettre pleine de grâce et de bonté par
laquelle vous voulez bien me prévenir de la décision que
vous venez de prendre à mon égard. Je ne puis répondre à
la faveur dont vous m'honorez qu'en vous suppliant de
croire que je m'estimerai heureux si mes services peuvent
être de quelqu'utilité.

« Veuillez aussi être persuadé, Monsieur le Comte, que si
mon travail et mes efforts peuvent jamais me conduire à
quelque succès, je n'oublierai en aucune circonstance que
c'est à vous que je le devrai.

« Je suis avec le plus profond respect, Monsieur le Comte,
votre très humble et très dévoué serviteur.

« ALFRED DE MUSSET ».

Cette nomination fit quelque peu crier, parce que
c'était encore un rédacteur de la *Revue des Deux-
Mondes,* déjà très favorisée, qui en était le bénéfi-
ciaire :

« UNE FEUILLE LITTÉRAIRE TRANSFORMÉE EN FEUILLE DES
BÉNÉFICES.

« Voici la liste des grâces accordées aux rédacteurs de la
Revue des Deux-Mondes :

M. Buloz, nommé commissaire royal près le Théâtre
Français.

M. Loeve-Weimars, nommé secrétaire d'ambassade.

M. Lerminier, nommé maître des requêtes.

M. Edgard Quinet, nommé professeur de littérature étrangère à la Faculté des Lettres de Rennes.

M. Gustave Planche, nommé professeur de littérature
anglaise à la Faculté des Lettres de Bordeaux.

M. Marmier, nommé professeur à la Faculté de Montpellier.

M. Alfred de Musset, nommé Bibliothécaire du Ministère
de l'Intérieur.

M. Henri Blaze, attaché à l'ambassade de Danemarck.

On ne dit pas ce qu'a obtenu le portier de l'établis-
sement ».

Telles sont les réflexions émises par le *Charivari* du
17 octobre 1838. Mais on était unanime à trouver juste
que l'auteur du poème sur la *Naissance du Comte de
Paris* reçût une récompense, lui qui, admis dans l'intimité du Duc d'Orléans, s'était jusqu'à ce jour tenu à
l'écart et n'avait pas profité de l'amitié que lui portait le
fils du Roi, non plus que des relations de sa famille avec
celle du Prince (1), pour se faire donner quelque sinécure largement rétribuée.

Peu de jours après sa nomination, Alfred de Musset
eut une première entrevue avec M. Edmond Blanc, et,
n'ayant pas reçu les indications qui lui avaient été pro-
mises, il lui écrivait de nouveau :

« 4 novembre 1838.

« Monsieur le Secrétaire Général,

« Lorsque vous m'avez fait l'honneur de me recevoir, vous
avez eu la bonté de me dire que je recevrais de votre part
quelques indications relatives à la bibliothèque du ministère.
C'est à partir du 1er novembre que mes fonctions devaient
commencer. La crainte que vos nombreuses occupations ne
me fassent oublier, et l'ignorance où je suis du lieu même où
je dois me présenter, me font prendre la liberté de vous
rappeler la promesse que vous avez bien voulu me faire.

(1) Un cousin d'Alfred de Musset, de la branche des Musset-Signac,
M. Adolphe-Louis de Musset, avait longtemps administré les propriétés que
la famille d'Orléans possédait à La Ferté-Vidame et à Dreux. Ce fut la
Révolution de 1848 qui le délogea de sa charge. Paul de Musset parle de lui
dans la *Biographie* d'Alfred, in-12, p. 180.

« J'ai l'honneur d'être, Monsieur, avec la plus haute considération,
    « Votre très humble et très dévoué serviteur,

                        « ALFRED DE MUSSET.

    « 59, rue de Grenelle-Saint-Germain ».

Une seconde entrevue eut vraisemblablement le
résultat désiré et Alfred de Musset y reçut les instruc-
tions complémentaires qu'il demandait, car il entra
bientôt en fonctions ; il est juste de dire qu'elles lui lais-
saient de si grands loisirs, qu'au ministère même, bien
des personnes ne se doutaient pas qu'il y eût un bibliothécaire. C'était à ce point qu'Alfred de Musset ne
venait pas toujours chercher lui-même ses appointements
comme le témoigne ce billet que je copie parmi deux
ou trois autres analogues (1).

    « *Monsieur Marette, au Ministère de l'Intérieur.*

    « Je serai obligé à Monsieur Marette s'il veut avoir la
complaisance de remettre au porteur de cette lettre mes
appointements du mois de mars.
    « Son très humble serviteur,

                    « ALFRED DE MUSSET ».
    « 31 mars 1840 ».

J'ajouterai que cette légende subsiste encore aujour-
d'hui dans les bureaux du ministère de l'intérieur, qu'un
jour, un des amis du poète l'ayant rencontré à la porte
du ministère et lui ayant demandé : « Que faites-vous
là ? » Musset aurait répondu : « Je suis venu voir si ma
bibliothèque existait réellement ».
Personne, du reste, ne lui adressait le moindre
reproche et je n'ai trouvé que l'*Artiste* qui, dans sa

(1) *Catalogue d'une collection d'autographes, vente hôtel Drouot, le 30 mai
1896. Paris, Et. Charavay. In-8°,* n° 85.

livraison du 27 mars 1842, ait essayé une légère protestation.... en faveur de Paul de Musset :

« ..... A vrai dire, et tout en applaudissant de grand cœur à
cette mesure, qui nous semble très juste et très digne, nous
concevrions plutôt que cette place eût été donnée au frère
de l'auteur de la *Confession d'un Enfant du Siècle*, à M. Paul
de Musset, qui a fait tant d'ingénieuses et spirituelles
esquisses de la *Fronderie* et qui a donné la preuve au moins
d'une réelle et intelligente érudition historique. — VAUVE
DES ROYS ».

* *
* *

En 1845, Alfred de Musset fut nommé Chevalier de
l'Ordre Royal de la Légion d'Honneur :

« Paris, ce 30 avril 1845.

« Monsieur,

« J'ai l'honneur de vous informer que, par une Ordonnance signée le 24 courant, le Roi vous a nommé Chevalier
de l'Ordre Royal de la Légion d'Honneur.

« Je me félicite, Monsieur, d'avoir à vous transmettre ce
témoignage de la bienveillance de Sa Majesté et de l'estime
qu'elle fait de vos travaux.

« Agréez, Monsieur, l'assurance de ma considération la
plus distinguée.

« *Le Ministre de l'Instruction publique*,

« SALVANDY.

« A Monsieur Alfred de Musset, homme de lettres ».

Et le 1er mai paraissait cet entrefilet au *Moniteur Universel* (p. 1144), car l'insertion des nominations dans
l'ordre de la Légion d'Honneur ne devint obligatoire
qu'à dater du 19 juillet 1845.

« MM. de Balzac, Frédéric Soulié et Alfred de Musset
viennent d'être nommés membres de la Légion d'Honneur ».

Dans son Courrier de Paris, l'*Illustration* du 3 mai 1845 commente ainsi cette triple nomination :

« ..... On annonce que le gouvernement vient de donner la croix d'honneur à MM. de Balzac, Alfred de Musset et Frédéric Soulié. Un journal félicite le Ministère, qui, spontanément et sans y être sollicité par MM. de Balzac, Musset et Soulié, a fait cette galanterie aux trois écrivains, bouquet de fête du 1er juillet. Assurément, MM. Musset, Soulié et Balzac ont plus d'esprit et de talent qu'il n'en faut pour se passer d'une croix et d'un ruban, mais puisqu'ils ne l'ont pas demandée et qu'on la leur donne, ils n'ont rien à se reprocher. Ce sont de ces petits cadeaux qui ne font plus guère de tort à personne et qui entretiennent l'amitié. Peut-être est-ce un acte de contrition que fait le gouvernement pour tant de croix attachées sur tant de poitrines équivoques ? Peut-être aussi commence-t-on à reconnaître que le plus sûr moyen d'honorer la croix d'honneur, après tant de croix jetées à la faveur aveugle et à la vanité mendiante, et de décorer les hommes qui la méritent véritablement, consisterait à la donner à ceux qui ne la demandent pas..... »

* *
*

Le 24 février 1848, éclata la Révolution qui renversa Louis-Philippe, et le lendemain entrait en fonctions un gouvernement provisoire composé de MM. Alphonse de Lamartine, Adrien Crémieux, Marie, Garnier-Pagès, Dupont (de l'Eure), Ledru-Rollin et Arago.

Le 20 avril 1848, le *Moniteur Universel* publiait un premier décret réglementant la bibliothèque du Ministère de l'Intérieur.

Le 5 mai, paraissait au même *Moniteur Universel*, un nouveau décret :

« *Au nom du Peuple Français,*

« Le Gouvernement Provisoire,

« Considérant que la réorganisation générale des services

publics doit entraîner de nombreuses réformes et suppressions d'emplois ; . . . .

« Décrète ce qui suit :

« *Article I.* — Les fonctionnaires et employés qui, du 25 février au 25 juillet de la présente année, auront été réformés, pour cause de suppression d'emploi, de réorganisation ou par toute autre mesure administrative qui n'aurait pas le caractère de révocation ou de destitution, pourront obtenir pension s'ils réunissent vingt ans de services, dont quinze ans au moins entièrement accomplis dans la partie active ou vingt-cinq ans indistinctement accomplis dans la partie active ou sédentaire.

« Cette pension sera calculée pour chaque année de service civil à raison d'un soixantième du traitement moyen des quatre dernières années d'exercice. En aucun cas, elle ne devra excéder le maximum de la pension de retraite affectée à chaque emploi.

« *Art. II.* — Ceux des fonctionnaires et employés réformés qui ne comporteront pas la durée de service exigée par l'article précédent, obtiendront une indemnité temporaire réglée dans les proportions fixées par le dit article et dont la jouissance sera limitée à un temps égal à celui de la durée de leur service dans le ministère ou l'administration où se terminera leur activité.

« *Art. III.* — . . . .

« Fait à Paris, le 2 mai 1848, en Conseil de Gouvernement.

« *Les Membres du Gouvernement Provisoire :*
« Dupont (de l'Eure), Arago, Flocon, Lamartine, Albert Crémieux, Garnier-Pagès, Armand Marrast, Marie, Louis Blanc, Ledru-Rollin.

« Pour copie conforme :
« *Le Chef du Secrétariat,*
« B. Saint-Hilaire ».

Trois jours plus tard, étaient signés ces deux arrêtés, qu'on évita soigneusement de publier (1) :

(1) Archives du Ministère de l'Intérieur.

33

« RÉPUBLIQUE FRANÇAISE.

« Paris, 5 mai 1848.

    « Au nom du Peuple,

    « Le Ministre de l'Intérieur arrête :
    « Le citoyen Alfred de Musset, bibliothécaire au Ministère de l'Intérieur, est révoqué de ses fonctions.

« LEDRU-ROLLIN ».

« RÉPUBLIQUE FRANÇAISE.

« Paris, 5 mai 1848.

    « Au nom du Peuple,

    « Le Ministre de l'Intérieur arrête :
    « Le citoyen Marie Augier est nommé aux fonctions de bibliothécaire au Ministère de l'Intérieur ; il jouira d'un traitement de 3,000 francs à partir du 1er mai courant.

« LEDRU-ROLLIN ».

On voit, par ces textes, que le citoyen ministre appelait les choses par leur nom et aimait les situations nettes (1). Mais était-ce bien Ledru-Rollin le véritable auteur de cette révocation ? Il est permis d'en douter. Nul n'ignore que le ministre de l'Intérieur avait pour conseiller intime l'héroïne de Venise qui, subitement éprise des théories socialistes, venait de se lancer dans la politique et stupéfiait ses concitoyens par les principes qu'elle émettait dans les *Bulletins de la République*. Ce simple rapprochement de noms suffit, ce me semble, pour indiquer la part de responsabilité qui incombe à chacun. Et, même en admettant que George Sand n'eût pas demandé la destitution de Musset, qu'elle ait simple-

(1) Voir : *Études et Récits sur Alfred de Musset*, par Mᵐᵉ la Vicomtesse de Janzé. Paris, Plon, 1891. 1 vol. in-12, p. 92. On y trouvera le texte d'une lettre d'Alfred de Musset à Mᵐᵉ E. de Girardin, dans laquelle il la prie de garder le silence sur cette destitution. — Lettre de Maxime Du Camp dans le *Figaro* du 25 septembre 1882.

ment laissé faire Ledru-Rollin qui la signa pour lui com-
plaire, elle eut un tort immense, car il y allait de son
honneur d'empêcher cet acte, pour ne pas être accusée
de basse vengeance, et si elle ne le pouvait, elle eût au
moins dû protester publiquement, afin d'éviter tout
soupçon.

L'arrêt qui le frappait fut notifié à Alfred de Musset
par cette lettre qui ne lui parvint que dans les premiers
jours du mois de juin, M. Recurt, docteur-médecin, étant
Ministre de l'Intérieur, M. Ledru-Rollin ayant été révoqué le 11 mai 1848 (1) :

« Citoyen,

« J'ai le regret de vous annoncer que par un arrêté du
5 mai courant, le Ministre vous a admis à faire valoir vos
droits à la retraite.

« Salut et Fraternité.

« Paris, 8 mai 1848.

                                 « Le Secrétaire général,
                                     « CARTERET ».

Malgré les précautions prises en haut lieu, cette inqualifiable mise à pied ne tarda pas à être connue, et les
journaux, à la seule exception de ceux payés par le
gouvernement, se rangèrent du côté d'Alfred de
Musset :

LES SALTIMBANQUES, n° 2, juin 1848. — « Une brutale destitution vient de frapper Alfred de Musset ; on l'a traité comme
un homme vulgaire ; il est vrai que tous les hommes sont
égaux devant l'ordonnance du médecin ».

LA PROVIDENCE, 12 juin 1848. — « M. Alfred de Musset,
bibliothécaire au Ministère de l'Intérieur, vient d'être révoqué
de ses fonctions. Si nos informations sont exactes, cette nouvelle lui aurait été signifiée de la façon la plus inattendue et
la plus blessante. Il est impossible de contenir la douleur
que de pareils actes inspirent. La destitution de M. Lebrun
et de M. Mignet était déjà un fait déplorable ; celle de M. de

(1) Inséré au *Moniteur Universel* du 13 mai 1848.

Musset est un attentat envers la littérature française et elle
ne peut le laisser passer sans protester..... On a donné pour
successeur à M. Mignet un monsieur Des Reeys, dont le nom
n'était connu de personne ; le remplaçant du poète de *Rolla*
et de *Un Spectacle dans un Fauteuil* est un monsieur Marie
Augier, qui n'a rien de commun avec l'auteur de *La Ciguë* et
de l'*Aventurière*. Qu'est-ce que M. Marie Augier ? »

Dans son numéro du 13 juin, *La Providence* revient
encore sur la destitution d'Alfred de Musset et reproche
à M. Flocon d'ôter une sinécure à un écrivain distingué
pour la donner à un homme obscur : « Ah ! si M. de
Musset, au lieu d'écrire ses charmants proverbes, avait
seulement fait des bandes pour *La Réforme !* »

L'*Artiste*, du 15 juin, paraphrasant les formules offi-
cielles, annonce qu'en vertu du décret : « Ote-toi de là
« que je m'y mette, un grand citoyen, rédacteur de *La*
« *Réforme*, est autorisé à prendre les trois mille francs
« que touchait M. Alfred de Musset ».

Le *Charivari,* du 15 juin, sous le titre de : « Une destitution anti-littéraire », constate que les hommes du
nouveau gouvernement mettent à bas tous ceux qui ont
un renom, pour les remplacer par des gens obscurs,
leurs créatures.

PAMPHLET QUOTIDIEN ILLUSTRÉ, *15 juin.* — « M. Alfred de
Musset persistait, malgré le décret du gouvernement provisoire qui supprime les titres de noblesse, à conserver son
nom patronymique en se parant de l'infâme particule. La
place de ce factieux de lettres a été accordée à un écrivain
aussi remarquable par l'éclat de son talent que par la per-
sistance de ses opinions démocratiques..... Il est vrai que
M. Alfred de Musset avait eu le tort d'écrire des chefs-
d'œuvre ; M. Augier (Marie) n'a aucun tort de ce genre à se
reprocher : il appartient à *La Réforme* ».

Mais la dernière phrase de l'article de *La Providence*
du 12 juin avait vexé M. Marie Augier, qui adressa cette
lettre au directeur :

« *Au citoyen Rédacteur de* La Providence,

« Citoyen Rédacteur,

« Si l'on en croit l'article que vous publiez ce matin, je suis nommé bibliothécaire du Ministère de l'Intérieur, aux lieu et place de M. Alfred de Musset.

« Je n'ai nullement connaissance de cette nomination ; je ne l'ai point sollicitée, et, n'étant point nommé, je n'ai rien à refuser.

« Vous demandez ce *que* c'est que M. Marie Augier ?

« Dans une république, citoyen, non seulement on peut, mais on doit demander aux hommes *qui* ils sont. C'est seulement sous une monarchie qu'on demande ce *que* ils sont.

« J'aurais passé sous silence votre article de ce matin, mais je me devais à moi-même, je devais à mes amis, de déclarer qu'aujourd'hui, plus que jamais, ma véritable place est au milieu d'eux, en restant ce *que* je suis, ce *que* j'ai été, *journaliste*, pour défendre la République contre ses ennemis de la veille et du lendemain.

« MARIE AUGIER,

« Rédacteur de *La Réforme* ».

Et cependant l'arrêté de M. Ledru-Rollin existe, qui nomme M. Marie Augier bibliothécaire ?

Mais la plus énergique, la plus chaleureuse protestation fut celle d'Alexandre Dumas, dans son journal *La France Nouvelle*, du 16 juin 1848 :

« Il y a des choses que nous ne laisserons jamais passer dans l'ombre sans aller à elles et sans les traîner au grand jour de la place publique...

« Alfred de Musset, l'auteur des *Romances espagnoles*, du *Spectacle dans un Fauteuil*, de cinq ou six romans, de dix nouvelles adorables qui sont dans toutes les mémoires, de vingt proverbes charmants qui sont sur toutes les tables, Alfred de Musset vient d'être révoqué de ses fonctions de bibliothécaire au Ministère de l'Intérieur. Qui a permis cet inqualifiable renvoi ? Est-ce vous, M. Recurt ? Oui. Mais qui êtes-vous donc pour toucher à un nom comme celui que nous venons de prononcer ? D'où venez-vous, si vous ne le

connaissez pas ? De quel droit, vous qui êtes obligé, pour
ajouter un titre à votre nom, de vous appeler républicain de
la veille, de quel droit venez-vous, fort de la position que
vous avez escamotée, reprendre à un homme de génie la
position qu'il a conquise ?

« ... Comment, voilà un écrivain qui a doté notre langue
d'une admirable poésie ; voilà un poète qui est le frère de
Lamartine, de Hugo et de Byron ; voilà un romancier qui est
le rival de l'abbé Prévost, de Balzac, de George Sand ; voilà
un auteur dramatique qui, avec un seul acte, a fait gagner à
la Comédie-Française plus d'argent que vous ne lui en donnez, vous, en six mois ; voilà, enfin, un de ces penseurs qui
n'a pas une seule fois sacrifié la dignité de l'art aux ambi-
tions de fortune et de position ; voilà un génie qui n'a
demandé à Dieu et aux hommes que la liberté de vivre et
de penser à son aise ; qui n'a jamais été ni d'un club politique, ni d'une coterie littéraire ; et il se trouve un ministre
qui passe, et qui, en passant, lui prend, pour y mettre qui
donc ? la place qui lui assurait cette liberté qu'il demandait,
et qui n'était pas même l'*aurea mediocritas* d'Horace. Oh !
c'est pitié qu'il y ait tant de places en France, que nos répu-
blicains en ont tous ; qu'ils en ont pour eux, pour leurs
frères, pour leurs fils, pour leurs neveux, pour leur coiffeur,
pour leur valet de chambre, pour leurs usuriers ; et qu'il se
trouve un poète, Alfred de Musset, à qui la République
vienne prendre sa place. Ils ne savent donc pas, les hommes
qui font de pareilles choses, qu'ils n'avaient qu'un moyen
de transmettre leurs noms à l'avenir, c'était de faire juste le
contraire de ce qu'ils font. Ils ne savent donc pas qu'il y a
une royauté que ni émeute, ni barricade, ni révolution, ni
république ne changeront, c'est la royauté de la pensée du
génie..... »

Alexandre Dumas termine en faisant un appel à
Lamartine, poète et législateur ; mais, hélas ! M. de
Lamartine était beaucoup trop occupé de lui-même pour
prêter la moindre attention aux autres, surtout lorsque
ces autres ne pouvaient lui être d'aucune utilité pour le
maintenir dans sa situation politique.

A la lecture de ces lignes, Alfred de Musset s'empressa

de remercier leur auteur par une lettre que la *France Nouvelle* inséra dans son numéro du 21 juin :

                      « Vendredi, 16 juin 1848.

     « Mon cher Dumas,

    « Je viens de lire la *France Nouvelle* et j'irai vous serrer la main. Mais il faut que je vous remercie à l'instant même de la vive émotion que je ressens. Vous me rendez fier, mon ami, et vous me donnez le droit de l'être, lorsqu'un homme tel que vous daigne écraser une petite maladresse sous de si belles, si braves et si nobles paroles.

    « Une autre impression encore m'a été au cœur, c'est notre vieille amitié toujours jeune, et ce sentiment plein de force et de dignité qui fait qu'ayant dans les mains l'arme la plus puissante et la plus redoutable, si vous tirez l'épée pour attaquer, c'est en même temps pour défendre.

    « A vous de cœur

                  « ALFRED DE MUSSET ».

De son côté, la *Patrie* du 16 juin prenait violemment à partie M. Recurt :

« ..... Ce grand ministre peut bien laisser autour de lui se dorloter dans les directions et dans les bureaux, des employés supérieurs très connus pour le mal qu'ils n'ont cessé de répandre dans les Beaux-Arts. Mais un poëte, un pauvre diable, qui n'a que du talent et du génie, deux misères ! un fou qui est resté attaché à sa vocation comme à sa chaîne ! Ah ! fi ! c'était à faire rougir la gent administrative. Et M. Recurt a rayé d'un trait de plume le nom de M. de Musset. Il y a longtemps que les sarcasmes de Molière, à l'endroit des médecins, tourmentaient M. le docteur Recurt ; il se venge sur M. Alfred de Musset. Le pauvre homme !..... »

Si peu sensible qu'ils eussent l'épiderme, les hauts personnages du Ministère de l'Intérieur finirent par se sentir désagréablement chatouillés par toutes les choses désobligeantes qui leur étaient dites, et M. Dieudonné, chef de cabinet de M. Recurt, écrivit au directeur de la *Patrie* :

« Paris, 17 juin 1848.

« Citoyen Rédacteur,

« Dans un article très long, mais fort peu bienveillant, vous annoncez que le citoyen Recurt, ministre de l'intérieur, a révoqué de ses fonctions de bibliothécaire du ministère de l'intérieur le citoyen Alfred de Musset.

« La seule réponse qu'on puisse faire à cet article est que le citoyen Recurt, ministre de l'intérieur, n'a pas plus révoqué le citoyen Musset qu'il n'a pourvu à son remplacement.

« Je vous prie, citoyen Rédacteur, de bien vouloir insérer cette lettre dans la *Patrie* de ce soir.

« Salut et fraternité.

« DIEUDONNÉ ».

Cette lettre fut publiée dans la *Patrie* du 18 juin, et le 20 juin, le même journal donnait la réponse d'Alfred de Musset :

« Monsieur,

« Je lis dans votre journal qu'on avait annoncé par erreur que j'étais destitué de la place de bibliothécaire, et que le ministre a fait démentir ce bruit. Voici, à ce sujet, la lettre que j'ai reçue un mois après sa date :

(*Suit la lettre de M. Carteret du 8 mai 1848*).

« Cette lettre, vous le voyez, est aussi claire que laconique. Quant aux droits à la retraite, pour en avoir, il faudrait que j'eusse été nommé bibliothécaire à l'âge où j'apprenais à lire. Veuillez croire, Monsieur, que je n'aurais jamais songé à entretenir le public d'une chose de si peu d'importance, si je n'étais pas profondément touché des marques d'intérêt et de bienveillance que j'ai reçues de la presse en cette occasion.

« Veuillez agréer, Monsieur, l'assurance de ma parfaite considération.

« ALFRED DE MUSSET ».

Ces deux lettres firent le tour de la presse, accompagnées des marques non équivoques du mépris qu'inspirait la conduite de ceux qui, par un misérable jeu de mots, voulaient égarer l'opinion (1). Quant à liquider la pension de retraite d'Alfred de Musset, en vertu de l'article 2 du décret du 2 mai 1848, il n'en fut jamais question.

Le PAMPHLET QUOTIDIEN ILLUSTRÉ, *20 juin 1848*. — «... Subterfuge odieux, escobarderie ridicule ! mensonge trois fois stupide ! Non, ce n'est pas M. Recurt qui a révoqué le noble esprit. C'est monseigneur Ledru-Rollin, ex-pacha de l'intérieur. Ah ! vous espériez donner le change à la presse ! Ah ! vous vouliez nous *flouer* la vérité comme vous nous avez floué la république ! Comme vous vous êtes partagé les ministères ! Intelligences abruties par le pouvoir et la popularité, vous vous attaquez aux poètes maintenant, c'est-à-dire à quelque chose de plus inoffensif qu'un enfant, de plus faible qu'une femme, de plus sacré qu'un prêtre. Platon chassait les poètes de la République, mais il ne les condamnait pas au dénuement ; il les reconduisait à la frontière au son des doubles flûtes et des cymbales d'airain ; il couronnait leurs têtes de fleurs comme l'agneau des sacrifices, et les disait fils des dieux. Vous, *vous flanquez à la porte*, brutalement, mesquinement, stupidement ! Voilà bien les profanateurs, et quels profanateurs ! les écrivains des fameux *Bulletins* de la république... Que dira l'avenir, quand on écrira : Lamartine était tout puissant, Alfred de Musset ne fut rien, pas même bibliothécaire... »

La *Liberté* du 22 juin ayant publié l'entrefilet suivant :

« M. Alfred de Musset n'a point, comme on l'avait cru, été révoqué de ses fonctions de bibliothécaire du ministère de l'intérieur. »

le *Pamphlet quotidien* du 23 juin releva vertement cette récidive de mensonge, ajoutant : « Nous tenons de

(1) Voir : *Charivari*, 16 juin. Le *Commerce*, 18 et 20 juin. Les *Saltimbanques*, 18 juin. La *Presse*, 19 et 30 juin. Le *Pamphlet quotidien*, 21 juin. La *Providence*, 21 juin. Le *National*, 21 juin. *Nouvelles du jour*, 22 juin. Le *Petit-fils du Père Duchesne*, 21-24 juin. *Artiste*, 1ᵉʳ juillet. Le *Mois*, 16 juillet 1848. — La *Comédie parisienne*, journal d'Albéric Second, dans sa livraison du 10 mai 1857, p. 292, publie deux lettres : l'une d'Alfred de Musset, l'autre d'Albéric Second, relatives à cette destitution. Dans le tome II de ses *Confessions* (Dentu, 1885. In-8°, p. 342), Arsène Houssaye revient sur ce sujet.

« bonne source que la Société des Gens de Lettres
« doit protester publiquement contre l'affront fait aux
« lettres dans la personne de M. Alfred de Musset ». —
Dans le *Gamin de Paris* du 21-24 juin, Fouyon plaide la
cause d'Alfred de Musset et demande qu'on nous laisse
nos poètes : « On dit que les savants n'aiment quelque-
« fois pas les poètes ; mais tu ne peux donner ce motif-
« là, toi ». — Alexandre Dumas attaque de nouveau
M. Recurt dans la *France Nouvelle* du 24 juin. — Il n'est
pas jusqu'au *Diogène Sans Culotte* (22-25 juin) qui ne
fasse entendre sa voix.

Voici donc la bibliothèque du Ministère de l'Intérieur
sans titulaire, Alfred de Musset ayant été destitué, et
M. Marie Augier n'ayant pas accepté sa nomination.
Malgré mes recherches, il m'a été impossible de savoir
quel avait été le successeur immédiat d'Alfred de Musset
et à quelle époque remontait sa nomination. Le *Moniteur
Universel* du 7 juillet publie un arrêté du président du
Conseil des ministres (E. Cavaignac), pris sur la proposition du ministre de l'intérieur (Senart), portant
organisation du personnel du ministère de l'intérieur,
dont un bibliothécaire archiviste, aux appointements
de 4,000 fr. Mais il n'y a pas trace d'une nomination quel-
conque.

Le *Corsaire* du 24 août dit : « Voilà quelques jours,
« une ordonnance vient de se glisser dans les colonnes du
« *Moniteur,* qui nomme M. Édouard Charton aux fonc-
« tions précitées ». Il doit y avoir erreur, par suite de simi-
litude de nom : le *Moniteur* du 10 août donne un arrêté qui
nomme M. Édouard Carteron bibliothécaire du Ministère des Affaires étrangères. On ne trouve pas, aux archives du Ministère de l'Intérieur, trace d'arrêté de nomination de M. Édouard Charton. Il est vrai que d'avril à
décembre 1848, le classement des pièces présente plusieurs lacunes, ce qui n'a rien d'étonnant, vu le nombre

de ministres, secrétaires et chefs de cabinet, qui se sont succédé en quelques mois.

Ce qu'il y a de certain, c'est qu'à la date du 1er janvier 1849, l'emploi de bibliothécaire du Ministère de l'Intérieur était occupé par M. Niel, antérieurement chef de bureau au même ministère. Mais à quelle date précise a-t-il pris possession de ces fonctions, c'est ce qu'il n'a pas été possible de vérifier, l'arrêté de sa nomination ne se trouvant pas aux archives.

II

L'Académie Française, blessée par les procédés des citoyens Ledru-Rollin et Recurt, et autant pour dédommager un peu le poète de la brutale destitution qui l'avait frappé, que pour protester contre les actes des hommes au pouvoir, résolut d'attribuer un prix à Alfred de Musset. Le choix porta sur la fondation de M. le comte de Maillé Latour-Landry (1); l'intention était bonne, mais son application donna lieu à de fâcheuses interprétations ; l'Académie n'eut pas le courage de dire qu'elle voulait réparer une injustice, et les termes dont elle se servit pour déguiser son offrande ne pouvaient être plus mal choisis.

(1) Le *Moniteur Universel* du 13 octobre 1839 donne le texte du testament de M. le comte de Maillé, qui crée ce prix : « Art. 5. Mon intention est de « faire une fondation utile à la littérature et aux beaux-arts, en secourant les « jeunes auteurs ou artistes pauvres. Malfilâtre, Gilbert, Escousse, Moreau et « de jeunes artistes dont le sort a été analogue, sont les exemples frappants « de beaux talents à leur printemps que la misère a empêchés de porter « leurs fruits. Un secours, peut-être modique, eût suffi à les préserver et « eût valu peut-être des chefs-d'œuvre. Je lègue à l'Académie Française et « à l'Académie royale des Beaux-Arts une somme de 30,000 francs pour la for- « mation d'un secours à accorder chaque année, au choix de chacune de ces « Académies alternativement, à un jeune écrivain ou artiste, pauvre, dont « le talent, déjà remarquable, paraîtra mériter d'être encouragé à pour- « suivre sa carrière dans les lettres ou les beaux-arts ».

Alfred de Musset fut proclamé lauréat dans la séance du 17 août 1848 (voir le *Moniteur Universel* du 18 août). Aussitôt qu'il en fut averti, le poète, ne connaissant pas les qualificatifs qui accompagnaient ce prix, écrivit une lettre de remerciement au Directeur de l'Académie, lettre que nous retrouverons plus loin. Mais quand, après la séance publique, il sut les motifs allégués, devenu fort perplexe, il demanda conseil à son frère Paul :

« Mon cher ami,

« En voilà une tuile désagréable ! J'étais averti que l'Académie me décernait un prix, mais je ne savais pas en quels termes. On vient de me les dire et je les trouve blessants. Il y a vingt ans que j'écris ; j'en ai tout à l'heure trente-huit, et on m'apprend que je suis un jeune homme qui mérite d'être encouragé à poursuivre sa carrière. Quand la critique me fait de ces compliments-là, je les méprise ; mais de la part de l'Académie, c'est plus grave. Il m'en coûterait de paraître orgueilleux ou susceptible, et cependant, puis-je à mon âge me laisser traiter d'écolier? Que faire ? J'ai besoin d'avoir ton avis là-dessus. Attends-moi ce soir avant de te coucher ou laisse la clef à ta porte. Il faut que nous causions ensemble (1).

« Jeudi soir [17 août 1848].

« ALFRED DE MUSSET ».

Il fut décidé qu'Alfred de Musset, prenant un moyen terme, accepterait le prix, mais ne le conserverait pas. Le *National* du 19 août tourna tant soit peu en ridicule Messieurs de l'Académie :

« Nous admirons fort l'Académie d'avoir su découvrir que M. Alfred de Musset, après dix-huit ans de succès, était un talent *déjà* remarquable et méritait d'être encouragé à poursuivre sa carrière dans les lettres. Cela prouve un discernement profond. Nous admirons cette condescendance de vou-

(1) Publié : *Œuvres posthumes d'Alfred de Musset. Paris, Charpentier, 1867. 1 vol. in-12*, p. 237.

loir bien encourager un talent consacré par l'estime du public, depuis ses débuts qui datent de 1830 ; nous admirons cette complaisance à reconnaître que ce talent commence à donner des *espérances*, lorsque tout le monde, excepté les académiciens qui ne lisent rien, sait par cœur ses poésies ; lorsqu'il n'y a pas de jour où les affiches des théâtres n'annoncent ses pièces, que les académiciens ne connaissent point, parce qu'ils se gardent bien d'aller au spectacle et de se tenir au courant de la littérature dramatique ; lorsque le Théâtre de la République doit à M. Alfred de Musset ses merveilleuses recettes : encourager ce talent à poursuivre sa carrière, c'est trop de bonté..... »

Le *Charivari* du 19 août accentue la note et espère que « M. de Musset ne peut pas être complice de cet acte », lui qui perd un traitement de trois mille francs, et dont les pièces sont les seules qui fassent recette au Théâtre Français. Non, l'Académie a manqué de dignité pour elle et pour le poète ; si elle veut à toute force servir M. de Musset, pourquoi ne lui donnerait-elle pas le fauteuil laissé vide par la mort de Chateaubriand : « Voilà comment l'Académie se fût honorée en honorant le poète ; mais ce prix Maillé Latour-Landry, fi donc ! jamais je ne pourrai oublier le sourire et l'ironie de M. Villemain en proclamant la décision de l'Académie ».

Le *Bien Public* du 21 août insère une note sur cette attribution.

A la suite de sa conférence avec son frère, Alfred de Musset avait adressé une lettre au *National*, qui la publia dans son numéro du 21 août, avec ce commentaire (1) :

« Nous recevons de M. Alfred de Musset, une lettre qui ne nous étonne pas de la part d'un poète homme de cœur. Nos lecteurs, qui sont au courant des termes du programme des prix décernés en 1848 par l'Académie Française, apprécie-

---

(1) Publié : *Mélanges de littérature et de critique, par Alfred de Musset.* Paris, Charpentier, 1867. 1 vol. in-12, p. 274.

ront le sentiment de modestie et de générosité qui a dicté cette lettre, et l'Académie elle-même ne peut manquer d'approuver la destination donnée par M. Alfred de Musset au prix d'encouragement qu'elle lui a décerné. »

« Au citoyen rédacteur du journal le *National*.

« Paris, ce 20 août 1848.

« Monsieur,

« L'Académie Française m'a fait l'honneur, dans sa dernière séance, de me donner le prix fondé comme encouragement par M. le comte de Maillé de Latour-Landry. Ce secours, accordé pour un an, consiste en une somme de treize cents et quelques francs, intérêts d'un capital de 30.000 fr. légué par le testateur et placé en rentes sur l'État.

« Voulez-vous être assez bon, monsieur, pour ajouter cette somme à celles que vous avez déjà reçues en faveur des victimes des événements de juin 1848 ? Je m'empresserai de la verser entre vos mains aussitôt qu'elle me sera parvenue.

« Veuillez agréer, Monsieur, l'assurance de ma parfaite considération.

« ALFRED DE MUSSET. »

Le *Corsaire* du 23 août approuve cette lettre.

Mais dans sa séance du jeudi 24 août 1848, l'Académie Française décida que la *Note* suivante serait adressée au *Moniteur Universel,* qui l'inséra dans son numéro du 25 août :

« Une lettre publiée dans plusieurs journaux et signée de M. Alfred de Musset, ferait penser que l'Académie Française avait légèrement attribué à cet écrivain distingué, le prix fondé par M. Maillé Latour-Landry. La seule réponse à faire, c'est que l'Académie n'a pris cette décision qu'après s'être assuré que M. Alfred de Musset connaissait le caractère de ce prix et qu'il l'accepterait ; et, en effet, il a remercié l'Académie par la lettre suivante :

« Monsieur le Directeur,

« J'ai reçu avec reconnaissance la faveur dont on a bien « voulu m'honorer.

« Permettez-moi de vous prier de faire agréer tous mes
« remerciements à l'Académie.

« Veuillez, Monsieur le Directeur, recevoir l'assurance de
« ma parfaite considération.   « ALFRED DE MUSSET. »

« L'Académie décide que la présente note sera transmise
au *Moniteur* avec prière de la publier.

« Certifié conforme :

« *Le Secrétaire perpétuel de l'Académie Française.*

« VILLEMAIN. »

Le *National,* où Paul de Musset venait d'entrer comme
rédacteur, répondit le 27 août à Messieurs de l'Académie :

« L'Académie Française paraît s'être émue de la destination patriotique donnée par M. Alfred de Musset au prix
fondé par M. de Maillé Latour-Landry. Une note publiée
dans le *Moniteur* d'hier et signée de M. Villemain, affirme
que M. Alfred de Musset, en acceptant ce prix, en connaissait
le *caractère,* et cette note est accompagnée de la lettre de
remerciement et d'acceptation du poëte. Si le but de cette
réclamation officielle de l'Académie est de répondre aux
réflexions du *National* et de plusieurs autres journaux sur
les termes du programme de la séance du 17 août, l'Académie eût mieux fait de garder le silence. Car nous savons et
nous répétons que, si M. de Musset avait été averti du *caractère* de ce prix, il n'a connu le *texte* blessant du programme
que le jour de la séance publique. Ni la lettre d'acceptation,
ni la note de M. Villemain ne détruisent l'exactitude de cette
assertion. Mais si l'Académie Française trouve mauvais que
M. Alfred de Musset ait donné le montant du prix qui lui est
décerné aux victimes des événements de juin 1848, nous
regrettons que la note de M. Villemain ne s'exprime pas plus
nettement sur ce point. Nous aurions été bien aises d'être
édifiés sur les sentiments de l'Académie et le motif de son
blâme. »

M. Taxile Delord, dans le *Spectateur Républicain* du
27 août, après avoir résumé les arguments des deux par-
ties, leur donne tort à toutes deux : à l'Académie qui,
comme protestation, eût dû admettre Alfred de Musset

dans son sein au lieu de lui jeter une aumône ; au poëte, en changeant la destination primitive du prix Maillé Latour-Landry, au lieu de le refuser.

Puis, le silence se fit. Le 28 octobre 1848, Alfred de Musset toucha le montant de son prix, et on trouve dans le *National* du 16 novembre cette note qui met fin au débat :

« Nous avons reçu de monsieur Alfred de Musset la somme de treize cents francs que nous avons versée entre les mains de M. le Maire du 2ᵉ arrondissement, pour être distribuée aux blessés des journées de Juin 1848 ».

III

Pendant que ces faits se passaient à l'Académie Française, la Société des Gens de Lettres ne restait pas inactive. A son instigation, dans la séance de l'Assemblée Nationale du 11 juillet, le ministre de l'Intérieur, M. Senart, proposait un arrêté demandant l'ouverture d'un crédit de 500.000 francs, pour être réparti entre les divers théâtres de Paris, dont 105.000 francs pour le Théâtre de la République (Comédie Française).

Le 13 juillet, était nommée une commission de cinq membres, chargée d'étudier le dossier : MM. Victor Hugo, Félix Pyat, Étienne Arago, Léon de Malleville et Evariste Bavoux.

Le 17 juillet, lecture en séance publique, à l'Assemblée Nationale, par le citoyen Victor Hugo, de son rapport sur les subventions à accorder aux théâtres et d'un projet de décret portant à 680.000 francs le crédit ouvert au Ministre de l'Intérieur.

Le 24 juillet, l'Assemblée Nationale adopte un décret en vertu duquel un crédit extraordinaire de 680.000 fr.

est ouvert au Ministre de l'Intérieur, pour être répartis entre les divers théâtres de Paris, y compris le théâtre de la Nation (Opéra); sur ce crédit, une somme de 5.000 francs sera prélevée pour une inspection générale des théâtres. La répartition sera faite de quinzaine en quinzaine, par cinquièmes égaux, pour être terminée le 1er octobre. Deux tiers seront affectés au paiement des artistes et employés, l'autre tiers attribué aux directeurs.

Dans la même séance, l'Assemblée adopte un autre décret en vertu duquel un crédit de 200.000 francs est ouvert au Ministre de l'Intérieur pour encouragement aux Beaux-Arts, et un crédit de 100.000 francs au Ministre de l'Instruction Publique pour encouragement aux Belles-Lettres (1).

La commission du Ministère de l'Instruction publique (M. de Vaulabelle, ministre), se composait de MM. Albert de Luynes, Charles de Rémusat, Hauréau, Littré, L. Dupaty, Prosper Mérimée et P. Génin.

Le 14 septembre 1848, Alfred de Musset écrivait à sa mère, en ce moment chez sa fille à Angers :

« ..... Le ministre de l'intérieur vient de réparer, un peu et jusqu'à un certain point, de la manière la plus aimable, la sottise de l'Académie. Les auteurs dramatiques, joués depuis février, étaient compris dans les fonds d'indemnité donnés aux théâtres. Cela n'a rien que de fort honorable. Il était reconnu que les théâtres avaient moins gagné à cause de la Révolution. Par conséquent, les auteurs devaient y avoir perdu. On a donc envoyé à chacun une petite somme ; mon nom a été mis en tête pour mille francs. Ce n'est pas le Pérou, mais enfin, les pauvres gens, tu sais de quoi ils vivent, et les autres n'ont guère eu que moitié ! Le Directeur des Beaux-Arts m'a annoncé cela avec les compliments les plus flatteurs de la part du Ministre. Tu penses bien que

(1) Voir : *Moniteur Universel*, 12, 18, 25 juillet et 2 août. — *Le National*, 14 juillet. — *Bulletin des Lois*, 25 juillet 1848.

cette fois, j'ai accepté : non, ce n'est point comme à l'Académie ! Qui pourrait en être vexé ?.....

« Ton fils qui t'aime.

« ALFRED DE MUSSET. »

Ce fut donc cette unique somme de mille francs qui fut remise à Alfred de Musset, pour l'indemniser de sa destitution par M. Ledru-Rollin. L'Académie Française répara sa maladresse un peu plus tard, en admettant le poète au nombre de ses membres, le 12 février 1852 (la réception officielle n'eut lieu que le 27 mai). Mais la réparation ne fut complète que le 18 mars 1853, jour où le *Moniteur Universel* publia ces lignes :

« Par arrêté en date du 15 mars, Monsieur le Ministre de l'Instruction Publique et des Cultes a nommé monsieur Alfred de Musset, membre de l'Académie Française, bibliothécaire du Ministère de l'Instruction publique. »

Et ce fut le Ministre de l'Instruction publique lui-même, M. Hippolyte Fortoul, qui, dès 1834, avait été le collaborateur d'Alfred de Musset à la *Revue des Deux-Mondes* (1), et tenait le poète en haute estime, qui le voulut prévenir de sa nomination (2) :

« Paris, le 18 mars 1853.

« Mon cher monsieur,

« J'ai le plaisir de vous annoncer que je viens de vous nommer bibliothécaire du Ministère de l'Instruction publique, aux appointements de 3.000 francs. Ces fonctions que vous n'avez point sollicitées, mais que je désirais depuis longtemps vous confier, ont été rendues vacantes par un

---

(1) C'est monsieur Fortoul qui, dans la *Revue des Deux-Mondes* du 1ᵉʳ septembre 1833, rend compte de la seconde livraison d'*Un Spectacle dans un fauteuil* d'Alfred de Musset.

(2) Cette lettre est publiée presque textuellement dans la *Biographie d'Alfred de Musset par Paul de Musset. Charpentier. 1877. 1 vol. in-12*, page 322.

mouvement qui ne dérange aucune position acquise. Je m'estime infiniment heureux d'avoir pu réparer une partie des torts que vous ont faits nos discordes, aujourd'hui oubliées. Je regrette seulement d'avoir si peu de chose à offrir à un des hommes dont le talent honore le plus la littérature de notre temps.

« Veuillez croire à tous mes sentiments dévoués.

« H. FORTOUL. »

Alfred de Musset remplissait encore ces fonctions lors de sa mort.

TABLE DES MATIÈRES